JN173404

私の中のわたしたち

the sum of my parts

解離性同一性障害を生きのびて

オルガ・R・トゥルヒーヨ 著
伊藤淑子 訳

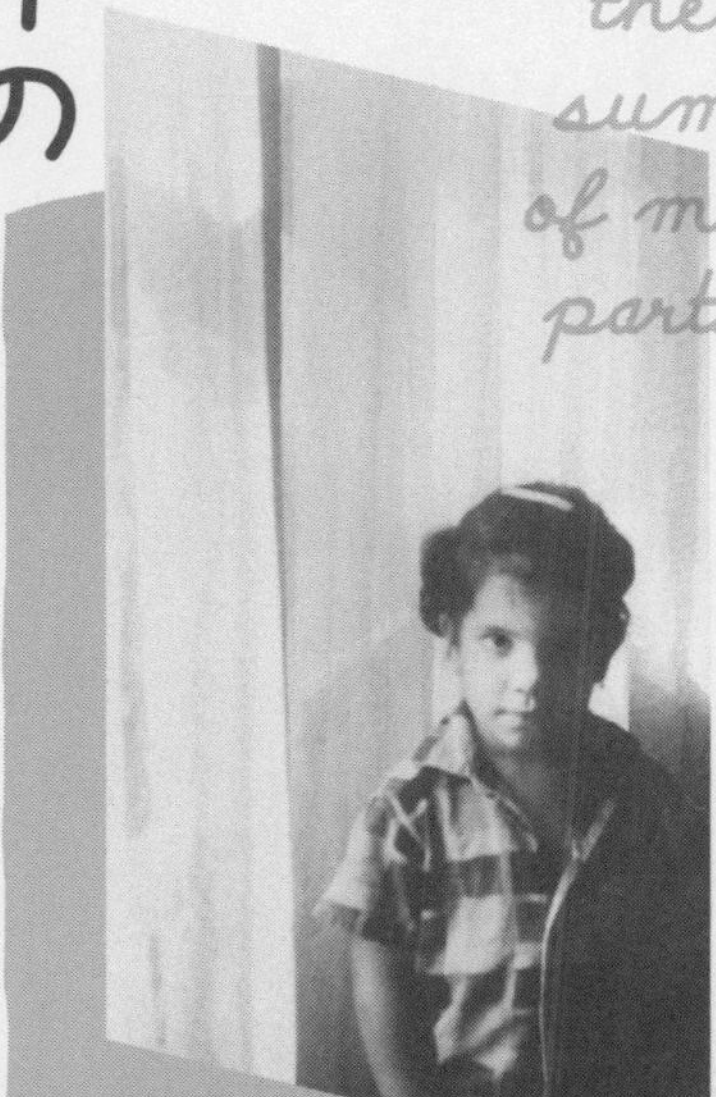

国書刊行会

私の中のわたしたち

——解離性同一性障害を生きのびて

The Sum of My Parts
a survivor's story of dissociative identity disorder
by Olga R. Trujillo.
Copyright © 2011 by Olga R. Trujillo
Japanese translation rights arranged with
NEW HARBINGER PUBLICATIONS INC.
through Japan UNI Agency, Inc.

目次

読者の方々へ

『私の中のわたしたち』には、性的な身体的虐待の生々しい描写が含まれています。本全体からすれば、このような描写はわずかですが、語りにおいて必要なものであり、解離性同一性障害の原因となった子ども時代の経験を理解していただくためには重要なものです。虐待を経験したことのある方が読むと、このような描写が引き金となって記憶がよみがえり、強い情緒的な反応を起こす可能性があります。もしそういった症状が現れたら、すぐに読むのをやめて、トラウマを専門とする精神衛生の専門家に相談してください。

私の隣に住んでいたドニャ・グラシエラ、そして彼女のあとに続く人たち、たとえば、青少年指導者、教師、コーチ、メンター、友人の親たち、それらすべての人びとに捧げます。

あなたたちのささやかに見える親切、ごく普通の励まし、それこそが、私を生きのびさせ、今日の私を作ってくれたのです。

謝辞

パートナーのケイシーと私は、すばらしい家庭を築き、ありえないほどの幸福を味わっています。私はこの場所で平安と強さを見つけ、洞察と謙虚を元に執筆してみようと思いたちました。彼女の愛と支えがなかったら、私はこの本を書くことはできませんでした。

私といっしょに歩んでくれた精神科医には、ありがとうの一言では表現できない感謝をしています。その思いやり、私の治療への深く広い尽力に、これからも感謝を忘れることはありません。

アンジェラ・オートリー・ゴーデンは、かれこれ八年前に私が本を書きたいと言ったことを覚えていてくれました。執筆過程で、かぎりなく親身に、辛抱強く、私を助けてくれました。何もわからなかった私が、書くことができるという自信をつけました。彼女は本当に才能のある人です。

ジェス・ビービの私の原稿に対する鋭い見識とすばらしい貢献によって、この本ははるかに明確に、そしてわかりやすくなりました。

はじめに

ときどき私は秘密クラブのメンバーのような気がする。部外者にはわからないコミュニケーションの方法で、メンバーたちはたがいを理解する。この秘密クラブでおしゃべりをするときだけは、「私の心はドアの多い家のようだ」と打ちあけられる。ほかのメンバーたちも自分はバスのよう、ずらりと並んだ食器棚のようと口々に心のありようをたとえる。自分の心がいくつもの部分に細分化されていることを話し、目の前の仲間がうなずいてくれるのは、言いがたい安心がある。その瞬間、自分が孤独ではないとわかる。

私は一九九三年に解離性同一性障害（ＤＩＤ）と診断された。三十一歳のときだった。それ以来何年もＤＩＤについて調べてきた。ＤＩＤとは何か、私の人生にどう影響するのか、私が自身の分離した部分をどう形成したのか、幸福で安定した人生を過ごしながら、どうＤＩＤと共存するのか。この本は私の人生の旅を述べていく。

これまで十年間、私は専門的な講演者かつコンサルタントとして、暴力被害者のトラウマについて語り、配慮のあるコミュニティの支援体制作りを啓蒙してきた。アメリカ各地の会議や集会で、自分もＤＩＤであると打ちあける人びとに私は出会う。私たちは落ち着いた場所で、すぐに情報交換を始める。

つい最近、私は、下されたばかりの診断にショックを受けていた女性に会った。「よく覚えているわ、私もそうだった。自分自身が恐ろしかった。しばらくすると、自分は以前と変わらない同じ人間だと気づいたの。ただもっとよく自分がわかるようになっただけ」と私は彼女に話した。彼女は涙をためて私を見つめ、「そんなふうに考えたことはなかった」と言った。

私がそもそも自分の経験を書きたいと思ったのは、ＤＩＤと診断された人に、独りではないと思ってほしかったからであり、このＤＩＤについてもっと知ってほしかったからだ。ＤＩＤという創造的な方法でトラウマと生きてきたのは、本人の責任ではないことを知る必要がある。こんな秘密クラブは悲しくなる。わけのわからない恐ろしい病気だと思われているＤＩＤに、私は人間の顔を与えたい。ＤＩＤには、多重人格という極めつけの命名も含めて、不名誉な連想があるが、そのようなレッテルの向こうを見てほしい。とくに私の場合は、有能で雄弁な女性がＤＩＤによって生きのびたことを見てほしい。私のようにＤＩＤであるのに、あるいはＤＩＤであったからこそ、成功した人はたくさんいる。私たちはひどいことをされても、幸せな満たされた人生を送れるし、現にそうしている。私たちはいわゆる「部分の集合」以上の存在である。

この本は私の経験にのみ基づいていて、他人の経験を述べたり規定するつもりはない。ＤＩＤはそれぞれ個別の経験である。ＤＩＤ当事者にも、そうではない人にも、私の経験がＤＩＤの理解に役立ってほしいと願っている。ＤＩＤと診断された方は、どこが私と共通の経験であり、どこが異なる点か、他者に説明するのにこの本を役立ててほしい。あるいは、ＤＩＤ当事者と働いているか、ＤＩＤのある人の関係者であれば、あなたの目の前にいる人こそ、ＤＩＤの考え方や感じ方をもっともうまく描写できる達人であることに気づいてほしい。大概のところ、ＤＩＤのある人の話は私の場合と似ていることが多いが、一方で、たくさんの相違点もある。

●　●　●

この本は私の記憶に基づいていて、四十年以上前の幼かったころの出来事も含まれる。当然、記憶はかならずしも完全ではない。それに、脳や記憶の発達を学んだ人なら、三歳の幼児は日常の記憶を保持できないと知っている。しかし研究で、トラウマが記憶の刻み方を変えることもわかっている。暴力と恐怖に満ちた多大な出来事が、幼い心に刻まれ、その記憶は鮮明であり、詳細である。日付が重要でなければ、正確には覚えていないし、何度も起これば、正確な年も覚えていないが、トラウマとなった記憶は、日々の記憶よりも確かである。聴衆の前で話をするときは、鋭敏な記憶を超能力であるかのように冗談まじりに語る。このような出来事を記憶する私の能力に、私自身が驚き、戸惑っている。この本で述べているように、私は起こったことを見て感じることができる。

トラウマはまた、私を過度に用心深くした。私はいまでも習慣的に、周囲の情報に注意を凝らし、潜在的な危険を避けようとしている。

この本を読んでいただければわかるが、私の心はトラウマ的な出来事の詳細をつかむだけではなく、トラウマではない出来事も詳細に思い出している。たとえば、私は隣人の女性と過ごした一日を詳細に覚えている。優しくて愛情のある人だった。その思い出を述べるとき、彼女に抱擁された感覚がよみがえる。私は彼女に、そして彼女が教えてくれたことに、必死にしがみついた。しかし私がいま彼女を鮮明に覚えているのは、彼女を失った記憶も鮮明で苦痛に満ちているからだ。楽しい記憶はたいていい、特定の人と日付に結びつくトラウマ的な出来事に対抗するために刻まれている。こうして、私の受けた虐待が耐えがたいとき、私は心地よい感覚に集中することができた。

●

解離性同一性障害の理解は、私たちすべてになじみのある精神状態の解離を理解することから始まる。解離は自然な精神過程であり、結果として、思考のある側面を分離する。それは経験と症状に結びついて起こる。白昼夢を見たり、映画や本に夢中になって時間を忘れたり、無意識に家に向かったりという具合に、私たちのほとんどは日常生活において軽度の解離を経験する。これらの解離症状の例にはすべて軽い記憶喪失がある。人によってはもっと激しい症状を経験するかもしれないが、必ずしも解離性疾患とはいえない穏やかな症状のことが多い。でも、もっと激しい症状になる人もいる。その場合、心の中に、別個の人格やアイデンティティが現れることがある。このような症状は、身体的な逃げ道のない圧倒的なトラウマ的状況を経験した人によく起こる。肉体に逃げ道がなければ、頭の中で「逃げる」しかない。直観的に特定の感情、身体的感覚や反応、行為、そして自己同一性までも、切りはなしてしまう。

子どもにはありがちなことで、鋭い身体的・精神的苦痛、またはそういう苦痛が起こりそうな不安に対する、きわめて効果的な防御として解離が使われている。解離性同一性障害は、高度に創造的な生き残り手段とよく言われる。この手段が効果的なのは、解離していれば、とくにトラウマ的出来事の発生状況などの情報が、通学、交友、スポーツなどの日常活動の情報に関連づけられないからだ。トラウマ的情報は、しばらくのあいだ、望ましくは、経験に直面できる強さと洞察力を獲得するまで、直接的な意識から遠ざけられる。

私の場合のように、虐待が長く続けば、解離は習慣となり、強められ、不可欠なものになる。この効果的手段は生活様式となり、特定の状況から自動的に起こる反応となる。つまり、特定の状況や出来事が、経験済みのトラウマ的な出来事に似ていると、自動的に解離が起こる。ほかの人には脅威ではない状況や成り行きでも、その人は脅威と不安を感じる。たとえば私の場合、だれかがあまりにも接近すると、過度の接近から始まる格闘技のように感じてしまう。これが私にとって引き金になり、脅威と感じ、本能的に心を解離させる。

現在DIDと認識されている症状は、かつては多重人格障害（MPD）と考えられていたものであり、いまでもよくその名称が使われている。しかし実際には、MPDはDIDの極端な症状の一つである。『精神障害の診断と統計の手引き』第四版（通称DSM-Ⅳ）によれば、正式なDIDの診断には以下のことが必要である。

・二つ以上に分離したアイデンティティや人格の存在（状況や自己について感知し、関連づけ、思考するやや継続的な様式をそれぞれ有している）。
・これらアイデンティティや人格の状態のうち、少なくとも二つが何度も行動を規定する。
・通常の忘却とは説明できないほどの、重要な個人的な情報の記憶の喪失。
・混乱が、ある物質による直接的な生理的影響（たとえば飲酒による記憶の喪失や無秩序な行動）や一般的な医学的な状態（たとえば複雑部分発作）ではない。〈注意〉子どもの場合は、症状を想像上の仲間や空想的な遊戯に帰すことができない。

私の場合、悲劇的な暴力を受けた子ども時代を耐えるために、DIDを発症した。家族の暴力や性的虐待から自分自身を守るために私は解離した。暴力があまりにもひどく受け入れがたいとき、私は意識的に私の体を離れ、私自身の外から出来事を観察した。私自身の体の外で、あたかも私に似ただれかほかの人に起こっていることのように、私に加えられる暴力を見つめていた。暴力をふる人には、ひどく虚ろな表情に見えたかもしれない。そしてまるで映画の場面を編集するように、私はその体験を独自の小さな部屋に押しこめ、ドアに鍵をかけた。最初のうちはすべての出来事を私の意識の中の部屋の一つに収納した。しかし暴力が激しく、ひどくなると、どんなに遠くからでも、そのすべては観察できなくなった。そこで、私の潜在意識は経験を細分化し、経験の部分的要素を連結する部屋に入れていった。一つは匂い、もう一つは父親の顔の表情、さらにその後感じるようになった孤独や絶望、というように。各部屋には鍵をかけた。鍵のかかったドアの向こうにしまいこまれたものに合致する類似の暴力、苦痛、表情、感覚、場所を経験するまで、そのドアが開かれることはなかった。

時間をかけて、繰り返される暴力によって、これらの部屋は私の精神の一部として個別に機能するようになった。つまり、トラウマ的経験が私の意識の個別の側面になった。私はそれを私の中の部分的存在と呼びたい。たとえば、三歳の部分的存在は父親にレイプされた最初の記憶を引きうけ、その後二十八年間、残りの私からその記憶を遠ざけてくれた。記憶やアイデンティティが一貫し、容易に日常的な精神にアクセスできる全体的な人格に発達するかわりに、私は私自身の中の部分的な「わたし」たちによって形成される人格として成長した。「分身」とも、「人格状態」とも言われる。この本の後半で、自分の部分的存在をどう認識したか詳述しているが、そこでは、部分的存在のいくつかを年齢をつけた名前で語っている。三歳の「わたし」、七歳の「わたし」というように。

このような解離の技法が、ほかにも役立つことは理解していただけると思う。私は特定の状況に最適な部分的存在の部屋を作りだし、自分に有利にアクセスできた。優秀な学生の「わたし」、運動選手の「わたし」、弁護士の「わたし」、友人の「わたし」がいた。

激情だけの部屋のほかに、役割に適した思考や感情を備えた、もっと十分に発育した部屋もあった。虐待に耐えるためにどうふるまえばいいか、トラウマ的経験を生き抜く助けを必要としないかぎり、閉じられたままの部屋もあった。このような分離によって、私の中の「わたし」は、全人格的存在としての記憶をたどることなく、幼児体験に頼ることができた。

私のDIDには共意識と呼ばれる、中心的な「私」がつねにある。私の中のたくさんの「わたし」たちが、心身ともに私の感覚を左右して、自分の中の「わたし」たちの制御どころか、その正体すら理解できないときがある。「わたし」たちは現れては消え、あるいはまるで中心的な私がつねに存在するかのように統合されもした。家にたとえるなら、鍵がかかったドアがすべて中央の部屋に直結しているのだ。もっと幼く若いころ、鍵のかかったドアは中心的な私とは独立して開閉した。私は治療で回復し、十分に受け入れられるようになるまで、さいわい鍵のかかった部屋には気づかなかった。でも、それらの部屋のことを知っても問題ないほど強くなり、その中身を知るようになると、共意識が私の内側との対話の機会をもたらし、私は「わたし」たちの為政者、交渉者、統率者となった。治療中に、中心的な私はこれらの部屋の壁を壊した。いまでは家にいるのは、まず中心的な私だけである。探査できそうな一部屋か二部屋が残っただけの、間仕切りのない空間である。

この本の目的は治療と回復を物語ることである。しかし、私がＤＩＤを発症した経緯を理解してもらい、対処メカニズムとしてのＤＩＤ出現の証人となってもらうために、私が耐え抜いたトラウマ的経験の一部を記述している。私が耐えた暴力の本質を理解してもらうことが、私がどう生き抜いたかを理解し、家族以外の人びとが私に示したごく普通の優しさと愛情の重要性を知ってもらう鍵であると私は信じている。

どの程度暴力を記述するか、考慮を重ね、できるだけ穏やかな表現を心がけた。暴力のサバイバーとして、私は自分の読むもの見るものにつねに注意を払っている。だからこそ、同じような体験をした読者の皆さんの記憶の引き金にはならないように、詳細を視覚的に記述することはできるだけ避けることにした。しかし、暴力へのあいまいな言及でも、敏感な人には引き金になることがある。そういう場面のほとんどは1章から6章までで起こる。続く章は、暴力に満ちた過去の心理的かつ感情的な影響を明らかにする過程と、ＤＩＤの診断を受け入れる過程に焦点を当てている。最初のほうの章の暴力的な場面はざっと読みたいとか、それでも強烈すぎると思うなら、7章から読んでいただきたい。友人に頼んで、暴力的な部分にあらかじめマーカーで印をつけてもらうのもよい方法だろう。

私が子ども時代に出会った人の中には、私の人間性の本当の守護者であった人もいる。このような普通の単純な関係とつながりが生きのびることを可能にした。そのおかげで、その後回復してから、自尊心、誇り、向上心、共感、そしてユーモアを失わずにすんだ。私の願いはこの本が、家族、恋人、同僚、友人として、DID当事者の身近に寄り添い愛する人の助けになることである。そして、暴力という問題を抱える家族にかかわる仕事に携わる人たちには、トラウマについて深く理解し、きめ細かい配慮をして重要な任務にあたってほしいと願っている。何よりも、DIDをもつあなたたちに、この障害こそが、すばらしい生存の技術であることを知ってほしい。あなたたちは生き抜いたことに誇りをもつべきなのだ。トラウマは私の人生に決定的な影響を与えた。あなたたちの人生もトラウマに影響されている。でも、私は、自分の人生が苦痛と闇をはるかに超えて広がっていることを理解した。トラウマのサバイバーたちは、生命力と、創造性と、勇気と、愛にあふれている。私たちは解離した分身の統合以上の存在なのだ。

第一部

生き抜くための忘却

1

母は台所の壁に受話器をかけ、私の部屋に向かった。暑い、ムシムシした夕方だった。家にエアコンはなかった。家といっても、実際は二世帯住宅の半分だった。母は自分が涼むために、台所に扇風機を置いていた。母が長い廊下を通っていくと、居間では父が扇風機にあたっている音が聞こえた。

廊下で母は無意識に木製の十字架のかかったマリア像を置いている机で立ちどまった。母は取り乱して、十字を切りながら、スペイン語で祈りをつぶやいた。《神よ、祝福を我に》母が何を祈っていたのかはわからない。でも祈ることはたくさんあった。

小さな玄関ホールに低いテーブルがあり、『ナショナルジオグラフィック』の古い号が置いてあった。写真がきれいなので母は捨てられず、だんだん積みあがっていた。母の望みは世界中を旅することで、よく切なそうに写真を見ていた。両親は私が生まれる前の年にアメリカに移住し、母は定住した町でその後の人生を過ごした。母は急な階段を上った。上りきると、そこにも小さなテーブルがあり、聖ヨセフと聖母マリアの像が置いてあった。母は立ちどまり、同じ祈りをつぶやき、十字を切った。そして風呂場を通りすぎて、兄たちの部屋に入っていった。兄のマイクとアレックスはそれぞれ五歳と六歳で、二人はベッドでおもちゃで遊んでいた。マイクは好きだったが、アレックスは怖くて、できるだけ近づかないようにしていた。私が四歳の誕生日を迎える夏だった。

母は兄たちの部屋を通りぬけ、私の部屋のドア代りのカーテンを開けた。母は私の小さなベッドに、並んで座った。私の部屋にはほとんどものがなかった。茶色い木製のヘッドボードのついたツインベッドとドレッサーと作りつけの棚だけだった。その棚はもともとあったものではなく、前の所有者がつけたしたものだった。私たちが引っ越してきたとき、母は誇らしく、ここが私の部屋だと言った。もう兄たちと共有しなくてもいい。私は自分の部屋を与えられて、最初のうちは喜んだ。でも、両親の部屋からずっと離れた、家の端に私の部屋があてがわれていたのだ。本物のドアはなく、暖房もなかった。一方の壁はレンガで、風呂場から私の部屋がのぞける恐ろしい窓があった。

別の部屋でもよかったかもしれない。廊下の先の両親の隣の部屋でもよかったはずだ。そこならドアに鍵がかかり、暖房があり、外向きの窓があった。それはずっと家の一部だったが、使われることはなかった。私はときどき《どうしてあれが私の部屋ではないのだろう》と思った。もしその部屋が私の部屋だったら、ドアに鍵をかけただろう。母は父が私にしていることを聞きつけただろう。あるいは窓から通行人に叫ぶこともできただろう。そうではなくて、私は家の奥のほうで、独りにされ、ドアのない、風呂場から丸見えの窓のある部屋で寝ていた。

母はあまり私の部屋には来なかったが、この夕方は、特別な知らせがあった。母は私にスペイン語で「オルギータ、仕事が見つかったの。週日は留守にするから面倒をみてあげられない」と言った。そのころスペイン語は私がわかる唯一の言語だった。恐怖とパニックが私の体を走った。父が母に働くのを禁止していることを知っていたからだ。母を心配し、私のことも心配した。どうして働きに出なければならないのか、と私は母に尋ねた。「お父さんは英語が話せないし、スペイン語でできる仕事がないのよ」

そのあと、父が母に怒鳴る声がした。女だから、母のするべきことは家にいて、子どもたちの面倒をみることだ、外に出て英語を話して働くことではない、と父は言った。母は父に、「お金が要るの、アレハンドロ。家賃も滞納しているし、食料品も買えない。あなたは子どもたちをカトリックの学校に通わせたいと思っているけど、学費は高いのよ」と嘆願した。父は荒れて部屋から出ていった。翌週から母は働きはじめた。

一九六〇年代当時、英語も話せず、用務員や皿洗いのようなサービス業をいやがれば、仕事はなかった。だから父はほとんど働かなかった。父は人びとに博士号を持っていると言っていた。本当は学位をもっていなかった。でもそのころの私は知らなかった。父は自己紹介で「ドクター」の称号をつけた。医師かと問われると、父は国際関係の博士だと答えた。

だれと話したとか、その日何をしたとか、昼食に何を食べたとか、たいして重要でないことでも、父は常習的に嘘をついた。父がものごとを簡単にねじまげるのを見て、とにかく私は混乱した。私たちはいつも父の誕生日を三月二十八日に祝ったが、父が死んではじめて、実際は六月十二日生まれとわかった。しばしば何週間も、時には何か月も、父は姿を消した。父は海外のあるところで働いていたと言ったが、稼ぎをもって帰ることなかった。

兄たちや私は父をポピ（スペイン語に由来する父の呼び名）と呼んでいたが、私が生まれたとき、五十一歳だった。いろいろ聞いてはいるが、それまで父がどんな人生を生きてきたのか、私はあまり知らない。エルサルバドルの新聞社勤務のジャーナリストで、ドミニカ共和国で取材中に母と出会ったと父は言っていた。アレックスが生まれたときはアルゼンチンを取材中で、マイクが生まれたときはプエルトリコの取材をしていた。父はのちにキューバのカストロ革命を報道した。カストロが政権を奪取したとき、急いでアメリカに来た唯一の理由がそれだったと父は私に言った。そして所持品が少ないのもそのためで、四十八時間以内に国外退去しなければならなかったと言った。ラテンアメリカの専門家としてケネディ政権やローズヴェルト政権でも補佐官として働いたことがあると父は言った。長年私は父のことをジャーナリストと言ってきたが、父がジャーナリストとか政治的な補佐官であったことを示す証拠は見つけていない。でも当時父はとても重要な人物なのだと信じていた。

父はほとんど禿げていて頭の両側に灰色の短い髪があるだけで、頭頂にはブラシでかきあげた髪がわずかにあった。灰色の口髭を少しはやし、父はいつも短く切りそろえていた。手と腕に加齢によるシミがあり、顔には皺《しわ》があった。しかし手はいつも清潔で、爪もきちんと手入れしていた。短いたくましい指の先は完璧に見えた。私は父の表情を読み、父の顔の小さな口や口髭を観察し、声や表現の変化に聞き耳を立て、危険信号を察知するようになった。

父と母がいっしょにいるのを見ることはほとんどなかった。私は母をマメ（スペイン語に由来する母の呼び名）と愛情を込めて呼んでいた。父にならって、ブランカと呼ぶこともあった。母は長身で若く、美しかった。反対に、ポピは背が低く、老けて見えた――実際、母には不似合いなほどの年寄りだった。つまり、父は母より二十四歳も年配だった。のちに母から二人が母の家族の祖国ドミニカ共和国で出会い結婚したことを聞いた。でも母がアレックスを身ごもったとき、父は母を捨ててアルゼンチンに行った。父は母に何も言わず、ただ去ってしまった。家族としていっしょに暮らすために、母は父をアルゼンチンまで追いかけ探しだした。兄のアレックスは、母が自宅の階段から落ちてほどなく早産で生まれた。アレックス誕生の話をするとき、母は父が押したことはけっして口にしなかったが、私は父の仕業であるとずっと信じていた。父が押したり殴ったりしないかぎり、母が転ぶのを見たことがなかった。

私は母ととても親密で、もっとも聡明な女性だと思っていた。母は四歳で学校に通いはじめ、十六歳でカトリックの高校を卒業し、家族で唯一、大学に進学した。母は学位があり、スペイン語と英語の二か国語の速記と口述筆記の技術があったので、秘書として条件のよい仕事が見つけられた。もうすぐ四歳になろうとしていた私に、母は微笑みながら、「街の病院で働くことになったの」と説明した。私は恐怖を覚えつつも、母を誇りに思った。母は聡明で、私たちの面倒をみようとしているのだ。

そしてそうなった。母が仕事に就いてから、父は母から給料を全額受けとり、使い道を自分で決めることにした。あとで知ったことだが、母は小切手を現金に換え、父の知らない口座に少し入れて、残りを家にもち帰った。

母が私のベッドに座り、私の頭を抱いて、日中は私たちの世話をするかわりに仕事に出るつもりだと優しく話してくれたとき、私は母に対してたくさんの愛情を感じた。私は母の顔を観察し、母の大きな茶色の目に、どうしても見たかった表情、母が私を愛している表情を見つけた。

母が大きな手で私の小さな手を握ったとき、私は母の長い上品な爪を見た。母はワインレッドのような深紅の服を着ていて、手は柔らかく美しかった。母の指は長くしっかりとしていて、少なくとも当時の私には長く見えた。母は私の両手を取り、洗っているかどうか調べた。母は微笑んで、「私と同じ手をしている、オルギータ」と言った。《私の手は母と同じ》と私は思った。私の心は母への愛情で満たされた。母はいつも、ひたすら完璧に思えた。母の黒い巻き毛は、流行のショートだった。長身、細身で、化粧していた。しかし聡明で美人なのに、はかない存在にも思えた。私はいつも母を失うことを恐れていた。私はいつも母が傷つくのを恐れていた。母はたやすく壊れそうだった。

母は私の手を握り、「ドニャ・グラシエラさんと話して、昼間、あなたたちの面倒をみてくれることになったの」と言った。隣人のグラシエラ・ヘルナンデスは高齢で、私たちは年相応の知恵の備わった彼女を尊敬していた。ドニャは年配の女性に使う敬称だと教わったが、私には彼女のファーストネームとなった。私が彼女の家に行くと、両手を広げて歓迎してくれた。私には彼女の柔らかい体に私が隠れてしまうほど、しっかりと抱きしめてくれた。私には彼女が巨大で背が高く見えた。そのどちらでもなかったが、私は三歳児としても小さく、それに比べると、彼女はとてつもなく大きく見えた。彼女はいつもゆったりとしたドレスを着ていた。おしゃれなところはなく、大きな木綿のローブのようだった。長い白髪交じりの髪を後ろで束ねてまとめていて、父と同じように手には加齢によるシミがあり、皺だらけだった。日に焼けた皮膚は硬かった。エルサルバドルの畑で働いて人生の大半を過ごしてきた女性らしい匂いがした。飾り気のない人で、香水もつけず、自分のための特別な贅沢はめったにしなかった。

私が母のそばにいられないのであれば、ドニャ・グラシエラは次善の策だった。毎朝彼女の顔を見て、私は大喜びし、温かいハグを受けた。「おはよう、オルギータ」――これが一日の始まりのことばになった。ドニャ・グラシエラは私を彼女の生活に受け入れ、仕事も分けてくれた。まず台所で、彼女は卵と《ププサ》を用意した。ププサは分厚いトルティーヤのようなもので、彼女はチーズを詰めた。それから私たちは地下に行き、洗濯やアイロンがけをした。

ドニャ・グラシエラの家族はほとんどがまだエルサルバドルに住んでいたが、彼女は私たちの住宅の反対側に、四十五歳の娘と十九歳の孫娘といっしょに暮していた。男なしの女三人の所帯は、私たちの文化では珍しいことだった。私の父は孫娘グラシエリータの行動を追いかけているようだった。家を出て、帰るのを、見張っていた。そして出かける時刻と服装について意見を述べた。父はグラシエリータがズボンをはき、英語を話すのが気に入らなかった。ドニャ・グラシエラや娘のセニョーラ・グラシエラの孫娘の育て方に父は賛成しなかった。「グラシエリータは自分の文化への敬意を学ぶべきだ。どうすればちゃんとした女性に成長するのかが、わかっていない」父のグラシエリータを見る目と意見は私を恐れさせた。父の口調は嫌悪感に満ちていた。おそらく同じように、私も批判されることになるだろう。

父は規則をたくさん決めていた。三歳で私は多くの規則を心得ていた。女の子が着るのはドレスだけ。大きくなったらラテン系の男性と結婚し、子どもを産んで、夫と子どもの面倒をみて家事をする。父は遊ぶときもドレスを着るよう命じた。それはつらいことだった。下着が見えるし、下着の穴をからかわれたり、兄のおさがりだといじめられたりした。兄の下着を着ているときは、外で遊びたくなかった。やがて私は兄の古着の半ズボンをドレスの下にはくようになった。

日中、ドニャ・グラシエラは独りで、娘は働きに出て、孫娘は近くの大学に通っていた。彼女は私を自分の子どものように扱ってくれた。いっしょにラジオ小説を聞き、彼女が心底から笑ったり、登場人物のいたずらに怒ったりするのが楽しかった。話の筋はわからなかったが、彼女といっしょに、笑ったり怒ったりした。昼食のあとは、彼女の好きな番組の一つの『黒い影』という吸血鬼を主人公にしたメロドラマを見た。英語の番組だったが、私たちは番組にチャンネルをしっかりあわせた。二人とも理解できるのはスペイン語だけだったので、登場人物の言っていることがわからないまま、テレビの前に座って毎日見ていた。

ドニャ・グラシエラはテレビを見ているうちに、かならず眠ってしまう。彼女が眠ると、私は薄手の毛布を長椅子からもってきて、彼女にかけてあげた。夏はずっと暑くて、ムシムシしていた。私たちと同じで、ドニャ・グラシエラにもエアコンはなかった。でも彼女は毛布の文句は言わなかったし、払いのけなかった。そして私も長椅子に横になって、昼寝をした。

●

●

●

ドニャ・グラシエラの家で過ごす一日は、いつも母が急いで迎えにきて終わった。働きに出るようになって、母は変わった。夕食の準備や家の掃除は母の役目だったが、以前より楽しそうだった。スキップしているように歩き、いつも胸を張っていた。口笛をよく吹いた。同僚に愛され、二か国語ができることで重宝されていたのだと思う。でも父は相変わらず母をいじめていた。毎日のように、母に下品なことを言い、あざけり、殴った。下品なことをする以外には、母にはまったく関心がないかのようだった。母にとって仕事は正常さを感じる機会であり、逃げ場だった。私にとってドニャ・グラシエラ家がそうだったように。

あの夏の最悪の夕方、私は自分の部屋にいた。私は母の叫び声を聞いた。以前にもこんな叫び声を聞いたことがあり、父が母を痛めつけているのは知っていた。私はいつも父を止めたいと思い、何度もそうしたが、私にはそれだけの力がなかった。この日母は父にやめてくれと懇願していた。父が母を打つ音が聞こえた。以前に何度もそうしたように、私は母を助けようと走りでた。兄の部屋を通ったとき、兄たちがベッドの下に隠れているのが見えた。

両親の部屋に行くと、ベッドの上で、父はズボンを下ろして母に乗りかかっていた。母の仕事着のすてきなブラウスとブラジャーは引き裂かれ、胸がはだけていた。スカートとスリップはまくれ、パンティストッキングの股に大きな穴が開いていた。私は父の腕をつかみ、押しのけようとした。母が痛がっている、やめて、やめて、と私は叫んだ。父は攻撃の手を私に向けた。

父は私の顔を何度も殴り、「父親に敬意を払わない女の子がどうなるか、教えてやる」と言った。私は父の足をつかみ、「やめて、ポピ、やめて」と叫んだ。でも私には、おぼろげながら、父を止められないし、以前にも同じ目にあったことがあるし、私に悪かったと思わせるように痛めつけるつもりなのはわかっていた。父が私の着ているものを引き裂きはじめたとき、私はあわてた。恐怖にあえいだ。部屋がぐるぐる回りだし、頭がぼんやりした。父が私を床に押さえつけると、私はまるで皮膚から飛びだそうとしているかんじがして、息ができなかった。父は私を殺すつもりだと思った。頭はますますぼやけてきた。

私は母に止めてほしかった。父を止める母の声が聞こえたが、平板で弱々しかった。私は母の顔を探ったが、無表情に見つめるだけで、私の求める気遣いも愛情もなかった。本当の母はそこにはいなかった。母は意識の中で逃げだしていた。ポピは母の目の前でひどく私を痛めつけた。母の面前での私へのレイプは、母も傷つけることだった。ポピは私に、お母さんはおまえのことなんか気にもかけていない、おまえなんかほしくなかった、おまえなんか愛していない、と言った。母は父を止めようとしなかった。父のことばと母の無関心は痛烈で、私を動揺させた。《母は私を愛しているの？　母は私を心配しているの？》

私は精神がしだいにぼんやりしてきて、部屋のものすべてが遠くに見えた。抵抗をやめ、静かになった。父やほかのものもよく見えなかった。父のことばもはっきり聞こえなかった。私の中の深層で、まるで甲羅の中の亀のように、私はどんどん小さくなり、陥ったパニックもどうにかおさまった。息も穏やかになり、私は自分の体を離した。押しつけられていた床から起き上がるのを感じた。二人の幼い女の子に分裂したような不思議な感覚だった。両手に違和感があり、指が多いのに気づいた。手が二つに割れて別々の手になった。ポピが加える苦痛はまだ感じられたが、だんだん薄らぎ、遠のいた気がした。とうとう私は精神を分離し、天井まで浮きあがり、安全なところで観察できるようになった。

下を見ると、父に押さえつけられた私の小さな体があった。父が痛めつけているのが私だとわかったが、自分とは感じなかった。他人のことのように暴行を観察できて、平静と安心が得られた。私は何も感じられず、聞こえさえしなかった。父は私の表情から、私がそこにいないことがわかり、それが父をいっそう激しいレイプに駆りたてた。私を打ち、正気に戻そうとした。でもそのときには、私ははるか遠くに行っていた。

この防御反応は無意識に私の分身たちに起こったものだった。精神が解離によって、本能的に恐怖と混乱に対応したのだ。人生は苦痛に満ちていたので、やがて私は解離がもたらす無感覚の心地よさを好むようになった。

やがて父も母も部屋を出ていった。私はゆっくりと、床で血を流している自分の体に戻り、しくしく泣いた。父には泣き声を聞かれたくなかったが、母には気づいて戻ってきてほしかった。母は父が私にしたことを見ていたのだ。それなのになぜ助けてくれないのか、愛していると言ってくれないのか。抱いてほしかった。慰めてほしかった。父が私をひどく痛めつけ、私は孤独だった。絶望に打ちのめされ、私は無力だった。私はゆっくり立ちあがり、痛みも恐怖も感じることのないまま、《ポピが戻ってくるまえに、これを片づけておかないと》と思いながら、タオルを取りに風呂場に行った。私は意識してタオルで木の床の血と精液を拭きとることに注意を集中した。終わったら、風呂場に行って、自分の体を洗い、汚れたシーツを洗濯物に入れよう。何も起こらなかったようにしなければならなかった。

きれいにするのは、まるで反射作用のような、自動的な反応だった。ポピの暴行の後始末をしなかったときのことを覚えている。私の部屋に押しかけ、私をベッドから引きずりおろし、散らかしたことを責めてベルトで打った。きれいにし、すべてを元通りにすることは、混乱を制御する感覚をもたらし、慰めになった。いまも、動揺したとき片づけをすると慰められる。

あの夏の夜、私は静かに兄の部屋を通りぬけた。就寝時間を過ぎていた。兄たちは父に起きているのが見つかり殴られるのを恐れて、毛布の下に隠れていた。私はカーテンの仕切りを通り、絶望的な気持ちで額に入ったイエスの絵を見た。大きなハートが描かれ、イエスは両手を大きく広げていた。きれいなパジャマを着るまえに、だれかのぞいていないかと、風呂場の窓を用心深く探った。ポピが追いかけてきて、また暴行するのではないかと恐れて、ベッドの下に後ろ向きにもぐった。そこに入れていた靴や人形の頭を押しのけて、母が私のベッドの下に保管した写真の箱の後ろに回り、壁にあたるまでもぐった。膝を胸に抱え、静かに大きなため息をついた。そこから私をつかまえて引きずりだすのはポピにも一仕事のはずだ。

私は疲れていて、寒くて、途方にくれていた。頭は働いていたが、私は考えを整理しようとはしなかった。考えが流れでるままにした。押しよせる考えは、綿のような感覚になった。そして目は左右に動きだし、瞼が重くなり、目を開けていられなくなった。

いまなら理解できるが、ベッドの下で解離的な睡眠状態になったとき、私の精神は本能的に私自身の別の分身たちを創造したのだった。私の精神は、あの夜私が見て経験したことのさまざまな側面を入れておくための部屋がたくさんある家のようだった。私の意識——いつも存在する中心的な部分——から、暴行の知識を忘れさせ、次の日に起きて、活動するための高度な技法だった。私の精神はトラウマを部分、つまり部屋に分解し、あの夜起きたことを一度にすべて思い出さなくてもいいようにした。一つの分身、つまり部屋は、父が私をレイプしたことを知っていた。別の部屋には身体的な苦痛があった。そのほかの部屋には、母の表情、父の表情、私の覚えたパニックがあり、別の部屋には怒りがあった。一つの分身は、ポピは私を傷つける人であると認識し、彼の言ったこと、「おまえは悪い子だ。これはおまえのせいだ。神がおまえを懲らしめている。おまえは地獄に堕ちる。おまえが悪いとみんな知っている」のすべてを記憶していた。このようなことばや、自分が悪い、地獄に行く、愛されていないという不安を一つの分身に任せ、何年も隠しつづけられるようにした。

あんなに痛めつけられたのは、あの夜がはじめてではなかった。人生のあの時点で、私はすでに家族の暴力によって多くのトラウマを経験し、意識を完全に保った完全な人間としては存在できなくなっていた。同年齢のトラウマ未経験の子どもは、公開見取図のように、一目で中の構造がすべてわかるような精神をしている。でも私の精神は複雑に分かれていた。生活の場となり、たびたび行き来する中心的な部屋はあったが、秘密のドアがあって、普段は鍵をかけていて、中心的な部屋から入れなかった。これらのドアはさらにクローゼットや連結部屋のある多くのドアにつながっていて、長年何度も暴行を受けるにつれて、部屋は複雑に細分化されていた。窓が現れ、暗いカーテンと絵がかけられた。事実、不快な記憶を貯めておく場所であるだけでなく、これらの部屋はそれぞれ独立した自我となり、役割、人格、願望、不安をもつようになった。自分の中で起こっていることは恐れなかったが、家庭で起こっていることには恐怖を覚えた。

私はベッドの下で、壁にもたれて眠り、一晩を生きのびた。朝が来るころには、私の分離した精神がこの記憶を封印していたので重荷にはならず、起きて一日をドニャ・グラシエラと過ごすことができた。私の母も、もっと精巧だろうが、似たようなメカニズムを自分の中にもっていたと思う。暴行のあった翌朝、母も何もなかったように起きて、仕事に行き、家に戻り、夕食の支度をし、私たちをまた就寝させた。

私の精神の部屋の多くは暗くて恐ろしい。ドアには鍵がかかり、鍵を見つけられない。でも、たくさんの窓と色鮮やかなドアのある明るい部屋もあった。こんな部屋は私にも管理ができ、いつでも出入りできた。ドニャ・グラシエラとの経験はこういう明るい部屋にしまっている。必要なときはいつでもその分身を訪ねられるように、そしてドニャ・グラシエラといっしょにいるとどんなに楽しかったかを思い出せるように。

●

●

●

父はボリビアの田舎で、十二人中六番目の子どもとして生まれた。背は低く、やせていたが、私には大きく、強くて恐ろしく思えた。実際には、父は矛盾だらけだった。親切で優しいときもあったが、すぐに意地悪で残忍にもなった。敬虔なカトリック教徒だったが、家族には暴力をふるった。政治や民主主義を力強く情熱的に語った。そういうところを私にも教えこんだ。実際、私は多くの点で父に似ている。私は父と同じ、大きな濃褐色の、大胆な目をしている。ユーモアと誇張を交えた弁論や話術の父の才能を受けついでいた。

しかし現在、私は父がなれなかったあらゆることを達成している。教育を受け、成功し、幸せである。私には特権があり、専門家の尊敬も受けている。父は自意識が強く、行く先々で敬意を求めた。でも、どこに行っても、自分にふさわしいと思える待遇を受けることはなかった。英語が下手だったので、近隣を出ると、ほとんど意を通じさせられなかった。私と父が出かけると、私はほんの子どもだったのに、人びとは父ではなく私に話しかけた。やがて父は、教会、家の近くの礼拝堂、ラテン系の市場、友人たちが集団でおしゃべりしている向かいの公園など、スペイン語が話されている場所だけ頻繁に出入りするようになった。父はラテン系の友人の家にしか行かなくなり、自宅ではスペイン語だけ話すように強要した。

●
●
●

父はイライラするといつでも、兄たちや母や私を殴った。家族を統率し、尊敬を教えるのが自分の役割だと父は思っていた。当然のことながら、三歳の私は、これが普通だと思っていた。どこの父親も家族を統率するために怒鳴るし、子どもが身勝手な行動をすると殴るものだと思っていた。でも、一番幼いころの記憶をたどっても、ポピが私の性器を触り、そこにものを詰めて暴行を加えるのが正常とは思えなかった。汚らわしいことで、とても悪いことのように思えた。どうして父がそんなことをするのか私にはわからなかった。それを表現することばすら、知らなかった。

私の家はドニャ・グラシエラの家と壁一つで仕切られていたので、二世帯住宅のこちら側で起こっていることのほとんどを彼女は聞けただろう。父の怒鳴る声、私たちの悲鳴、さらに怒鳴り声、そして沈黙と泣き声を耳にしただろう。彼女の家にいるときに、私は父が兄に怒鳴る声を聞いた。父の言っていることはわからなかったが、それが悪いことだとはわかった。ドニャ・グラシエラは私たちの家での恐怖を耳にして、どうすることもできず、ただ私たちを気遣っていたのだと想像する。ときどき彼女は私の顔や腕のあざについて聞いてきた。私は黙って床を見た。彼女は私を抱きしめて、父が私にしていることはわかっていると言った。神は罰してくださる、それは私のせいではないと言ってくれた。「神さまはあなたを愛しているのよ、オルギータ」ドニャ・グラシエラはポピより年長だったので、神さまがどう思っているか、ポピよりも彼女のほうがよく知っていると私は信じた。それが慰めだった。

　ある日、ドニャ・グラシエラが計画を提案してきた。夕方、帰宅したら、恐ろしくなったときに家の中で隠れる場所を探すことにした。必要なときに私を見つけられる場所を知っておきたいからと彼女は説明した。次の日に帰宅して、見つけた場所を、教えることにした。実際に探してから、私たち二人で私の考えを再考し、どこが安全で、どこが安全ではないかを決めた。たとえば、夜にガレージに入るべきではないが、半分のサイズのドアしかない地下室の小さなクローゼットは父に入りづらいから、できれば、そこに行くのがいいと彼女は考えた。ドニャ・グラシエラは私にロザリオを与え、使い方を教えた。恐ろしかったらいつでも、隠れ場所にロザリオをもっていって、祈りなさい、と彼女は言った。

さまざまな理由で、これはすばらしい計画だった。まず、隠れることで、たびたび危害から逃れられた。父が母に殴りかかったり怒鳴ったりしたとき、私は父を何度も止めようとしたが、父は母の目の前で私を痛めつけた。母が止めようとすると、さらに私に苦痛を与えた。隠れることに集中するようになって、私はあまり介入しなくなった。二番目に、ドニャ・グラシエラの家からロザリオをもらってきたことがポピを喜ばせた。ポピはよく、家中にある聖人の像にお祈りをするように私たちに教えていた。三番目に、ロザリオのビーズが私の不安を和らげた。ポピの暴力をふるう音を聞くと、母を殺してしまいかねないとの不安にかられたが、止めには入らず、ロザリオのビーズをなで、「恵み深いマリア様、主はあなたとともにおられます。あなたは女たちに祝福され、胎内の御子イエスも祝福されています、アーメン」とスペイン語で聖母に祈った。何度も祈りを唱えると、意味はわからなかったが、私を落ちつかせてくれた。悲鳴や嘆願やうめき声が大きくなるにつれて、早口で祈った。四十年経ってもいまだに、私は恐怖を覚えると「恵み深いマリア様、主はあなたとともにおられます……」と祈っている。そしていまではことばの意味をきちんとわかっている。

ほかにもドニャ・グラシエラの教えを私は家にもちかえった。私は彼女の言ってくれた「神はあなたを愛しているのよ、オルギータ」ということばを手の中でささやき、まるで彼女の穏やかでしっかりした声をつかまえ、そのことばが私とともにあるように、手を握りしめた。私はよく手を握りしめて歩いた。夜、拳を耳にあて、そっと開き、ドニャ・グラシエラが「あなたのせいではないのよ」と言ってくれる声を想像した。

ドニャ・グラシエラの言うことは何でも信じた。私にはその必要があった。私は独りぼっちではなく、弱くもなく、危険にさらされてはいないと信じる必要があった。私は愛されている、愛される価値があると信じる必要があった。年長者は賢人であると教えられてきた。そしてここに一人の年長者がいて、私のせいではないと言ってくれている。父が私をレイプし、「おまえがこんなことをさせるんだぞ。おまえが悪い。おまえは地獄に行くぞ」と叫んでいるとき、私は父の声よりも大きなドニャ・グラシエラの声を頭の中で響かせようとした。父が正しいのではないかととても不安だったが、ドニャ・グラシエラのほうが父より年長で、賢かった。だから彼女が、神は私を愛し、父が私を痛めつけることを憎んでおられる、と言ってくれると、私は全力でこの真実にしがみついた。

一年以上、こんな状態が続いた。私は五歳になった夏のある日、ドニャ・グラシエラが私の家に来て、父と話をした。階段の上の私のいるところから、父が兄や私に暴行を加えていることを知っていると彼女が話しているのが聞こえた。「壁を通して聞こえるのです」と彼女はたしなめた。「もっと分別をわきまえなさい。一家の主としての役目は、家族を守り、養うことで、殴ったり脅したりすることではないからね」彼女は父の信仰心に訴えた。「神は許してくださるよ、アレハンドロ、二度とせず、罪を悔いるなら」

父がまるでスローモーションのように反応するのを見た。右腕を上げ、彼女の手を打った。私はパニックになり、いつもの分離する感覚を覚え、体を離れ、壁をつたって天井まで上昇し、浮きあがった。父は「あんたの家族ではない」と叫んだ。父は近寄り、脅しをかけた。「あんたの家族はどうしようもない。だれも敬意というものを知らん。あんたの家から騒音が続くなら、俺が行って、みんなを静かにさせてやる」父はもう一度、彼女の頭を横から殴った。

彼女はドアのほうによろけて倒れた。彼女もまた父を恐れていることがわかった。彼女にした暴力のためではない。孫娘に父がしかねないこと、それにいま、私にするかもしれないことのためだった。父は私を呼んで階下に来させ、彼女の目の前で、「ドニャ・グラシエラはもうおまえに来てほしくないそうだ」と言った。私の頭は急速な血流の音で満たされた。私は彼女の悲し気な、衝撃を受けた表情を見て、父の言ったほかのことばは耳に入らなかった。正面のドアの横の窓から、ドニャ・グラシエラがゆっくり私の人生から歩き去るのが見えた。顔を手で覆い、倒れないようにポーチの手すりにつかまっていた。

知らないうちに、父は私の腕をつかみ、二階に連れていった。兄の部屋を通って私の部屋に私を引きずりこむと、兄たちはベッドの下に隠れていた。父は私の服を引き裂き、顔を殴った。頭に血が走るのをふたたび感じた。そして父の声が聞こえなくなった。甲羅の中の亀のように、私は自分の内側へ入っていった。頭がぼんやりして、天井のほうに上がっていった。そこから父の前に、震えながら裸で立っている私自身をながめた。父は私の腹や肋骨を何度も殴った。それから私をベッドに投げだし、レイプした。私はまた無感覚になり、もう二度とドニャ・グラシエラに会えないことが、父が私にした何よりもひどいことだと思った。

●

●

それ以来、私は昼間父と家にいることになった。兄たちは公園や友だちの家に遊びに行くか、友だちが家に来て、裏庭で遊んでいた。何度もマイクといっしょに行かせてと頼んだが、ポピは男の子と遊んではいけないと言った。まだ学校に行っていなかったし、スペイン語しか話せなかったので、私には同年代の友だちがいなかった。いまでは父は夜だけでなく昼間も私の近くにいて、ひどい虐待を始めた。

ドニャ・グラシエラを失い、私は途方にくれ、不安におののき、いつも彼女のことを考えた。私は彼女のスケジュールをよく知っていた。壁の向こうの彼女の家で、急な地下への階段を降りるとき、彼女の手を握っている自分を想像した。私がいないと転ぶのではないか、何時間もだれも助けに来ないのではないかと心配した。アイロンをかけているときに火傷をするのではないかと心配した。アイロンのスイッチを切って、コンセントを抜くのを忘れたりしないかと心配した。それが私の仕事だった。「オルギータ、かわいい子、まだ小さいからアイロンはできないけど、アイロンのスイッチを切るのを覚えておいてくれるかい」と彼女は言った。《だれが彼女といっしょにラジオ小説を聞いてあげるのだろう、だれが彼女を笑わせているのだろう》と私は思った。ポピは私に『黒い影』を見させてくれなかったので、物語の展開を追えなくなった。《ドニャ・グラシエラが眠ったとき、だれが毛布をかけてあげるのだろう》彼女が眠っているはずの時間に、私も昼寝をしようとしたが、ベッドにいるのがわかるとポピが来るようになった。だから昼寝はやめた。

階段の上の壁にもたれて、聖ヨセフと聖母マリアの像の近くで、私はよくお祈りをした。家を隔てる壁越しに、ドニャ・グラシエラの声を聞こうとした。ポピは私がそこにいるのを何度か見つけて、ドニャ・グラシエラはもう私のことを求めていないと言った。だから彼女の声を聞くのをやめにした。それからはベッドの下で壁にもたれて過ごすことが多くなった。そこでドニャ・グラシエラのくれたロザリオを握って、お祈りをした。

ドニャ・グラシエラは日中独りぼっちだった。娘は働きに出て、孫娘は学校だった。私は彼女に会おうと心に決めた。家に行けなくても、ほかの方法で彼女に遭遇できるかもしれないと考えた。裏のポーチで敷物の埃を払っている彼女に会えないかと、あたりを散歩するようにした。裏庭でボール遊びをして、彼女の庭にボールを蹴り込んでみた。ボールを取りにフェンスを越え、ゆっくり歩き、私を見ていないかと彼女の窓を探った。でも彼女の姿はなかった。何度かさらにボールを蹴って、地下室の階段に落としてみた。それでもドニャ・グラシエラはいなかった。私にはもうだれもいなかった。

母も我が家の恐怖から逃れる方法を探していた。でも仕事以外の選択肢はあまりなかった。父が母に仕事以外は家にいろと強要したので、母には友だちがいなかった。でも週末になると母は園芸をしに裏庭に逃げた。何時間もかけて赤やオレンジのバラの剪定をして、匂いを嗅ぎ、つぎつぎに花を観賞して過ごした。花模様のある緑色の布手袋をはめ、慎重にバラの手入れをした。私は母が慎重に棘のある茎を手に取り、顔に近づけ、花を近くで見つめ、深く匂いを嗅ぎ、ため息をつくのを観察した。「どうしたの」と聞いても、母は答えなかった。母はときどき、私が裏庭にいっしょにいるのも気づかないようだった。あんなに悲しい溜息をつかせるのはどんな匂いなのか知りたかった。《花の何が悲しいの？　鮮やかで美しいのに》バラに近づいて茎を握ったとき、棘の痛さを感じただけで、匂いは嗅げなかった。私はバラが好きでなかった。

母は庭仕事の道具をたくさんもっていたが、触らせてもらえなかった。だから私は自分の手で土を掘った。それが好きだった。土は黒く、豊かで、冷たかった。そしてときどき味わってみた。ザラザラした味が好きだったが、母の見ていないときでないとできなかった。そうでないと叱られた。

母は土を掘り、新しい花を植え、枯れた花を摘みとって自分の時間を過ごした。母はここに実際にはいないと思える虚ろな表情で花を見た。私は母と座り、母と理解しあいたくて、質問した。母の目の中に私への愛情を示す表情を見たかった。でも見つからない日が多かった。だからもうやめて、私は三匹の飼い犬と遊んだり、裏庭に住みついている亀を探したりした。

亀は私を魅了した。私の小さな手を合わせたくらいの大きさだった。何時間もしゃがんで、甲羅をそっとなでた。亀の甲羅は土のように冷たかった。ザラザラした感触で滑らかでもあった。亀の首と足の皺を見てドニャ・グラシエラを思い出した。軽く亀の頭を触り、首を引っこめるのを見ていた。何時間でも、亀が頭をゆっくり出すのを辛抱強く待った。頭を出すと、また軽く触った。《フッ》亀はまた甲羅に戻った。《こんな硬い甲羅が私にあれば、私を守ってくれるのに》と思った。そして私も甲羅——防護のために縮こまれるような何かが作れないものかと思った。

● ● ●

その夏の終わりの、とくに蒸し暑い日に、ドニャ・グラシエラが外で衣類を干しているのを見かけた。私は裏のドアから走りでて、大喜びで挨拶をした。「こんにちは、ドニャ・グラシエラ」穏やかで愛情のこもった微笑を浮かべて、彼女はフェンスのほうに来た。フェンスを途中まで登り、かがみこんで近づくと抱きしめてくれた。彼女は愛していると言い、私の心は愛で満たされ、飛びあがりそうに思えた。彼女の家に行ってもいいかと尋ねると、私の父が許さないだろうと答えた。どうしていいかわからず、泣きだして、涙であふれ、地面に倒れた。ドニャ・グラシエラは手を伸ばし、私の手をしっかり握って、立たせてくれた。彼女の世話を父が嫌っていても、いまでも私を愛していると彼女は言った。私の手にキスをして、コミュニティセンターに通うことにしなさい、そこには親切な人たちがいて、遊び友だちもいると言ってくれた。別れ際に、父を見張り、父の声を聞き、私を見守っているとささやいた。彼女は私の聞きたかったことには答えてくれなかった。私と母を彼女のところに引っ越させるよう働きかけたというのが、私の聞きたかったことだった。でも、とにかく少し安心した。そしてコミュニティセンターに通おうと考えはじめた。

ドニャ・グラシエラはやれることはすべてして助けてくれた。私は彼女のことも、一見普通に思える親切も忘れないだろう。いまでも、ドニャ・グラシエラについて話したり、彼女と過ごしたことを書いたりすると、私の生活に彼女の愛の力が働いているのが感じられる。

2

私はポピが前夜私に用意していた格子柄のドレスを急いで着て、もつれた髪をブラシで軽くとかしポニーテールにまとめた。兄たちはすでに下の台所で、コミュニティセンターに行こうと、騒々しく朝食をとっていた。私は置いていかれそうで、ハラハラしていた。私はスピードを出そうと、途中まで手すりを滑りおり、台所を走りぬけて、兄たちが裏のドアを出るところに間に合った。ポピに「私もミゲルとアルハンドロといっしょにコミュニティセンターに行く」と言った。父の前では兄をアレックスとは呼べなかった。ミゲルでなくマイクというのを父が耳にしたら、父がどう反応するかわからなかった。でも兄たちは家の外では私にスペイン語の名前を呼ばせなかった。心得ておくことがたくさんあった。

ぐずぐずして呼びとめられて調べられたくなかった。下着にたくしこんだ半ズボンをポピが見つけないか、髪にきちんとブラシをかけようとしないかと心配だった。幸い新聞に夢中で、私を止めたりしなかった。私は自由だった。

裏のドアから走りでて、兄たちに追いつこうとした。庭を横切り、金網のフェンスを越え、路地を抜け、森に入った。森を抜ける近道の先に、アレックスとマイクがいた。私は立ちどまって「待って」と叫んだ。マイクは振りむいたが、アレックスは歩きつづけた。アレックスは私たちが森の近道をしてはいけないとわかっていたので、つかまる危険を冒したくなかったのだ。でもマイクは少し戻って、私に急ぐように言った。私は安心した。《一人ではない、兄が待ってくれていた》

森の真ん中は着替えには最適の場所に思えた。家からもコミュニティセンターからも離れているので、だれも見ていないだろう。私はドレスの下から半ズボンを出し、下着の上にはいた。そして格子のドレスが汚れないように半ズボンの中にたくしこんだ。ドレスの上に半ズボンをはいていれば、座りたいときは地面にも座れる。名案だった。この考えは賢いと思った。ドニャ・グラシエラが思いつきそうなことだった。ドレスの襟の下に手を入れ、ロザリオにそっと触った。

ドレスを半ズボンに入れていると、マイクが笑った。「やめて」私は哀れな声を出した。マイクは笑うのをやめたが、私を見てニヤニヤしていた。マイクもポピの決まりを知っていた。帰り道でまた着替えるのを覚えていなければならなかった。

マイクは私に腕をまわした。私はにこやかに笑った。肩に腕、首に手があるのがどんな感覚なのか、私は注意を凝らした。私は彼の近くにいて安心だと思った。マイクは家の外で遊んでいるときは違っていた。彼はまるで責任者のようにふるまった。彼の友だちや近所の子どもたちといるときに、私をかばってくれると、マイクと私で世界に立ちむかっているような気持ちになった。私には見守ってくれる兄がいる。手を握って、拳を作り、あとで必要になったときのために、この気持ちを詳細に記憶した。拳の中に思いを貯めておくのは、私の分身、私の精神である家の中のより明るい部屋、愛されている感覚をしまっておくための分身を創造する方法だった。幸せで、愛されていて、安全な私の小さな分身は、ドニャ・グラシエラの最初のハグとともに形成され、私が愛を感じるたびに成長していった。必要なときに開けられる色鮮やかなドアのある明るい部屋だった。

森のはるか向こうの草地が、木立の中の空き地から現れるのを見ると、いつもわくわくした。《やった！ つかまらなかった》通りをまっすぐ歩き、角で右に曲がり、公園を横切ってあの草地に出てるとコミュニティセンターに到着できたと思う。でもそれは遠回りだったと思う。とりわけ私は早くマイクや彼の友だちと遊びたかったし、コミュニティセンターの運営者のネルソンさんに会いたかった。

私たちは森から、ずっと歩くのかと思うほど大きな公園の真ん中に出た。コミュニティセンターに向かって歩き、テニスのクレーコートとブランコを通りすぎた。ブランコの下のくぼみにはときどき、年長の子どもたちが独りでブランコに乗って高く舞い上がったときにポケットから落としたキャンディやお金があった。私はよくブランコの下に座って、少し土の混じったキャンディをなめた。でもこの日は、滑り台、ジャングルジム、クライミング・ウォールを通り、駐車場を横切った。

コミュニティセンターはレンガの四角い建物で、小さな学校のようだった。私はお絵かきと工作をしに、中に入った。マイクは建物を回って、草地のほうに行った。そこでは年長の子どもたちがキックボールやバスケットボール、フットボールをしていた。アレックスはたまには試合に参加したが、あまりスポーツを好きではなかった。草の生えた丘の上をぶらつき、草地を見下ろして、ほかの子どもたちが遊んでいるのをながめ、ときどき石投げをするのが好きだった。アレックスはポピとしばしば衝突した。ポピを避けられず、よく殴られ、愚かで怠け者だと言われた。「おまえは俺の息子ではない」とポピはよく言っていた。私がアレックスだったら、いつも悲しくて、途方に暮れていただろう。

一年生になる前の夏、マイクと過ごした毎日は冒険のようで、私はマイクに夢中になった。私たちがいっしょのところを見た人は、よく双子だと思った。マイクのほうが十八か月年長だが、私よりそれほど背は高くなかった。同年齢に見られるのをマイクはいやがったが、私は逆に、双子と思われるのがよかった。マイクは黒くて硬い巻き毛のかわいい男の子だった。すぐにニコッと笑う小さな顔で、眼は大きくて丸かった。母はマイクの顔立ちのよさを評価していた。オリーブ色の肌で、えくぼのある顎、そして父系の完璧な鼻をしていた。私の鼻も、五歳のときは完璧だった。父に繰り返しへし折られるまえだ。やがて十代になって眼鏡が必要になったとき、私の低い鼻すじに合うフレームがなかなか見つからず、このことを気にするようになった。

私はマイクの妹なので、彼の友だちは私がそばにいるのをいやがった。でもほかに遊び相手がいないときは、マイクは私のところに来た。そしてすぐに、私のほうが友だちよりもうまくやれる遊びのあることがわかった——私がけがを恐れていないこともその理由だった。

マイクが私の最初のコーチだった。あの春、路地でバスケット用のボールを見つけてから、マイクは私にバスケットボールを教えてくれた。ボールを投げて私に受けさせ、はね返ったボールの取り方を教えてくれた。私がボールを逃すとマイクは怒鳴ったので、すぐに取れるようになった。最初のうちは本当にリバウンドしたボールを受けるのが下手だったが、ボールをしっかりと凝視し、縫い目まで見て、ボールの動きを頭のなかでゆっくり追えるようになった。地面に着くまえにはじめてボールをキャッチできたとき、マイクは「よくやった」と叫んだ。私はこのときの気持ちを大切にして、マイクのことばを拳にしまった。このようにしてバスケットボールができる分身を作った——たくさんの解離した分身とは別の、ボールに集中できる「わたし」だった。こういう「幸せで」、「有能な」なタイプの「わたし」が、絶望的な状況や感情に対抗し、学業で成果を上げ、ほかの人に褒められたり、肯定的な評価を受けたり、スポーツで大活躍したり、友情を育んだりするのを助けてくれた。

こういう「幸せ」な分身を作るのは、虐待を受けたときに指先から始まる分離とは違う気がした。気がつかないうちに、こういう「優れた」自分の中に入っていた。多少くらくらしたりめまいがしたが、たいていは私の精神の中の穏やかな移行だった。ほんの数秒のことで、体の反応の始まりと終わりはわからなかった。

この解離のおかげで、私はずっとバスケットが得意だった。ボールが跳ねるまえにどう追いつくかのコツがわかると、次に強くまっすぐボールをマイクに返す方法を習得することになった。「そんなに弱いボールじゃ届かないよ」とマイクは言った。投げずに、ほかの人の裏をかいて、バウンドさせてマイクにボールを送った。片手を正面に出してボールを守りながらドリブルする方法もマイクは教えてくれた。スポーツをしてはいけない女の子としては、私はかなり上手だった。当時マイクも私も気づいていなかったが、マイクにバスケットボールの戦略を教わった「わたし」たちが、のちに、そういう技術を先見性や計画性、問題解決力に変えた。

マイクも私も、いっしょにバスケットボールをしているところをポピに見られたら面倒なことになるとわかっていた。危険を承知で、マイクはコミュニティセンターで私を探して連れだし、チームに入れることがあった。年少の子どもたちとお絵かきや工作をしているときに、年長の兄がやってきて遊びに誘ってくれるのは、特別な気がした。ときどき途中で、マイクは私に腕をまわして、「ポピには言うなよ、ぶたれるからな」と言った。恐怖が走り、私はうなずいた。するとマイクは「心配するな、守ってやるから」と言った。またうなずき、私の心は愛で満たされた。私はマイクが守ってくれるものと本気で信じていた。

夏のあいだ、マイクが私と遊びたがるように、マイクの望みどおりのことをする分身を作った。この「わたし」はありのままの私のように見えたが、心配も恐怖も知らなかった。

六月初旬のある朝、いつもの不安とともに目覚めた。マイクはもう私のことが好きでなくなり、もうマイクや彼の友だちと遊べないのではないかと不安だった。その当時は知らなかったが、不安で異常な心配は、レイプや虐待を受ける分身を私の精神が意識から遠ざけておくのに役立っていたのだ。心配するのは心地よくないが、表面的な気晴らしになった。ベッドから起きて、何かほかのことに集中し、一日を過ごすのに役立った。

この特別な日、母は私が風呂場から出てくるのを見て、部屋までついてきて、私を驚かせた。夏休みだったが、私は学校の制服を着ていた。ポピは厳しくいつも私にドレスを着させたが、ほかのドレスが汚れていたので、ポピが私に用意したのがこれだった。母もポピの決まりはわかっていたが、半ズボンと前がボタンダウンのシャツに着替えるように言った。

私と同様に、母にもこの夏、小さな変化が起こっていた。母は病院の仕事をうまくやりこなしていた。私たちはまだとても貧しかったが、母は評価されていると感じていた。しだいに母は自立するようになり、父に逆らうことも増えていた。

私は突然震えあがり、恐怖を覚えた。「だめ、ポピは私のそんな服装は好きではないのよ」

「オルギータ、制服で遊ぶのはだめ。お父さんには私から言うから。着替えなさい、さあ、髪もちゃんとして」母は父が居間で新聞を読んでいるのを見た。「アレハンドロ、オルギータを制服で公園には行かせられないわ」私は階段の上でそば耳を立てながら、ドニャ・グラシエラのロザリオを手に、黙って立っていた。

「ブランカ、おまえは仕事に行くんだろう。子どものことを決める権利はおまえにはない。仕事を選んで家族を捨てたときに、すべての権利を失ったんだ」

私の心臓は激しく鼓動しはじめた。ポピが母を殴るのではないか、母が私のせいでけがをするのではないかと思った。動けなかった。しかし母は静かに再度言った。「私たちにはあの子に新しい制服を買ってやれるお金がないの。ミゲルが着られなくなった半ズボンとシャツを着せるのよ」沈黙があった。それから新聞をくしゃくしゃにして床にたたきつける音がした。新聞を投げつけたのだろう。息もできず、私は待った。

父は悪態をついた。居間の椅子から立ちあがる音がすると、私はパニックになった。物音をたてず、私は自分の部屋に行き、ベッドに座って、あえぎながら、頭を流れる血の騒々しい音を止めようとした。父は怒りのこもった重い足取りで、ゆっくりと二階に上がってきた。私は凍りついた。父は私の部屋のカーテンを払いのけ、近づいてきた。じっと立って、ことばもなく、制服をじろじろと見た。

私はしっかりとロザリオを握りしめた。いつもの分離の感覚を覚えた。そのとき父がマイクのお下がりの半ズボンとシャツを手にしているのがわかった。ベッドの私の横にそれを置いた。ぶっきらぼうに、それを着るように言った、そしてほかには何も言わず、部屋を出ていった。母が仕事に行くまえに一階に降りたかったので、私はすばやく着替えた。急いで兄たちに追いつくように言いながら、母は私をコミュニティセンターに送りだしてくれた。

父が母を正しいと言ったり、私たちを痛めつけたことで謝ったりするのを聞いたことがなかった。でも、父にとって道理が通れば、母の考えに従った。母は自分が私たちに望むことを父の願望につなげるのがうまかった。母は父には何が重要なのかを理解していた。父には私たちの文化、宗教、言語が大切で、人から敬意を払われることが重要だった。あの朝、新しい制服を買う余裕がないことを指摘することで、母は私が半ズボンをはくことを正当化した。父は学校で私が破れて汚れた制服を着ているのをシスターに見られたくなかったが、公園やコミュニティセンターで人が何を言おうがあまり気にしなかった。だから、私の六歳の誕生日より一週間前のあの日は、私はスカートでずっといる必要がなかった。堂々と兄のお下がりを着られた。自由を感じた。

私の父は予測不能だ。いつも父は残酷で、私は恐ろしかった。でも、ときどき、ポピが私を愛していると思うことがあった。教会に行くときに手のつなぎ方で愛情を感じることがあった。近所の友人たちに私を娘だと紹介するときの声に愛情を感じることもあった。あの朝の母のように、対立があるときの父の反応が寛容か、きわめて危険かを予測するために、私は父の一挙手一投足を観察することにした。

●
●
●

秋が近づくと、マイクの興味はフットボールになった。ある日、マイクが私にフットボールのやり方を教えてくれると言った。でも、どういうわけか、私たちは公園ではなく、裏庭で遊ぶことにした。集中しだすと、夏にバスケットボールを覚えた私の分身が現れて、新しいスポーツを覚えようとした。マイクはフットボールのボールを私に渡し、彼を追い起して裏庭の反対側へ走っていけと言った。マイクは意地悪で怖そうだった。あとで教えてくれた表現だが、「勝負顔」をしていた。私がボールをもって走りはじめるとすぐに、マイクは私にタックルした。私は驚いて息が詰まり、地面に転んだ。予想しないタックルを受けて、本能的にパニック症状になったが、マイクも私の顔つきを見て怖くなり、すぐに私から離れた。

ポピが裏口のドアから飛び出してきて、マイクのズボンをつかんだ。ポピは汚いことばを叫び、マイクを叱った。「妹を殴るな。妹の面倒をみるんだぞ。優しくしろ、わかったか」父はマイクを抱えあげてズボンと下着を下ろした。たまたま、公園から帰宅中の彼の友だちが路地から歩いてきた。彼らは見ないでおこうとしたが、父がベルトを外してマイクの裸の尻を鞭打つのを、恐怖と当惑を感じながら目撃した。私は家の中に入ろうとしたが、「オルギータ、そこにいろ」とポピが叫んだ。

父はマイクを下ろし、手を上げた。マイクが空中を揺れながら落ちるのを見て、父の厚い手が私を強く殴るのを感じ、地面に倒れた。「何かしろと言ったら、そうするんだぞ。わかったか」私は地面に倒れたまま、父を見上げた。父はマイクを地面からつかみあげ、もたせかけて尻を向けさせた。そしてベルトでまた打ち始めた。だれも物音一つたてなかった。

二度目の鞭打ちのあと、ドニャ・グラシエラの家の裏口のドアが開き、彼女が出てきた。フェンスまで来て、「アレハンドロ、もう放しておやり」と叫んだ。裏口のドアがもう一度開いて、制服を着た背の高い男性が歩いてきた。グラシエリータの恋人のA・Jだった。彼は警官だった。「その子を放しなさい」と低い声で言った。ポピは自分の背後で何が起きているのだ、と尋ねるように、私のほうを見た。「ドニャ・グラシエラとA・Jさん、グラシエリータの恋人よ。おまわりさんなの」と私はささやいた。父はマイクをふたたび落とし、ベルトを着けて、ドニャ・グラシエラとA・Jと目を合わさず挨拶もせずに、ゆっくりと家の中に入った。

マイクはズボンをかきあげた。立ち姿が小さく見えた。私はドニャ・グラシエラに駆けより、フェンス越しに抱きしめ、彼女のドレスに顔をうずめて泣いた。ドニャ・グラシエラは私の髪をなで、「ちゃんと見ているから」と言った。A・Jがフェンスまで来て、マイクに大丈夫かと聞いた。でもマイクは頭をうなだれたまま、家の中に入った。ドニャ・グラシエラはあらかじめ私たち家族のことをA・Jに話していたにちがいない。なぜならば驚きや憤慨はなく、ただ怒っていたからだ。《A・Jはポピが私たちにしていることを知っている。ポピを連れていってくれたらいいのに》と思った。でも、彼はそうしなかった。いま想像することだが、A・Jは目撃した虐待を止める以外に、どうすべきか単にわからなかったのだと思う。当時の法律はあまり頼りにならなかった。

ドニャ・グラシエラから離れたくなかった。家の中に入りたくなかった。ドニャ・グラシエラは私を行かせるとき、「愛しているよ、オルギータ。おまえはきれいで賢い子だよ」と言った。私は拳を作り、彼女のことばを閉じこめた。「まだロザリオをもっているかい？」

「ここにある」私はシャツからロザリオを出し、彼女に見せた。

彼女は微笑んだ。「家にお入り、お父さんに見つからない隠れ場所を探して、お祈りをするんだよ」私は怖かったが、彼女に言われたとおり家に入った。私は台所に行った。だれもいなかった。静かに流し台を通り、調理コンロと椅子を三脚乗せている小さなフォーマイカのテープルを通りすぎた。父が急ぎ足で降りてくるのが聞こえた。

いつもの逃げ場所に行くだけの時間がなかった。そこで、私はあわててダイニングに走りこんで、必死に見渡した。正面の二つの窓にはベージュの長いカーテンがかかっていた。私の目の前には六脚の椅子のある大きな木製のダイニングテーブルがあり、私の右側の壁には、母が食器や銀器を入れている木製の戸棚があった。

テーブルの下にもぐりたかったが、私が隠れるテーブルクロスがかかっていなかった。私は窓に行き、カーテンに隠れた。カーテンは長かったが、床まではなかったので、足首と足は見えていた。私はドニャ・グラシエラのロザリオを取りだし、心で祈った。「恵み深いマリアさま、主はあなたとともにおられます……」隣の部屋に父が私の名前を呼びながらドスドスと入ってきた音がした。心臓が高鳴り、血流で耳が熱くなり、聞くのも考えるのもできなくなった。返事をするのが怖く、しないのも怖かった。黙ってお祈りを続けた。父はカーテンの下の私の足を見つけた。隠れ場所にはふさわしくなかった。父は近づいて、私の足をつかみ、引きだした。倒れたときに私は頭を窓枠で打ち、朦朧《もうろう》とした。

父は私の足をつかんでダイニングから引きずりだした。居間を通り、階段を上がった。「何様だと思っているんだ、俺はおまえの父親だ。だれに話をしていいか、思いしらせてやる」と叫んだ。階段にぶつかるまいと、できるだけ頭を上げていたが、衝撃を少し和らげられただけだった。階段の上まで父が私をひきずりあげるまでに、頭がクラクラしていた。「隣のあの年寄り女に話したな、口をきくなと言っておいただろう。父親を尊敬しない女の子がどうなるか、教えてやる」とポピはまだ叫んでいた。兄の部屋を引きずられていくとき、マイクがベッドに隠れているのを見て、私の心は沈んだ。マイクは私を守ってくれると言ったのだ。カーテンの向こうの私の部屋で、父は私の足をもちあげて、私をベッドに落とした。思わず叫び声を上げて懇願した。「やめて、ポピ、お願い、やめて、ポピ。もうしないから」

父は私のシャツをつかみ、もちあげた。恐怖でいっぱいになり、息ができなかった。私は父が笑うのを聞いた。私はあえいだ。考えがほとばしった。《お父さんは私を殴るつもりだ。いつも私にすることをするつもりだ。出ていかなくては》それから私には父の声が聞こえなくなった。パニックがおさまり、私は無感覚になった。父がつかんでいるシャツから、私の腕が抜けでるのを感じた。私は自分の中の甲羅に入り、それから天井に上り、そこから父が、私のように見えて私ではないだれかを痛めつけるのをながめた。父は私を殴りながら私の顔を見た。父の目は、私の意識を戻そうとしていた。でも私は天井にいた。そこなら痛みと怒りから離れていて安全だった。ポピはやがてやめた。ベッドの片隅で、意識を失い、ボロ人形のように思えた。

あとで目が覚めると、私は血を流していた。暗かったので、母がもう仕事から帰ってきているのがわかった。でも母は私の様子を見に来なかった。下で母が兄たちに話しているのが聞こえた。私の心は深く沈み、静かに泣いた。私は母に抱きしめてほしかった。さすって寝かしつけてほしかった。母に私をきれいに洗ってほしかった。マイクに二階に来て、私といっしょにいてほしかった。守ってやれなくて悪かった、ポピを止めようとしなくて悪かったとマイクに言ってほしかった。圧力鍋の音がして、母が料理している黒い豆のガーリックと胡椒の匂いがした。

ベッドの私の横にあるロザリオに触れて、お祈りを始めた。「恵み深いマリアさま、主はあなたとともにおられます……」私は起きあがり、用心して風呂場に行った。温かい湯にタオルを浸し、めまいと戦いながら、できるだけそっと洗った。私は自分が何度も何度も解離するのを感じた。絶望が襲った。一つの分身では引きうけられないほど、どうしようもなく深い絶望感だった。

部屋に戻り、きれいな乾いたパジャマを着て、箱と靴を壁に押しつけてまたベッドの下にもぐった。その夜、母は夕食を運んでくれなかった。お休みを言いに来なかった。父が私を痛めつけたあとは、母は私を避けた。長いあいだ不思議に思っていたが、いまでは母は何事もなかったふりをしていたのだと信じている。私をなぐさめようとすれば、母はまず私に起こっていることを認識しなければならなかった。それは母にはあまりにも過酷だったと私は信じている。だからそのかわりに、母は私に対して見ぬふりをした。起こったことが無視できないときは、私を責めた。私が被っている苦痛を最小限にするための工夫だったと思う。そして私と十八か月しか違わないマイクが、私を助けにくる危険を冒さなかったのも驚くことではない。とくに彼も父にほんの少しまえに痛めつけられたばかりだったのだから。

当時は私たちがそれぞれのやり方で対処し、みんなが生きのびようとしていたことに気づいていなかった。そしてその夜、私は泣くのをやめられなかった。孤独の絶望が私を圧倒し、私はまた解離した。私は冷たくなり、無感覚になった。だれも信用できないといういつもの感覚が戻ってきた。だれかに打ちのめされたと思うとき、痛めつけられたという感情から逃れるために、いまでも起こる感覚だ。いまではわかっているが、父が私を虐待しはじめたときにはじめて、信用しないようになった。この防御的な分身はしだいに強く、複雑になった。母が慰めに来られなかったか来なかったとき、マイクが助けに来られなかったか来なかったとき、そのたびに私は解離し、信用しない分身たちを作った。あとで、これらの分身たちは、私を痛めつけそうな人には近づかないように、私の親しい人の裏切りのサインを見逃さないように、私に理解できない行動をしている人からは距離を置くように、事前防御しようとした。こういう警戒的な「わたし」をやりすごして、他人と親しくなるには相当の努力が必要だろう。

でも六歳のときは、この初期の分身が、ベッドの下に独りで隠れている私を救ってくれた。私はついに眠りに落ちた。マイクと私はあの日のことを話さなかった。まるでそれは起こらなかったかのようだった。

とうとう秋が来た。私がドニャ・グラシエラのいない夏を過ごした後だった。母はゆっくり私たちの生活から姿を消した。母は仕事に行き、ほとんど毎晩夕食を作った。それから庭仕事をするか、テレビを見るか、あるいは読書に没頭した。私はマイクと過ごす時間、マイクとの関係がますます重要になった。マイクが進んで注意を払ってくれるときは、私は外に出て遊べた。振りかえってみると、おかしなことだと思う。私は六歳になったばかりで、近所に遊びに行くのに私に必要なのは、ようやく八歳になろうという兄が私の世話をするという約束だったのだ。

ときどきマイクは実際に近くにいてくれた。そんなときに、缶蹴り、鬼ごっこ、かくれんぼなどの遊びを教わった。好きなのは、缶蹴りだったが、同じ遊びでも、じつにたくさんの遊び方があった。そして最年少で唯一の女の子だった私は、一番逃げるのが遅くて、何度もつかまった。

こんなかんじだ。まず拳を重ね、最年長の子が「ポテトが一つ、ポテトが二つ、ポテトが三つ、四つ」と数え、最後の一人になるまで、一人ずつ子どもが抜けていく。そして最後の子どもが鬼だ。だれかが缶をできるだけ遠くに蹴り、鬼になった子どもが缶を取りにいっているあいだに、ほかのみんなが隠れる。それから鬼の子どもが隠れている子どもを探す。見つかって名前を呼ばれると「囚人」になり、缶のそばに座って、待つことになる。

私はたいていすぐに囚人になった。どんなに早く走ってもだめだった。私の問題は、隠れる場所に——我を忘れるほど——こだわることで、動けなくなった。あるいは鬼の子どもが私に向かって走ってくると、叫んでしまった。何かよくないことが起こりそうな感覚をどうにもできなかった。私は泣いてしまった。本当に怖かったのだ。そして泣いているのを隠そうとして、大声で笑った。ただ遊んでいるだけで、遊びは楽しくないといけない。そしてとうとう、あまり何度も私がつかまるので、マイクが私を連れて隠れるようになった。最初のとき、マイクは私の腕をつかんで引っぱりながら、「静かに」の合図に指を一本口に当てた。私の心はマイクへの愛情で満たされた。《マイクは私を助けてくれる》それからマイクは私に、鬼の子どものいるところを、見張るように言った。見張っていると、私がつかまり、マイクは逃げた。マイクはとても足が速かった。

だから私はまた缶のそばに座っていた。鬼の子どもがほかの仲間を探しているあいだに、だれでも走ってきて缶を蹴ることができた。そうするとすべての四人が解放される。ものすごくおもしろかった。マイクはいつも私を助けに来ようとして、鬼の子どもとの競争になった。近所でマイクと遊んだ昼下がりや夕方が私は好きだった。生き生きと感じたし、本当に楽しかった。そうこうしていると、戻っておいでという母の呼ぶ声が聞こえ、私は不安になり悲しくなった。

マイクはたいていきちんと私を見ていてくれたが、自分より年長の子どもといるときは、私への態度が変わった。年長の子どもは私から逃げた。つまり彼らの言うところの、私を「仲間はずれ(ディッチ)」にした。私が近づくと、彼らはいっせいにいなくなり、私を怯えさせた。するとマイクが、家に帰れと私に叫んだ。侮辱されたようで、家に帰りながら涙をこらえた。家に近づくと、パニックが襲ってきた。何度も何度もマイクが私を守ると言うのが聞こえ、わけがわからなくなった。考えのめぐりが速くて、それをつかまえて理解したいとは思わなかった。それぞれの考えをもつ分身たちは安全とは思っていなかった。庭で一匹の亀のそばに座り、そっと亀の頭をなでて、さっと甲羅に引っ込める様子を見ていた。

●
●
●

その秋、私は一年生になった。マイクは二年生で、アレックスは三年生だった。私は学校が好きだった。シスターも好きだったし、習うことすべてが好きだった。一日中英語を話すのは楽しかった。でもアレックスは学校があまり好きではなかった。私にはアレックスは頭がよさそうに思えたが、成績はふるわなかった。アレックスの本名は父の名前を継いだアレハンドロだったが、学校の子どもたちは彼の名前をからかった。よくいじめられて殴られた。学校では初めてのラテン系の子どもで、名前がクラスメートにはめずらしかったのが主な理由だが、友だちができず、自信がなく、なじもうとしなかったこともその理由だった。兄が一年生のとき、シスターたちは母を学校に呼び、状況を説明した。そして兄をアレックスと呼ぶことに全員の意見が一致した。

これで学校と近所ではだいぶ楽になったが、家では兄は苦労していた。書類も通信簿もアレハンドロではなくアレックスと記名してあった。父が英語を話せず読めなかったので、母が宿題を見てやり、教師のコメントを読んでいた。しかしあの秋のある夕方、私は母が夕食の料理をするのをながめ、マイクとアレックスは自分たちの部屋で遊んでいたが、父が「アレハンドロ、すぐに来い」と呼ぶのを耳にして、母と私は驚いた。

私たちはみんな父の声調を読める。アレックスは殴られるのだ。母はすべてのことを中断して居間にいった。私は廊下を走って、階段の下に立った。そこから居間が見えたが、何かあれば二階に駆けあがれるし、隠れることもできた。

父はアレックスの通学カバンを調べ、通信簿を見つけたのだった。学期末で、アレックスはその学期は無事に終えていた。でも父は成績にはこだわっていなかった。父は通信簿の名前を見たのだ。そして今度は、母に向かって文句を言っている。「おまえの息子は違う名前を名乗っているぞ」アレックスがゆっくり階段を降りてくるのが見えた。兄は母が父をなだめているのを聞き、できれば居間に入らずにすめばいいなと願っていた。兄が学校でいじめられていて、シスターがアレックスという名前を使うことを提案してくれたのだと母が父に説明するのを聞いた。そのとき私はアレックスがかわいそうになった。兄は顔に恐怖の色を浮かべていた。私は胃が飛びだしそうで、心臓は速く鼓動した。なんとか必死に息をしようとした。父は母にシスターが何を言おうとかまわないと言った。

「あの子の名前はアレハンドロだ」と父は叫んだ。母は黙った。アレックスは階段の下まで来て、ゆっくり居間に入っていった。私は階段をさっと上がり、座った。血が頭を激しく流れ、起こっていることをちゃんと聞けなかった。私はドニャ・グラシエラのロザリオを取りだし、「恵み深いマリアさま、主はあなたとともにおられます……」と祈りはじめた。以前にも父が鞭打つところを見ていたので、私の耳に入ってくる音が、父のベルトのバックルがアレックスの裸の尻を打つ音だとわかった。

長い時間が経ったように思えたあと、アレックスはようやく許された。ゆっくり階段を上り、鞭打たれたところに触れないように、できるだけズボンを上げていた。私を通りすぎるとき、アレックスは無表情に見えた。私の部屋の端のカーテンのところに行こうとして兄の部屋を抜けるとき、マイクと目があった。今回は自分たちではなかったので、二人ともほっとしていた。

アレックスは風呂場に行った。数分後に母が戸口に立っていた。私の部屋から、窓のカーテンのすきまを越しに、母と兄を見ていた。アレックスが泣いていて、母がタオルを浸して尻を拭いているのが見えた。それから母は薬の戸棚の瓶に手を伸ばし、コットンで兄の皮膚についた血を拭いた。母は兄に、本を置きっ放しにしないようにと優しく言った。

観察しながら、指でロザリオを触り、黙ってお祈りを続けた。こんなふうに私は母に助けてほしかった。涙が頬を伝い、胃に穴が開いたような気がした。だれにも見られないように、床を這い、ベッドまで来て、その下にもぐった。背中が壁に着くと、ひざを胸に抱えこんだ。さらに激しく私は泣いた。でも泣き声は立てなかった。私は孤独だった。

「母は私を愛していない、母は私を愛していない」泣きながらつぶやいた。眠りに落ち、二度と目覚めなければいいのに、と思った。泣けば泣くほど、さらに絶望的になった。私の体はいつもの解離の感覚を覚えた。頭の中に綿が詰まっているみたいで、ぼんやりしてきた。目がキョロキョロして止まらなかった。そして私は眠りに落ち、眠りは私を痛みから引きはなしてくれた。

3

七歳の誕生日の朝、私はいつものようにコニュニティーセンターに行った。二週間前から学校は休みになっていた。そこで、本当のサプライズではなかったが、サプライズの誕生会を開いてくれた。コミュニティセンターを運営するメルソンさんは、私たちの仲間に、工作用紙でHAPPY BIRTHDAY OLGAの文字を切りぬいて、それを厚紙に糊で貼るように頼んでいた。私の役割は、自分の名前なので、好きな色でOLGAの文字を切りぬくことだった。私の誕生日ポスターにサインするために並んでいると、ネルソンさんがチョコレートのかかったカップケーキを十個もってきてくれた。その一つにはロウソクが立ててあった。彼女は全員に「ハッピーバースデイ」を歌わせた。私は目を丸くして、「本当に？　私のためなの？」と言った。

私は嬉しかったが、同時に、怖くて恥ずかしかった。私のまわりの笑顔、とくにネルソンさんの笑顔は嬉しかったが、だれかがこれを私から奪うのではないかという不安も起きていた。私は子どもたちの顔を見て、なんてすてきな人たちだろうと思った。私は自分に《みんな私のことが好きなの》と言った。私は笑顔を浮かべている大柄なネルソンさんを見上げた。

ネルソンさんは、ドニャ・グラシエラが私を愛していると言ってくれたときと同じ表情で私を見ていた。こんな表情や感覚で幸福感に浸ってみようとしたが、幸福感は長く続かなかった。あっという間に深い虚無感と悲しみがそこに押しよせた。あの朝、微笑んで歌っているうちに、涙が出て、ほほを伝うのを感じた。私が普通に微笑みながら涙を流していることに、子どもたちは戸惑った。《オルガが泣いているよ、ネルソン先生》《どうして泣いているの?》

気づかれて気まずくなり、私は笑顔を作り、泣くまいとした。ネルソンさんは私の顔をのぞいた。彼女はみんなに席に着くように言って、私の横にかがみ、「目を閉じてお願いするのよ、オルガ。それからロウソクを消してね」とささやいた。私がロウソクを消そうとすると、彼女は私を止め、お願いするのを忘れないでね、と言った。でも私は考えられなかった。涙がもっとあふれた。

ネルソンさんはみんなに先にカップケーキを食べるように言った。それから私に腕をまわして、「大きく息を吸って、なんでも好きなお願いをしなさい」とささやいた。私はやろうとしたが、お願いを何も思いつかなかった。ロウソクの火はついたままだった。彼女は「何をお願いしてもいいのよ」と言った。私はすべての感情、押しよせる思考、それにみんなの前でお願いを考えるというプレッシャーに疲れた。家庭でもどこでも、私は誕生会の経験がなかった。

やっとお願いが浮かんだ。そして小さな声で「お願いを思いつきました」と言った。彼女は嬉しそうに私を抱きしめた。

「よかったわ。頭の中でお願いを言って、ロウソクを消して」

《ネルソン先生の娘になりたい》とお願いをして、私はロウソクを消した。

「よくできたわ。さあ、カップケーキを食べましょう。それから帰宅時間まで、遊びましょう」私はほっとしてカップケーキにかぶりついた。

この時点までは、私の誕生日は痛めつけられてばかりだったので、誕生日を思うと、とにかく自動的に、苦痛に満ちた経験になりそうなことに耐える方法を知っている分身に通じる心の中のドアを開いてしまっていた。あの朝、コミュニティセンターで現れた「わたし」は無力で、愛されているという感覚がどうしても必要だった。幼い「わたし」がネルソンさんとの愛情ある瞬間をとらえ、私が必要なときに、そこに行けるようにした。あの「わたし」が見せた悲しみは、ネルソンさんにもっとも間近で私たちの家で起こっていることをかいまみせた。

その午後、私はゆっくり歩いて帰宅した。家に近づくと、驚いたことに両親が正面のポーチに座っていた。母が仕事から早く帰っていた。これまでにないことだった。母は私の誕生日祝いで早く帰ったのかもしれないと思った。特別料理とケーキを用意しているのかもしれない。遠くからは、六月にしてはいつもより涼しくて心地よい風の日を楽しんでいるように見えた。父が話し、母が虚ろな目を空に向けているのに気づいた。庭の手入れのときに見せる表情だった。二人の話していたことはわからない。でも深刻そうだった。父はまるで母が何か悪いことでもしたように厳しいそぶりで母を指さしていた。私に気づくと、父はやめた。

私は用心と不安を感じた。でも母を見た喜びは隠せなかった。駆けだして、抱きつきたかったが、母はすぐに腕を出して私を止めた。「だめ、オルギータ、汗びっしょりだもの」母はまだきれいな仕事着のままだった。太ももまでまっすぐで、膝上丈の、袖なしの花柄のドレスを着ていた。髪はしっかり結っていて、巻き毛はヘアスプレーで固めていた。仕事に行くまえに母がスプレーをかけるのを、起きているときはいつも見ていた。一日たっても化粧はくずれていなかった。つけまつげとマスカラの下のアイライナーはそのままで、唇も明るい赤で、手の爪のマニキュアもたしかに同じ色のままだった。

父は腕を私に伸ばした。母と同じように、父もいつも申し分のない服装をしていた。グレイのスーツに、糊のきいた白いシャツと、黒のネクタイを身につけていて、フェドーラ帽は横の小さなテーブルに置いていた。いま思いかえすと、無職の父がいつもきちんとした服装だったのは奇妙なことだ。しかし他人に見られるところに外出するときは、父は専門家で重要人物だと思われたかった。教会や市場に行くときや、近所を散歩するときでさえ、父はこういう服装だった。

「おいで、オルギータ。お父さんがハグしてあげよう」と、大きくずぶとく笑いながら、まるで観客に向かって演技でもするように、父が言った。父の鋭い目つきが私を貫いた。まるで父は私がだれか他人と思っているようだった。私はためらい怖くなった。父の微笑は、硬い小さな口ひげの下でゆがんでいた。以前に何度もそんな表情を見たことがあった。それは容赦のない残忍さの予兆であることが、私にもわかるようになっていた。こんなときは、父は私を痛めつけるだけではなく、卑しめ、精神を破壊したいと思っているようだった。私の意識の中の何人もの「わたし」たちが父の悪意に満ちた表情に気づき、言いようのない恐怖心を私に抱かせた。七歳になったあの日、「わたし」たちが保有している記憶や情報をすべて取り出せたわけではない。ただ、父を避けたほうがいいことだけは知っていた。恐怖が私の小さな体を駆けぬけた。

私は母に救いを求めた。でも母の眼差しから、母はもうこの玄関に私たちといっしょにはいないとわかった。母は内側のどこかに行き、向き合えないもの、自分には止められないものから隠れていた。私はそっと父のところに歩いていき、どうにか距離を保ちつつハグをしようとした。しかし父は私を膝の上に乗せた。父のズボンの下で何かが硬くなるのを感じた。父は私の耳元で、「誕生日のプレゼントがほしいかい？」とささやいた。

「はい、ポピ、プレゼントがほしい」と答えると、父が手を緩めたので、私は転がり落ちた。私の声は単調で、諦めていた。私に選択肢はなかった。私の中の「わたし」には、父からあとで別の「プレゼント」があることがわかっていた。その日の朝ネルソンさんに近づいてきたのも、同じ「わたし」だった。この「わたし」は父の顔の表情を読み、生意気だと殴られるのを避ける方法を知っていた——そしてどのみち父が私をレイプすることも知っていた。考えがあふれた。《お父さんから何もほしくない。お父さんなんか死ねばいい》頭の中をいろいろな考えが駆けめぐり、目の焦点を合わせられなかった。そのころは考えに追いつけず、十分な理解もできなかった。かろうじて、たくさんの「わたし」がそれらを保管していた。私がまだ感じたり表現したりできない激情から私を守るのが「わたし」たちの仕事だった。

母は憂鬱そうにハンドバッグから紙袋を出して父に渡した。父はそれを私に渡し、誕生日おめでとうと言った。そしてワニのようにまた笑った。恐怖が私を襲った。絶望的な気持ちで母を見たが、母はまだここにはいなかった。いつものぼんやりした感覚が起き、突然、通りの向こうの小さな公園にいるようなかんじがした。あの遠い安全なところから、私は自分が袋を開け、伸縮自在のバンドのついたタイメックスの時計を取りだすのを見ていた。母と父が腕時計をしているのを見ていたので、私はそれを自分の手首につけた。私はしっかり父を抱きしめ、父は私をもう一度引きよせた。このときには私は遠くにいたので、恐怖は感じなかった。私は近寄らずに、母に感謝した。母からの返事はなかった。

私は突然ネルソンさんを思い出した。その瞬間、私は自分の体に戻った。新しいプレゼントを彼女に見せてもいいかと両親に尋ね、私は玄関から飛び出した。返事を聞くまえに、《お願い、まだいて、お願い、まだいて、お願い、まだいて……》と思いながら、コミュニティセンターのほうに走りだした。開拓地に差しかかると、彼女のオレンジのフォルクスワーゲンが見えたが、まだずっと遠くて、着くまえに彼女は帰ってしまうかも知れなかった。息切れをしてゼーゼー言いながら、できるだけ速く走り、原っぱを通りすぎた。駐車場に着いたとき、車の中に彼女はいなかったのでほっとした。

歩道に出て、安全に思えたレンガの建物に入るまえに息を整えた。「ネルソン先生、誕生日に腕時計をもらいました」と彼女に見せた。

彼女の顔は輝き、「きれいね。こんなにすばらしい誕生日のプレゼントをくださるなんて、あなたのご両親はあなたをとても愛しているのね」と言った。

「はい、そうです」と私は答えた。もうあの遠くにいる感覚はなかった。

「もっとよく見せてくれる？」外し方がわからなかったが、彼女が助けてくれた。私はまったく逆向きにつけていたのだ。彼女は向きを変えて、時計の表を見た。「オルガ、時計の読み方は知っているの？」

「時計の読み方？」と私は聞いた。

「腕時計を読んで、何時かわかる？」

私は少し考えた。「いいえ」と私は小さく答えた。

机の引き出しの中から、彼女は段ボールの時計を取りだし、「おもしろいわよ」と楽しそうに言った。彼女はしばらく私と座って、大きな針と小さな針、そして秒針の仕組みについて話をした。時刻をセットするための横のボタンの引きだし方とネジの巻き方を教えてくれた。毎日ネジを巻くことを教え、忘れないように、毎日同じ時間にネジを巻きなさい、と彼女は言った。朝着替えるときにする、と私は答えた。いい考えだと言ってくれた。

時計の勉強を終えると、ネルソンさんはもう一度誕生日おめでとうと言い、抱きしめてくれた。そしてそろそろ家に帰らなければ、と言った。彼女がハンドバッグの準備をするのを少し待った。

事務室を出るとき、彼女は私に時刻を聞いた。「五時十五分」と私は答えた。よくできました、と言い、私と手をつないだ。彼女にそうしてもらったことがどんなにすばらしいことかと、心から思った。私といっしょに過ごした時間の長さ、私を見る表情、私の抱きしめ方から、彼女が私を愛しているのを実感した。私はそれを全部覚えておきたかった。空いている手で、そっと拳を作り、この感覚を閉じこめた。彼女は車の錠を開け、ドアを開けて、荷物を前の席に置いた。もう一度私を抱きしめて、「あなたは頭のいい特別な子なのよ、オルガ」と言った。私はそのことばを拳に閉じこめた。

「さようなら、ネルソン先生。時計の読み方を教えてくださって、ありがとうございます」彼女の車が去るのを見ながら、自分の体が重く感じられた。心がどこかに行ったような、彼女といっしょに去ったような気がした。

私は向きを変え、家に向かいながら、いつものぼんやりとした感覚を頭に感じた。私は急いでいなかった。わざわざ遠回りして、同じ区画の一軒一軒を通りすぎた。たくさんの家族が玄関に出ていた。庭で犬と遊んでいる子どもたちもいた。涼しい夏の夕べを談笑している人たちがいた。そして通りの先の、あの角に、ドニャ・グラシエラの家があった。裏庭とすべての窓と正面玄関を見たが、だれもいなかった。角を曲がって、私の家に続く階段を上った。

両親はもう玄関にはいなかった。家に入ると、父が居間で新聞を読んでいた。ガーリック、ピーマン、そして玉ねぎを炒める匂いがした。圧力鍋が穏やかに「シュシュシュ」と音を立てていた。

廊下を通って台所に行くと、母が夕食に黒豆と白米を料理していた。帰り道に店でポークチョップを買ってきて、スパイスに漬けこんでいた。ポークチョップは私たちには贅沢で、普段はこんなに豪勢な食事をする余裕はなかった。私が母に、どうしてポークチョップを食べるのと聞くと、母は素っ気なく「あなたの誕生日だからよ、オルギータ」と答えた。

母は古い部屋着に着替え、エプロンをしていた。「マメ、誕生日のハグをしてくれる？」私がそう言うと、母の表情はこわばった。私が哀願しても、母は手が離せなかった。母は手を伸ばし、急いでハグした。「ハグしたわよ。さあ、どこかに行っていて。あなたの誕生日の夕食を準備しているの。もう一回ハグしてほしかったら、お父さんがしてくれるわ。そうでなければ裏庭に行って、お兄さんたちと遊んでいて」窓の外では、裏庭で兄たちがフットボールをしていた。アレックスがボールを奪いあっているときは、遊びたくなかった。アレックスはマイクに対してよりも、私に乱暴だった。

私は廊下を静かに歩き、父に気づかれないように、二階に行こうとした。でも、上まで行ったとき、父も階段を上がってくるのに気づいた。父はまっすぐ私を見た。鼓動が激しくなり、頭や耳に血が上った。私はスローモーションのように部屋に走りこみ、ベッドにもぐった。だれかが足をつかみ、引きだすのを感じた。出されないように、箱にしがみついたが、だめだった。半分出されたときに、ベッドの足をつかんだが、ポピが私の腹を蹴り、衝撃と痛みで手を離した。父は私を引きだし、床にうつぶせに落とした。息ができなかった。パニックになり、できるだけ深く自分の中に入りこみ、いつもの綿の詰まったような感覚になった。

「わたし」たちの中には、抵抗すれば父の性的虐待が長引くだけで、もっと苦しくなるのがわかっている分身もいた。そういう「わたし」たちが現れて、私に抵抗をやめさせた。成長したもっと賢い「わたし」たちは、苦痛を最小限にする方法を、教わるまでもなかった。父の顔の表情を認識して解読できる「わたし」と密接に連携していたからだ。このように「わたし」たちがいっしょになって、私を引きうけてくれた。

天井から私は父が私をふたたび蹴るのを見た。「わたし」の一人が、父のほうに私の体の向きを変えた。その「わたし」には抵抗をやめないと父は私をもっと痛めつけるのがわかっていた。感覚をなくして自分が服を脱ぎ、きれいにたたむのを見ていた。私は父のベルトを外し、ベッドに上がり横になってじっとしていた。

「悪い子だな。オルギータ。わかっているか、俺にこんなことをさせているのは、おまえだぞ。味を覚えたな」天井から私は父のことばを聞き、私がしていることを見ていた。そして何度も解離した。機械的に、そして情けを込めて、私の精神はこの出来事の記憶を連結した別々の部屋に分けた。日常的に彼の虐待を私が受けいれているのを私自身が知っていることは破滅的でむしろ危険なことだった。私への負担を軽減しようとすることで、私が父の負担も軽くしているという認識に私自身が耐えられないことも何となく理解していた。

父が出ていき、私は自分が起きあがるのを見ていた。私の目はひとりでに左右に揺れた。私の感覚の下で、意識の分身たちが活発に活動していることを示す現象だと、いまではわかっている。新しい「わたし」が作られて、従来の「わたし」たちがあわてていた。活発な状態から、撤退に移行しようとしている「わたし」たちもいた。だれかに見られるのがいやで風呂場には行きたくなかったので、私は無意識にシャツで体を拭いた。私は頭の中で父のことばを聞き、たまらなく恥ずかしくなったので、急いでそのことばと恥の感情を別の部屋に閉じこめた。私はパジャマを着て、身なりを整えた。ベッドの下から出したものを片づけ、シーツも整えた。以前に何度も似たようなことをしてきたが、この解離の状態は何となく重く感じた。それでベッドの下にもぐり、箱を私のまわりに並べた。

どうにかアベマリアの祈りをして、眠った。いつものように夜中に目を覚まし、ベッドに上がった。でも今回は、誕生日の夕食を食べておらず、母が呼びに来てくれなかったことを思い出した。おそらく、これまでになく深い絶望に直面した――いまにも飲みこまれそうな深く暗い穴だった。でもふたたび、私の精神が本能的に機能し、絶望は適度に小さな部分に分けられた。それぞれはわずかな感情を引きうけ、たがいに接触しないように配置された。

翌朝、不安をたくさん抱えて目覚めた。ネルソンさんのことを考え、前日、つまり私の誕生日に彼女が私に言ったことを思いかえした。彼女の笑顔を思いうかべ、いっしょにコミュニティセンターを出るときに私に触れた大きな手が感じられた。不安を抑えようと、ベッドに横になり私が彼女にとって特別でいられる方法を考えた。私を見かけると、彼女はいつも微笑んでくれた。教室で注意されたことはなかった。みんなの前で、私が賢くて創造力があるとほめてくれた。私が楽しんでいるのが特に好きなように思えたので、楽しく見えるかどうかが気になった。誕生日会のお祝いで、泣いたことを思い出し、その日はそれほど私のことが好きでなくなっているのではと不安になった。私は起きてドレスを着て、歯を磨いて、顔を洗った。そして自分の部屋に戻って、鏡の前に立った。

黒い縮れ髪はもつれていたので、さっとブラシを当て、好みの髪形にした。髪を真ん中で分けて、顔の両側にポニーテールがある髪型だった。少しゆがんで、左右がちぐはぐだった。頭の後ろの髪が少し残って、ポニーテールにならないことがよくあった。身支度ができると、私は顔の作りをじっくり見た。

黒い目を覗きこんで、大きくしたり、小さくしたりした。それから左右に動かし、ぎゅっと閉じてから、よく見えなくなるくらい大きく開いた。ひどく笑って、ネルソンさんのように皺が目じりにできるか確かめた。皺ができないのがわかって、がっかりした。ネルソンさんの笑顔を見るのが好きだった。笑うと目じりに皺ができた。それが彼女をとても楽しそうに見せていると思った。目を見すぎないようにした。人差し指で鼻をなぞった。骨折の跡がわかったが、以前起こったことを思い出さないようにした。かわりに、口を見た。軽く笑うと、丸いほほに大きくて深いえくぼができた。えくぼはよくほめられた。えくぼに指を入れるのが好きだった。えくぼのできるほかの笑い方も試してみた。まず、口を開けずに笑ってみた。悪くはなかったが、とくに目が楽しそうに見えなかった。口を少し開けて笑ってみた――これもよくなかった。大きく笑って目をつり上げて、口を開けてみた。正解だった。楽しそうに見えた。鏡から離れ、振りかえって、大きく笑い、もう一度できるか確かめた。できた。笑うふりをしていたのだが、そのあとはもっと笑った。私は自分を楽しそうに見せる正しい笑い方を習得したいと思った。

その夏、ほとんど毎朝これを試した。ネルソンさんのように楽しそうになりたい、ずっと彼女に愛してもらえるように、幸せになりたいと必死だった。あの夏身につけた完璧な笑顔はほぼ生涯のものとなった。だから私はいつでもすぐに幸福な表情になれる。

●

コミュニティセンターでの生活は家とはずいぶん違っていた。家ではあまり笑いがなかった。父は笑ったが、母が英語を話すときの訛りをからかうか、母の料理や掃除をばかにする、意地悪な笑いだった。子どもたちが汚すか、かすり傷やあざを作って帰ってくると、父は母を責めた。仕事に出ること、本来いるべき家を空けることをあざけり、悪い母、妻、主婦だと責めた。母がよき母親であることを自分の誇りにしていることを父は知っていた。父のことばは母をとても悩ませた。あの夏、母は深刻な状態だった。

働くようになってから、母は強くなった。それに呼応して、父は気まぐれで、予想がつかなくなった。母が働く病院では、みんなから好かれていた。母は頭がよく、有能で、評価もされていた。母の英語は上達し、近隣の友人が増えた。その中には英語しか話せない人もいたので、父は彼らとうまくコミュニケーションをはかれなかった。ポピは古い世代で、文化や家族への考えが古風だった。父は見た目よりも、ずっと英語を知っていたが、英語を話そうとはしなかった。賢く思われるほど流暢には話せないと自分でわかっていたからだ。

そのころアレックスとマイクと私は英語も話すことが多くなった。ポピはだんだんそれが気に入らなくなり、新しい決まりを作った。ある夜、いかなる状況でも――学校友だちのようなスペイン語を話さない者から、電話がかかってきても、家では英語を使ってはいけないと父は宣言した。母親に宿題を手伝ってもらうときも、英語で話せなかった。ついうっかり、母に英語で話しかけることがよくあったが、父からすぐに罰せられ、痛めつけられた。

父の苛立ちが増すにつれ、父の私への虐待は頻度が増え、より残酷になった。誕生日後の数週間、父は真夜中に私の口に手を当てて、起こした。私を押したおし、私の小さな体を押しやりベッドに入りこんだ。恐怖が走り、「やめて。ポピ、やめて。こんなことをしないで」と弱々しく言った。

父の目が怒りで引きつった。両手で私の頭をつかみ、ヘッドボードに数回たたきつけた。そして私に「俺のせいじゃない。おまえがしてるんだ」と言った。私はパニックになり、裏庭の亀のように引っ込めた。あの夜、いつも以上に荒々しく父が私をレイプするのを天井の安全なところからながめていた。父には私がだれなのかわからないようだった。父は快楽に我を忘れているようで、途中で私の向きを変え、新しい場所をレイプした。直観的に私はふたたび解離した。父の立てる音を聞かないように、耳をふさいだ。新しい「わたし」が現れて、この予期せぬ虐待の形態と激痛を閉じこめ、取りさってくれた。もう一人の「わたし」は祈った。「アベマリア、恵みにあふれ……」突然私はドニャ・グラシエラの声を聞いた。「あなたが悪いのではない、オルギータ」私は彼女のことば、声、顔、ハグ、そして感じた愛の深さに集中した。

ポピが出ていくと、私は静かに泣いた。ゆっくりとベッドを出て、風呂場の温かい湯にタオルを浸し、念入りに自分を洗った。私は母を求めていた。抱きしめてほしかった。慰めてくれる人がほしかった。ドニャ・グラシエラが恋しかった。寝室に戻って、ベッドを整えた。マイクは隣の部屋で布団に隠れているのだろう。だれにも私を傷つけさせないと言ったのに。私はまた、声を出さずに泣きだした。《どうして兄たちは何もしてくれないのだろう。どうして母は寝ていられるのだろう。ポピは静かにしようとすらしなかった。私は音を立てなかったが、父は騒々しかった。みんな父が私にしたことを聞いたはずだ》と思った。だれも父を止めないことがわかり、私は孤独感に襲われた。

翌朝、幸いなことに、私の精神は私を解離させ、ネルソンさんに関する心配だけをしていた。彼女はまだ私を好きなのだろうか。あの夏も過ぎ、しだいに彼女のことばかり気になるようになった。ありがたいことに、彼女はいつも私のために時間を割いてくれた。コミュニティセンターではいつも彼女の手伝いをし、友だちと遊び、彼女のお絵かきと工作の授業を受けて過ごした。私はポットホルダーと灰皿を作り、何枚も絵を描いた。彼女はぜんぶ気に入ってくれた。

夏が終わるころ、学校が始まるのを楽しみにしていたが、秋が来るという深い不安感もあった。私の中の「わたし」たちの何人かは、父との接触が増える秋と冬のほうが虐待を受けやすいと気づいていた。日が短くなり、学校以外には行くところがなくなる。夏が終わるというこの感覚は何年も続いたが、ずっとあとまで意識的に認識することはなかった。

二年生に進級した最初の日に、私はシスターのメアリ・ジョセフ先生に会った。若くて、大学を出て数年くらいだろう。彼女の目が穏やかなのが私にはわかった。私を引きつける優しい穏やかさだった。メアリ・ジョセフ先生はある意味、私を知っていた。二年間私の兄たちを担任していたからだ。私は彼女が簡単に私の名前を言えたことに驚いた。一年生の担任だったシスターのメアリ・ジョージ先生も兄たちを教えたことがあったが、彼女は私の名前と限られた英語力に戸惑っていた。私はいつも自分が彼女を困らせているような気持ちになった――私はゆっくり話しかけなければならない厄介者で、発音できない名前の生徒なのだと思った。

学期の始まりからメアリ・ジョセフ先生が私にたくさんの気配りをしてくれた。彼女は私の家で何かが起こっていると気づいていて、見守っていてくれたのかもしれない。彼女が何を知っていたのかわからないが、すべてのことに勘づいていたのはたしかだ。よく私を呼びとめて、手や指のあざについて聞いた。私が学校を欠席がちなことにも気づいて、こっそり質問してくれた。父が私の鼻を折ったときも、鼻のまわりのあざに気づいて、すぐに尋ねてくれた。でも私は家での出来事は話さないように躾けられていた。どんなに心配してくれる人でも、いつかいなくなると父は言っていた。

学期のはじめに、警官が私たちの学級に来て、警察がどんなところで、何をしているか、つまり警察は人びとを守るのが仕事だと話した。それからまもないある夜、私が自分の部屋にいると、台所で母の叫び声が聞こえた。怖くなり、母を助けに下に降りていった。母は唇から血を流し、床で泣いていた。父が殴ったにちがいない。父は何か叫びながら、母を見下ろして、手にナイフをもって立っていた。勇気をふりしぼり、居間の電話に向かった。教えられたばかりの方法で、私は警察に電話をかけた。応答した女性に、父が母を殺そうとしていると伝えた。

母は私の声を聞きつけて、「だめ、オルギータ」と言った。父が急いで来て、電話を切った。でも私が住所を言ったあとだった。父は何回か私を打った。それから自分を取りつくろって、居間に座って警官の到着を待った。警官が来たらドアを開け、そのまま帰すように父は私に命じた。母は自分の身だしなみを整え、心配そうに入口で待っていた。

警官が来ると、私はドアを開けた。私たちは三人とも玄関の廊下に立っていた。警官は父と話をしようとしたが、英語が話せないとわかってやめた。母に話しかけたが、とても狼狽していて、ドミニカ訛りが強く、警官には聞き取れなかった。そこで私に何が起こったかと聞いた。私は目を落として、話を創作した。学校で警察のことを習ったので、本当に来るかどうか確かめたのだと言った。留まるか引きあげるか決められず、警官はしばらく入口に立っていた。とうとう一人の警官がかがんで私の顔を見ながら、厳しく、でも優しく、「本当に緊急のときだけ電話をかけなさい」と言った。私がうなずくと、警官は出ていった。

父は母と私に入口で待つように言った。父は地下室に行き、三匹の小型犬のうちから一匹連れてきた。黙って、その場で犬を殺し、死骸を私のそばに置いた。母と私はこのことをたがいに話さなかったが、どちらも父の言いたいことはわかっていると思った。もし私がまた警察に電話をしたら、父は母か私を殺す、と言ったのだ。

ドニャ・グラシエラを失ったように、メアリ・ジョセフ先生を失いたくなかったし、ほかのだれかに父と対面させる危険を冒したくなかった。だから彼女にあざについて聞かれたとき、私は話を創作した。母は私の欠席を詫びる手紙を書いて、私も同じ話ができるように、書いてあることを教えた。それでも私はメアリ・ジョセフ先生が見守ってくれていると思うと慰められた。学校での私の成長を伝えることを理由に、兄たちを担任していたときと同じように、彼女は定期的に母と面談してくれた。

メアリ・ジョセフ先生と母は最初のうちは私の学校の勉強について話しあったが、すぐに一、二か月の話から、学年の話に変わった。ほどなくメアリ・ジョセフ先生は母に私のあざや病気のこと、私が疲れているように見えることを尋ねた。教室の後ろで、ぬりえに夢中になっているふりをして、私は二人の静かな会話に注意深く聞きいった。母がすべてのことを私のお転婆のせいにしているのを聞いた。メアリ・ジョセフ先生は母の言うことに反論はせず、詳しい話は求めなかったが、放課後のさまざまな活動を提案した。私がもっと英語を学び、カトリックについて勉強し、スペイン語の書き方が上達するような活動だった。最後に先生は母に私が学校のバスケットボールのチームに入ることを勧めた。もちろん、母はすべての提案に賛成だった。新しい活動が加わるたびに、私は学校や彼女が暮らす修道会でメアリ・ジョセフ先生と過ごす時間が増えていった。

私はひたすらメアリ・ジョセフ先生のようになりたかった。そして母に大きくなったらシスターになりたいと告白した。メアリ・ジョセフ先生が優しくて賢いと思っていただけでなく、シスターは税金を納めなくてもいいと聞いていたからだ。税金のことになると家が緊張するのを感じるので、税金は悪いものだと思っていた。また、メアリ・ジョセフ先生のように、ほかのシスターといっしょに修道会で暮らしたかった。そこには対立がないように思えた。

メアリ・ジョセフ先生は黒と白の修道服を着ていた。体で見えるのは顔と、額にかかる髪が少しと、首が少しと、手首から先の、母と私のとはちがう手だけだった。彼女の肌は白く、きれいな指にマニキュアはなかった。あるとき、私はメアリ・ジョセフ先生に、左手の大きな金の指輪のことを聞いた。それは結婚指輪で、神と結婚していると彼女は説明してくれた。神と結婚しているなら彼女は特別な人に違いないと思った。私はいつも彼女を見て、顔の表情を読んだ。私の中の「わたし」たちは、家で見るような恐ろしい表情が彼女の顔に現れないかと、いつも見張っていた。私は彼女の顔に恐ろしい表情を見たことはなかったが、見るのはやめられなかった。

メアリ・ジョセフ先生は私に修道会の教室を見せてくれた。そこで南米から来たシスターにスペイン語の読み書きを教えてもらうことになっていた。母はすでに父に話をつけてくれていて、父はこの計画に賛成のようだった。その秋、私は何日も、いっしょに家に帰るために母が仕事帰りに迎えに来るまで、修道会に残っていた。母が微笑みながら私と手をつないで歩き、一日のことを聞いてくれることもあった。母が無表情で、並んで歩いていても、触れることも話すこともなく、まるで独りのようなときもあった。どちらにしても、家に着くと、私はできるだけ急いで、静かに自分の部屋に行った。でも父が近くにいると、私を呼びとめて、ちゃんと私とシスターたちが勉強をしているかどうかを確かめるために、スペイン語のテストをした。

ある日、メアリ・ジョセフ先生が私へのプレゼントとして聖書をもってきてくれた。私たちは放課後いっしょに聖書を読んだ——むしろ絵を見て、お話について語りあったと言うべきかもしれない。彼女の机に向かっていっしょに座り、聖書の話をしているとき、彼女はとても優しく、心配そうに私を見ていた。私は彼女の近くにいる感覚、彼女の優しい微笑、心配してくれる目の近くにいる感覚を大切にしようと思った。いっしょに聖書を読んでもらう生徒は私だけだった。《先生は私のことを気にかけてくれている》私は拳を握り、メアリ・ジョセフ先生がしてくれたり言ってくれた特別なことを保管している「わたし」の中に、その気持ちをとらえておこうとした。

でもときには私は彼女にとってむずかしい生徒だったにちがいない。その年、私の不安の度合いは浮き沈みした。学校の成績はよかったが、集中ができず、おしゃべりをして、人を笑わせるのが好きだった。もちろん、メアリ・ジョセフ先生には担当する授業があるので、私の存在は秩序を維持する妨げとなった。その学年が始まったときは、一番後ろの席だった。授業中に私が平気でおしゃべりをすることに気がついて、彼女は私を一番前の席に移した。しかし隣の席の子どもとおしゃべりをするのをやめさせることにはならなかった。怒った彼女は、私の小さな机を彼女の大きな机の横に置いた。彼女を戸惑わせたことに、なんと私は彼女に話しかけるようになった。ついにメアリ・ジョセフ先生は、みんなから離れた教室の前の隅に私の机を置いた。そこから私はときどきクラスのみんなに意見を言ったが、たいていは黙っていた。そして学年をほとんど通して、私はそこにいた。それでもメアリ・ジョセフ先生は私に細やかな注意を払ってくれた。私が手を挙げると、いつも指名し、たびたび私の答えをほめてくれた。私は特別で頭がよく、注意を向けてもらう価値があるという気がした。

その年、家での虐待はますますひどくなり、私は自分の中の適応メカニズムを駆使した。父と私しか家にいないときは、いつも父は私に性的虐待をした。学校から帰って、父と二人だけだとわかると、かならず「わたし」が現れて、レイプされるという不安な予測のもとに、父を探し、虐待を誘った。父の顔に特別な表情を見るか、足音に悪意を感じたときは、精神の中でドアが開き、「わたし」の一人が誘発を引きうけた。父は夜になるときまって私の部屋に現れ、私の口に手を当てて私を起こし、ベッドにもぐりこんだ。こういうときも、「わたし」の一人が過去に父が私に求めたことを引きうけた。

おそらく私への虐待が増えたのは、父が家族への影響力を失っていたからだろう。マイクは野球を始め、コーチと親しくなり、家にいる時間はだんだん少なくなった。マイクが家にいるときは、母と同じように、上の空だった。兄は私たちみんなを無視して、私と遊ぶのもやめた。母は仕事が忙しく、ますます遅くなるようになった。父は、職場で浮気をしているのではないかと母を責め、生意気だとマイクを責めた。アレックスをつぶさに観察し、あらゆる失敗を見のがさなかった。父は私たち全員を嫌っているようだった。次から次へと非難し、いつも怒っていた。私が二年生だったその年、みんなはそっと歩くようにしていた。

私はつねに父の顔色を観察し、声の調子を聞き、癖に注意した。家ではますます不安になった。可能なときは、私の部屋で、風呂場の窓の下の隅に座って過ごすか、ベッドの下にもぐった。背中に壁を感じると、少し落ちついた気持ちになった。目が左右に揺れ、考えがあふれた。《メアリ・ジョセフ先生は本当に私が好きなのだろうか。きっと私は先生のお気にいり。だれも放課後まで残そうとしないもの。修道会にもいっしょに行く。シスターたちはとても親切。あそこに住めたらいいのに。私は神さまと結婚するには若すぎるのかしら》メアリ・ジョセフ先生と修道会のシスターたちにあこがれる「わたし」が表面近くに出てきて、私は幸せな気分になった。シスターたちのすてきな声を聞くために、私は拳を耳に当てた。シスターたちに挨拶をするときのハグを感じた。アイロンのかかった清潔な白い修道服を着て、手を組みお祈りをしている自分を想像した。私は学校の校庭でスキップし、滑り台をし、遊んだ。

その冬のある夜、父はいつものように私を起こした。私はパニックになり、これから起こる虐待への対応をしてくれる「わたし」に任せるために、自分の中に深く入ろうとした。でも、私は父が笑っているのを見た。目が見開き、いままで聞いたことのない不気味な笑い方だった。そして父の後ろに、マイクとアレックスがいるのが見えた。最初、私はほっとした。兄たちがようやく助けに来てくれたのだ、兄たちが父を止めてくれると思った。私は表面の近くに戻った。しかしすぐにポピが入れたから兄たちがここにいるのだとわかった。

父は布団をはねのけ、私をレイプした。父は兄たちに近くに来るように手招きした。私の体は冷たくなり、恐怖でいっぱいになった。耳には血がめぐり、ズキズキして、父が何を言っているのか聞こえなかったが、兄にレイプのやり方を教えようとしているのがわかった。頭が破裂しそうだった。私が皮膚から飛びだそうとしたときに、前に何度もあったことだが、私の精神が情け深く引きうけてくれた。私は無感覚になり、パニックもおさまった。私は甲羅に入り、天上をさまよい、だれかほか人の家族のようにながめた。

これは私たち全員への虐待だった。一つひとつ、父はマイクとアレックスにやり方を教えた。どうすれば私が抵抗しなくなってやりやすくなるかを教えた。私がじっとしているのは、私が望んでいるからだと父は兄たちに説明した。その夜、父は兄二人に私をレイプさせた。私は繰り返し解離した。一人の「わたし」は父の顔の表情をしまった。ほかの「わたし」たちは兄の表情をしまった。もう一人の「わたし」は兄たちが私の腕をつかむ感覚をしまった。ほかの「わたし」たちは身体的な痛みをしまい、さらにほかの「わたし」たちが屈辱をしまった。

虐待が続いた数時間のうちに、私は二十から三十の「わたし」や「わたし」の断片を創造した。連結した部屋になっていて、それぞれはこの新しい暴虐のほんの小さな部分を引きうけた。このようにして、何かの理由で断片的な情報に驚いたとしても、起こったことを全部思い出すことはなくなった。あのとき、すべてのことを知りながら生きのびることはできなかったことだろう。父が兄たちに私をレイプさせたあの夜、そしてそれに続く夜の出来事を入れておくたくさんの「わたし」を創造した。

私の頭のぼんやりした感覚が深まり、虐待されている最中でも、ほかの「わたし」が現れて私を慰めるようになった。ほかの「わたし」たちが虐待の詳細を吸収し、払いのけてくれたので、私ははじめて、何度も思い描いた空想に逃避した。私は修道会にいて、シスターたちと暮らしていた。私たちはゲームで遊んでいた。一人のシスターが、私はいままで会った中で一番頭のいい女の子だと言った。もう一人は、私は特別だと言った。もう一人は、神が私を愛していると言った。メアリ・ジョセフ先生は手に聖書をもって、いっしょに読んでくれた。ドニャ・グラシエラが修道会に来て、私たちのお祈りを先導した。「アベマリア、恵みに満ちた……」

4

母は兄たちと私に、父と母で私を「特別な夜」に連れていくと説明した。私は大喜びした。《でも、特別なことをしてもらうのが、なぜ私なのだろう》兄たちは抗議して、まさに私の考えたことを質問した。父は警告するような声で、「あの子はたった一人の女の子だ。だから特別な夜を過ごせるのだ」と言った。父の言い方はきっぱりしていた。兄たちはもう何も言わなかった。

私はぴったりのドレスがあまりなかった。お気にいりは白いレースのドレスだったが、上半身はよくても、あまりにも丈が短かった。白いソックスをはき、教会など特別なときの黒いエナメルの靴をはいた。でも目的の場所に着いたとき、母の表情から、これが普通のおつきあいの外出ではないのが私にもわかった。母はよく上の空になり、イライラした様子を見せたが、この表情はいつもと違っていた。母の顔は冷たくこわばっているようだった。まるで何かに身構えているようだった。父が母を殴ったあとで、また同じこと父がするのを予感しているときに母が見せる表情だった。母の顔は私を不安にした。そして考えがあふれだした。《何が起ころうとしているの？　どこにいるの？　これはだれの家なの？》私は何かヒントを求めて父を見た。父もいつもと様子が違った。私には状況がつかめなかった。落ちつこうとした。

母が荒々しく私に車から降りるように言った。《特別な夜というかんじではない》家に近づくにつれて、私の鼓動は激しくなった。一人の男がドアを開け、私を見たとき、パニックが起こるかと思ったが、すぐにいつもの冷静さを取り戻した。父はその男性がスミスさんだと私に紹介した。

私たちが家に入ると、母は石のような顔をして居間に座った。父はスミスさんのあとについて、私を寝室に連れていった。スミスさんは子どもっぽいあまい声で私に話しかけ、ベッドで跳びはねて遊ぶのがいかにおもしろいかと私に話しかけた。それから「やってごらん」と言った。私はふたたびパニックになり、やりたくないとスミスさんに言った。ポピのほうを見たが、顔の表情から、私は拒否できないのだとわかった。もし拒めば、どうなるかはわかっていた。ポピが私をつかんで、ベッドに投げだした。スミスさんは私を打ち、ベッドに倒したが、私は激しく抵抗した——どこでもかしこでも、スミスさんをたたいたり、噛みついたり、蹴ったりした。「やめて」と私は叫んだ。父がベルトで私を打つ音を聞き、痛みを感じた。父は私の反応に驚いたと思う。兄たちには抵抗しなかったし、父に抵抗したのもずいぶん前のことだ。でもこれは違った。私はこの男もこの家も知らなかった。父は私に、家で父が私にするのは私のせいだと言っていた。でもこれは私のせいではないと私にもわかった。だから言うことを聞きたくなかった。

私は失禁し、ベッドの上で嘔吐した。スミスさんは怒って、父にお金は払わないと言った。これを聞き、私はほっとした。私は勝った、家に帰れると思った。でもまちがっていた。私が抵抗をやめるとすぐに、スミスさんはズボンのチャックを下ろした。私はまたパニックになった。私の中の「わたし」の一人には、私に勝ち目はないとわかった。私の頭は綿でいっぱいになった。私は体を離れ、安全な天井に行き、スミスさんが私をレイプするのを見ていた。父も部屋に残って見ているのに気がついた。終わると、スミスさんは私をベッドに残し、父と出ていき、支払いについて言いあいをした。結局、スミスさんは支払いを拒否した。私はいつものように放心状態で、風呂場のタオルで自分を拭いた。両親に連れられて家を出て、車に戻った。

父は道中ずっと私に叫んでいた。家に着くと、母は黙って自分たちの部屋に行き、父はベッドで眠ったふりをしている兄たちを通りすぎて、私を私の部屋に連れていった。父は怒って私に、「お金が必要なのだ、食べ物や家賃の、オルギータ。おまえが台無しにした。もう家賃が払えないぞ」と言った。

「お母さんの仕事はどうなの。お母さんがもってくるお金は?」

父は私の顔を強く殴った。私は床に倒れた。「生意気なことを言うな。もう二度とあんなに抵抗するな。言ったとおりにしろ」私は父の手のあとがあざになるのを感じながら、《大嫌い、ポピなんて。死ねばいい》と思った。その夜私をレイプして、父は私に「おまえは俺のものだ、オルギータ。忘れるな。とにかく、俺のものだ」と言った。

数年にわたって、両親と私は毎週、このような特別な夜を過ごした。ラテン社会の父の友人や知人の家に行った。私には完全な記憶がないので、そのたびに私は大喜びで、一番上等の服を着て、車に飛びのった。でも母の冷たく硬い表情を見るとすぐに、以前の記憶がよみがえり、男の家に行き、男が私に悪いことをして、父にお金を払うのだということを知っている「わたし」が現れた。この「わたし」は怒っていて、抵抗をやめることを拒んだ。私は父が私を殴るのを気にしなかった。強く殴られて、倒れ、二度と目覚めないことを願っていた。

両親にとって私の抵抗は悩みだった。抵抗するとお金を払ってもらえないことがよくあった。お酒を飲ませれば従順になると考えて、母は出先に着くと私にグラス一杯のウィスキーを飲ませるようになった。グラス一杯では両親の思惑通り私がおとなしくならないときは、二杯目を飲ませた。私のアドレナリンが高かったのだと思うが、一杯ではほとんど効き目はなかったが、二杯目はたいてい効果があった。結局これが一番いい方法ということになった。

この方法はうまくいったので、母は私に、自宅を出るまえか、車に乗ってすぐに、ワインを一、二杯飲ませることにした。アルコールを出されたことが記憶の引き金となり、飲むのを拒むと、母は説得した。「オルギータ、あなたはこうしないといけないの。私たちには食べ物を買うお金や、あの家に住むためのお金が必要なの」この説明は、私に家族を養う責任を自覚させ、説得力があり、効果的だった。私は家族が家を出ることになるのを望まなかった。私は家族が飢えるのを望まなかった。だから私は従った。

私は初期の抵抗をはっきり覚えている。小さな体で可能なかぎり抵抗し、ワインを飲むことも母と言いあった。でも抵抗できないくらいお酒を飲んだあとに受けたレイプの記憶はほとんどない。私が主として記憶しているのは、レイプのあとの体に残った痛みや、家に戻ってから、「おまえは俺のものだぞ、だれのものでもないぞ」と言いながら父が私をレイプして加えた痛みである。

両親が何年ものあいだ私に売春をさせていたことを丸ごと記憶しなくてもいいように、記憶の断片を引きうけるたがいに関連した部屋である「わたし」たちをますますたくさん創造した。生きのびるためだった。私に起こったことの記憶に偶然たどりついたときに備えて、私は自殺をする「わたし」も作った。売春の記憶を保管している部屋は、自殺を計画している部屋によって分離されていた。それは初歩的な戦略で、その当時は効果があったが、新たに究極的な危険を私にもたらすものであった。何年もあとになって、それらをつなぎあわせようとしたとき、絶望から死を選ぼうとする、やむにやまれぬ衝動を覚えることがしばしばあった。

●　●　●

両親の部屋の隅で、私は母がものを投げているのを見た。主に父の衣類だった。こんなことをしたら父が驚くことを母は知っていたにちがいない。父はいつも過剰に几帳面だった。しかし母は気にしていないようだ。母はいままでになく怒っていた。怒りがおさまると母はベッドに倒れ、泣いた。私は母を慰めようとしたが、反応しない。数分後母は突然泣きやみ、冷たく硬い表情になった。

その日の朝早く、知らない人が私たちを強制退去させに家に来た。その人は、申し訳ないが、出ていってくれ、と言った。父は私が売春で稼いだ金のほとんどを、スーツやネクタイや帽子の新調に使い、ずっと家賃を払っていなかったことが判明した。母の給料もそうだったが、父はお金を自分の好きなように使ってきた。

しばらくして父が帰ってきた。私は二階の廊下のクローゼットの陰に隠れて、台所で母が父に向きあうのを聞いていた。「どうしてこんなことができるの？　私が稼いだお金も、オルギータと作ったお金も全部渡したのに、一年も家賃を払っていないなんて。あのお金を何に使ったの」

「ここでは俺が世帯主だ。自分のお金を好きに使ってどこが悪い」皿の割れる音がした。父が虚勢を張って投げたにちがいない。

「アレハンドロ」母の声がした。少し和らいでいた。「今度は私たち、どうなるの？　子どもたちは学校に行けない。この辺りの人はもうだれも私たちに家を貸してくれないわ」

ポピは、我関せずのそぶりだった。「それなら街に引っ越そう。子どもたちは公立の学校に行けばいい。とにかくそのほうがいいさ」父が本当はこう思っていないことは私にもわかったが、父はいつも過ちを認めなかった。暗闇に隠れた場所で、また引っ越すことに対するパニック症状は、依存的な無感覚に変わっていた。何時間にも思えるあいだ、両親が言い争っていた。やがて母の声が、苦悩から意識的な嫌悪に変わり、低く単調な声になった。母が父に対して、これほど徹底した軽蔑を口にするのを聞いたことがなかった。父はたびたびかっとなり、さらに皿が割れる音がしたが、ほとんど他人事のようだった。私はクローゼットの中に座り、ロザリオを手に、祈った。ビーズに触りながら、ドニャ・グラシエラを思った。両親の関係は変わってしまった。あの晩から、母は父とめったに口をきかなくなった。

●
●
●

あの夜からまもなく、私が十一歳になる年の春に、私たちは母が見つけた街のアパートに引っ越した。この引っ越しは母の変化を決定づけた。母はいままでになく、内側にこもるようになった。母は冷たく、あらゆることで怒りっぽくなった。引っ越しは私にも変化をもたらした。家族のための掃除や料理をかなり私が担うようになった。私が望んだわけではないが、引っ越して数日後、母が私の部屋に来ていっしょに座った。これ自体が従来なかったことだが、母は私の部屋に来て、生活の変化について話すようになった。母は私の手は握らなかった。私が幼かったころ、母が私に優しさを示したことはなかった。

「オルギータ、仕事で昇進したの。お金をもっともらえるようになるけど、仕事時間も増えるの」

私は黙って聞いていたが、《私は信じない。もっと長くトマスといたいのでしょう》と思った。トマスは母の上司で、私は二人が関係していると疑いはじめていた。

私の疑いは数年前、ポピがボリビアの家族を訪問した夏に始まった。少なくとも、そこは父が行くと言った場所だ。ポピは家族の話をしたことがなかったので、私たちはこの旅に驚いた。これまでに話してくれたのは、幼いときに家族から逃げだしたことだけだった。兄も私も父方の祖父母に会ったことがなく、学校も休みだったが、いっしょに行こうとは誘われなかった。

ポピの留守中、トマスが頻繁に訪ねてきた。彼はいつも母を職場まで車で送り迎えしていたが、それとは違うように思えた。ある日帰宅すると、トマスの車が通りの脇にあり、母が早く帰宅していて驚いた。母を呼ぶと、二階で話す声が聞こえた。それから母が衣服を整えながら降りてきた。母の髪が乱れ、驚いた様子で、何か悪いことをして見つかったように、きまりがわるそうだった。数分後トマスが階段を降りてきて、二階のカーテンはすばらしいと言った。「カーテンを見せてくれてありがとう。うちのアパートにも、ああいうのをかけるよ」そのときは何が起きているのか、私には理解できなかったが、母が人に知られたくないことをしていたのは察した。

それから、母と私は新しいアパートの私の部屋に座り、母は「あなたの助けが必要なの、オルギータ。仕事が遅くなるとき、アパートの掃除をして、お兄さんとお父さんの夕飯を作ってほしいの。やり方を教えてあげる。簡単よ」と言った。そう言うと母は出ていった。心の中で私は怒りがわくのを感じた。《どうして私が全部しなければならないの？　マイクとアレックスは？》でも、怒りが私を満たす中で、黙って座っていた。突然、いつもの無感覚が起こり、私を穏やかにした。

その日から私は学校から帰ると、宿題をし、アパートの掃除をし、父と兄の夕食を作った。私は料理が得意ではなく、上手になりたいとも思わなかった。《気に入らないなら、お気の毒さま。自

分で食事の用意をすればいい》

怒りをこの家で表明するのは、私にとって安全なことではない。私は父もアレックスもマイクも大嫌いだったが、それを口にしたことはない。そんなことを言ったら、きっと殴られた。当時をいま振りかえると、母の気持ちが家族から離れ、家の面倒と父と兄の夕食作りを私に任せたのは、母のがまんの限界だったのだ。私の中のどこかに、私の中のたくさんの「わたし」たちのあいだのどこかに、私にされたあらゆることの説明があった。詳細は覚えていないが、深刻な危害が加えられたということはわかっていたにちがいない。父や兄たちの面倒をみるように言いつけられて、私は許せない怒りを覚えたからだ。でも怒りを安全に表現できなかったので、この怒りと憤慨を引きうける新しい「わたし」たちが生まれた。私は新進の運動選手と認められていたが、さらに攻撃的にスポーツをするようになった。成長するにつれて、衝動的に走り、ウエイトを挙げて怒りを発散した。極端な無力感と自殺願望も、表現できない怒りに起因するのだと、いまなら理解できる。

● ● ●

その秋、五年生の授業が終わって帰宅すると、母が早く帰っていた。あせって父の物をまとめていた。母のあわてぶりに、私は混乱し、恐怖を覚えた。「オルギータ、お父さんが心臓発作を起こしたの。死ぬかもしれない。入院しているから、私はすぐそこに行くわ」

最近起こった生活の変化――新しい学校、新しい家、新しい先生に友だち――は、私が生きのびるのを助けてくれる「わたし」たちに微妙な調整を求めていた。私の世界はふたたび変化の脅威にさらされていて、私には耐えられなかった。《心臓発作。父は死ぬかもしれない》今回はパニックがおさまると、いつもの無感覚に新しい感情が加わった。これまでにない劇的な解離だった。それは手からは起こらなかった。頭が文字どおり割れてしまいそうだった。激しい頭痛がして、それから遠くにいるような、あるいは大きな世界で小さくなったような感覚だった。これまでとは異なるものだった。考えがつぎつぎと浮かぶことはなく、不安はなかった。そのかわりに、私の考えは、父の死への悲しみから父の死への喜び、そして次に起こることへの恐怖へと移っていった。私の中の「わたし」たちは深刻に対立していた。そして私の考えはゆっくり思案しつづけた。考えを感じられたが、理解はできなかった。父が死ぬかもしれないと母が言ったとき、私はとても長いトンネルの端にいるように思った。私の中の世界が崩れはじめていた。

ほとんど考えられないことに苛立ちながら、私は静かに座っていた。《時間がかかりすぎる。どうこれに感じていいか、わからない》内部の葛藤はさらに強まり、頭痛もひどくなった。《時間がかかりすぎる。やめて。どう感じればいいの？　何を言えばいいの？》母は父の荷物をまとめる手を止めて、私に目を向けた。私はどう感じればいいのかと考えながら、母の視線に、母の感情を探った。母の視線はぼんやりしていたが、すぐに私がずっとそばにいることへの苛立ちに変わった。また急いで父のものを探しはじめた。とうとう私は「アレックスとマイクは？　二人には連絡するの？」と聞いた。兄たちは学校からまだ帰っていなかった。

「時間がないの」と母が言った。「友だちが病院まで車で送ると言って下で待ってるの。あなたが伝えて。遅くなると思うから、先に寝ていて」そう言って母は出ていった。ほとんど無感覚で、少し不安を覚えながら、ぼんやり座って、兄たちを待った。

その夜アレックスとマイクに夕食をさせながら、感じ方の手がかりを求めて、兄たちの表情をじっくり観察した。二人は食べ物の文句ばかり言った。怒りが私の中で起こった。《それなら自分で料理をすればいい》やがて私たちはベッドに入った。母は遅くに帰宅した。疲れはてた様子で、私たちを起こして、ポピの報告をした。

「ポピは死んだの？」と私は母に尋ねた。

「いいえ、オルギータ」母は私の問いに苛立ったようだった。ポピが重い心臓発作を起こして、集中治療を受けていると説明した。父が回復するかどうかはしばらくわからないそうだ。まだ父が死ぬ可能性はあった。私は母のことばの裏の感情を探してみたが、何もなかった。私は兄たちを見た。二人も無表情だった。私は内部の感覚を失った。私はもう悲しむことができない。私には恐ろしさもない。何も感じなかった。

•
•
•

父は心臓発作から生還した。数週間後、医師たちは父を退院させ、自宅療養にした。放課後の家事手伝いは、一日中の仕事になった。母には仕事があったので、私が学校を休んで家に残り、父の世話をした。結局、私がしなければ、だれが父と家に残るのか。母は解雇されるからできないと言った。でも私にはわかっていた。上司と関係があるから、母を解雇できないはずだ。このとき私はポピに何の感情も抱いていなかった。私は父と家にいて世話をしたくなかった。私は友だちといっしょに学校にいたかった。私は交通指導係だったので、その役目を失うのが心配だった。学業が遅れるのも心配だった。先生たちは親切に宿題を家に届けてくれたが、私は集中できず、ほとんど宿題ができなかった。私はいつも先生たちの話を聞き、見て学習効果を上げていた。

父と家に残った初日に、私は台所のドアの背後から居間にいる父を見て、父の状態を探った。これから何日も長い時間を二人きりで過ごすことになる。これまで私の知っている父には思えなかった。パジャマを着て座り、虚空を見つめていた。心臓発作を起こすまえは、服装に注意を払い、身なりを整えずに部屋から出ることはなかった。でももう気にしていないようだった。父はただ見つめるだけで、どこにも焦点はないようだった。私のほうを見るときは、父は悲しそうだった。《もうポピではないみたい。悲しそうで、弱々しい。私の目の前で死んでしまうの？　もし死んだら、私はどうしたらいいの？》心臓発作のまえは、父はいつも活動的だった。熱心に新聞を読み、テレビを見て、政治について私に話した。でも、いまはただ、点いていないテレビのほうを向いているだけで、新聞も、読まずに横に置いてあった。美しい秋の日で、父の後ろの大きな窓から小さな運動場とバスケットのコートが見渡せたが、父は興味を示さなかった。

よく見ると、父の顔に涙が伝っていた。私はそれまで父が泣くのを見たことがなかった。私は驚き、《父は怖いのだ。父は死のうとしている。父は孤独なのだ》と思った。私は一言も話さず、父を観察した。どうして泣いているのか聞きもしなかったし、父の悲しみをテレビやドミノで紛らしてやろうともしなかった。私は静かに、離れて、ただそこに立っていた。私は父に用心はしていたが、実際には恐れていなかった。父が身体的に私を痛みつけることはなさそうだったが、どうにかしてそうしようとするのではないかと思った。《父はもう怖くない。父はもう私を痛めつけられない》椅子に丸くなっている父は、父自身の甲羅のようだった。私の考えがふたたび浮かんだ。《父はどうなるのだろう。私はどうなるのだろう》

父は相変わらず朝食にベーコンエッグをほしがったが、父はもう食べてはいけないことになっていた。父にはもう決定権はなかった。父は低脂肪の食事をしなければいけないと母が言った。私は父に低脂肪の牛乳をかけた小麦パフのシリアルを出した。父は同じ見つめるような目でそれを見て、ゆっくり食べはじめた。台所から、シリアルは味気ないと父が文句を言うのが聞こえた。私は父に逆らったという実感がゆっくりとわいた。私は父に、もうほしいものは食べられないと告げたが、痛めつけられなかった。《ほら、もう父は私を痛めつけられない》

このように一週間が過ぎて、私は父といることをあまり気にしなくなっていた。私は父にもっと率直に話すようになった。最初のうちは恐る恐るだったが、だんだん大胆になった。テレビを点けて、政治についてポピと話すようになった。父も少し元気になり、いっしょに座ってニュースを見たり、新聞も読むようになり、愛着のある南米での出来事を私に話すようになった。父といっしょにいることに慣れてはきたが、父に愛情を感じることも、ましてや好きになることもなかった。私の中に、冷たさと距離感は残った。無感覚こそ、父が私に教え込んだことだった。

父の活力が戻ってくるにつれて、食事についての文句を口にすることが増えた。私たちの会話は恐ろしい話題に触れることもあった。「お母さんは俺を愛していない。本当は遅くまで働いていないのは知っているだろう。トマスといる。俺はあいつを失った」この数週間ではじめて、考えがつぎつぎと浮かんだ。《父は知っている。父は母を殺す。父は私たちをみんな殺す》「おまえの兄さんたちも、俺を愛していない。あいつらは俺に敬意を払わない」兄たちは父がいつも家にいるので、ますますアパートに寄りつかなくなっていた。「おまえだけだ、俺を愛してくれるのは」父が話しているとき、私は父の顔に悲しみだけを見た。尊敬の欠如が話題になるときまって浮かんだ怒りはなかった。父は捨てられたと思っていた。私は自分を落ちつかせ、考えを切りかえた。《父はもう私を傷つけられない》私はそこに座った。父への愛情は感じなかったが、耳を傾けた。

父は私に、父の部屋に行って、ドレッサーの引き出しから革製の箱をもってきてくれと言った。見つけて、父に渡した。父は箱の中を見てから私を見た。父は泣いていた。一つずつ、箱の中から小さなものを取りだし、私に説明した。アメリカの五十セント硬貨、ヒューバート・H・ハンフリーの一九六八年大統領候補キャンペーンのボタン、一組のカフスボタン、そして私の乳歯の入った小さな箱。父はますます激しく泣いた。何かがおかしかったが、私にはわからなかった。私は怖くなり、感覚を失った。父は私に箱を返し、世話をしてくれてありがとうと言った。私は一言も言わなかった。その日の夕方遅く、母が帰宅したとき、母を呼びとめて、箱のことを話した。翌朝、母は私を学校に戻し、父を入院させた。母は父の症状が悪化していると言った。

それからほんの数日後、母を車で送ってきたトマスがアパートに入ってきた。ハロウィンの日で、私は独りで家事をしていた。母は長椅子にトマスと手を握って並んで座り、トマスが、ポピは死んだと私に言った。私はすぐさま混乱に陥り、彼のことばが理解できなかった。《ポピが死んだ？ポピが死んだ？「死んだ」って何？》そして私は怒りを込めてトマスを見た。《この男は私の何？どうしてこの人が私に言うの？》そしてふたたび私の考えが変わった。私は母を見て、黙って唇を見つめた。私に目を向けさせようとしたが、母は見なかった。《どうして母が話さないの？》どういうことか理解しようとした。その感情がわからなかった。また考えが変わった。《母の目を見れば、その気持ちがわかるはず》母は泣いているように見えなかった。母はトマスの大きな手に握られた自分の手を見ていた。私も二人の手を見た。

トマスは母より年長だったが、父より若かった。彼は父によく似ていた。背は低く、禿げていて、ちょびひげをや生やしていた。服装もきちんとしていて、スーツを着て、ネクタイを締め、フェドーラ型の帽子をかぶっていた。だがトマスには仕事があった。そしてポピよりも優しそうだった。母に親切で、普段は、私も彼のそういうところは好きだった。でもいまは、ここでポピが死んだと言ったことに怒りを覚えた。突然、私は理解した。ポピは死んだ、もう帰ってこない。私は落ちつき、解放された。

私は母に「今晩、ハロウィンに行ってもいい?」と聞いた。

母は無表情なまま、はじめてことばを発した。「だめよ、それは不謹慎よ。今晩は家にいなさい。それから今週は学校も休みなさい」母は悲しそうには見えなかった。母にはどんな感情もなかった。母は、低い声で、通夜と葬式について話し、段取りを口頭で並べた。母は伏目がちで、だれに向かって話しているのかわからなかった。「教会に電話をしなければ。葬儀場も探さないと。私の親類にも電話しなければ。お父さんのものを運びださないと」すぐに母の心配は深まり、声は上ずった。そしてトマスのほうに向き、「私たちにはお金がないの。どうやったらこの費用を払えるかしら」と言った。

私は二人がたがいに話すのを見つめ、耳をすました。母は取り乱し、トマスは優しく支えるような声だった。心配が母を圧倒しているようだった。母の声が緊迫してくるにつれて私は怖くなり、内部で何かが動いた。《母は本当に怖がっている》私自身の恐怖が増すにつれて、考えが速くめぐった。《私はどうしたらいいの? どう母を助けるの?》ためらいながら、「私たちは大丈夫よ、マメ」と言った。母はトマスと話すのをやめて、怒りのこもった視線を私に向けた。私はまた引きさがった。

私と母はよく似た方法で適応していたのだと、いまなら理解できる。多くの女性が夫を失った圧倒的な悲しみを感じると同時に、横暴な配偶者がいなくなったことに圧倒的な解放感を感じる時代だったから、いつもの私のように、母は無感覚と強い不安のあいだを行き来していたのだ。私は父がもう家に帰ってこないと聞いて、解放されもしたが、一方で、私たちがどうなるのか、心配だった。だれかに、明日は、来週は、来月は、私がどうなっているか――私の人生がどうなっているか、教えてほしかった。私には秩序と安定が必要だった。父の死による解放感にもかかわらず、私の未来は不確実で恐ろしく思えた。そのときはなぜなのかわからなかったが、恐れる理由はあった。

母にもトマスにも気づかれないように、私は自分の部屋に行き、ベッドに座った。父に敬意を表すために、楽しみも笑いも遊びも控えるべきだとわかっていたので、部屋の隅で静かにしていた。そこで私は安心し、しだいに穏やかな気持ちになった。目の焦点を外し、ぼんやりと考えをめぐらせた。夕方はずっとそこに座ったまま、母がポピのことを兄たちに話し、親族や教会、近隣の人に電話して父の死を知らせるのを聞いていた。

その週末、母方のおばやおじ、親族たちが通夜と葬儀にやってきた。彼らに会うのは嬉しかった。彼らはいつも私に愛情と好意を示してくれた。母は彼らに、父の荷物をまとめ、袋か箱にしまうのを手伝うように頼んだ。葬式のあと、母の同僚や友人の弔問を受けるためにとどまり、やがて父のものを全部持ち帰った。残ったのは父が私にくれた小物入れと古いアルバムだけだった。写真には二十代、三十代の父が写っていた。友人たちに囲まれて、たいていたばこを吸いながら、微笑むか、大笑いしていた。私たちはそれらの写真には写っていなかった。私の知っている父ではなかった。

あとで、私はじっくりその笑顔と目の表情をながめた。そして母と出会うまえ、子どもたちが生まれるまえの父を想像した。こんな笑顔の父を見たことはなかった。《若いころの父はどうしてこんなに楽しそうなのだろう。どうして私たちといっしょのときは、幸せではなかったのだろう》

母の家族は父の母に対する態度に、十分気づいていたようだ。父のものを全部もっていってくれと母が言ったとき、だれも驚かなかったし、何も聞かなかった。彼らが父の衣類を詰めるのをながめて、父のスーツがおしゃれで高価だと言っているのを聞いた。私は怒りがわくのを感じたが、なぜだかわからなかった。その週のあいだ、私はほとんど感覚を失っていた。でも内側のどこかに解放感があり、別のどこかに、何が起こるのかわからない不安があった。これで母が戻ってきてくれたら、と必死に願っていた。私があこがれる愛情のある慈しみ深い女性になってくれたら、と。

しかし、それから数週間、数か月が過ぎて、母の心配は増えるばかりだった。何度も「どうやって一人であなたたちを養っていけばいいの」と言った。母の心配は私には意味がわからなかった。結局、母は何年も、私たち五人を養ってきた。そしていまや母のお金を好きなように使う父もいないのだ。私たちは大丈夫、もうお母さんはちゃんと私たちの面倒をみてくれているという、いつもの返事をしつづけた。でも母には私が見えないか、聞こえないようだった。私は無力感を覚えた。私は必死に母の関心と愛情を求めた。ポピがいなくなったのだから、母が私のところに戻ってくると思っていた。母が愛情のある母親になって、私と手をつなぎ、私のランチバッグの模様の「O」のような明るい笑顔をしてくれると思っていた。

反対に、母の心配はどんどん広がり、それが日常になった。母は仕事の心配をした。アレックスの非行を心配した。マイクの傲慢《ごうまん》な態度と、留守が増えたことを心配した。そして母の心配は、そのまま私の心配にもなった。《母は解雇されるの？　母は私たちを養えるの？　マイクはどうして母に傲慢なの？》

何年もまえに、父が母を殴るのを見たとき、抗議して止めるための「わたし」が私の中に生まれた。その「わたし」が、ポピが母を傷つけたあと、母の悲しみと痛みを慰めようとした。あとになって、母と外出中、母の強いドミニカ訛りの英語がわからなくてまわりの人がイライラすることがあると、その「わたし」が現れた。でも、生活上の心配と変化で精一杯のいま、母を守る「わたし」が母のすべての問題と恐れを引きうけるのは無理だった。母の心配はあまりにも広範囲で、この守護的な「わたし」はたくさんの「わたし」に分離して、それぞれ別の心配に的をしぼって母を力づけるしかなかった。

母が私に売春を強要したことを怒っている「わたし」や、母が自分の内側にこもって私を放棄し、ネグレクトしたと思っている「わたし」を抑えこんだ。そのかわりに、一人の「わたし」が私を行儀よくふるまわせた。私はいつも言われたとおりにして、口答えも、言い争いもなかった。別の「わたし」がアパートをいつもきれいしておくために生まれた。また別の「わたし」は料理をした。母があまりお金の心配をしなくてもいいように、ベビーシッターのアルバイトをする「わたし」も生まれた。でも、もっとも粘り強いのは、母に戻ってきてと願いつづける「わたし」だった。

第二部

暗闇から見えてきたこと

5

十二歳になった夏、私は暇さえあればプールに行った。六月から八月まで、早起きして、母に言われた家事をすませ、開場時刻にはプールに着いているようにした。可能なときはプールが閉まるまでいた。そして夕食の支度に間に合うように、近道をして家に帰った。

どんなに長くプールにいても、私は泳げなかった。年少の子どもたちといっしょに、プールの端の浅いところで苦労していた。大きいのに泳げないことが恥ずかしかった。とくに、私の半分の歳の子どもでも楽に泳ぐことが、私を恥ずかしがらせた。プールに来ている年長の子どもたちや兄たちにからかわれるのを、いつも心配していた。すでに私は自分がばかで、醜く、汚いと感じていた。消えてしまいたいと思っていた。そのときは私の恥の感覚がどこに由来するのかわからなかった。だれもがこのように思っているわけではないことも理解できなかった。

同じアパートの友だちのエレノアが私に泳ぎを教えようとしたが、教わっても成果はあまりなかった。たいてい彼女が泳いでみせて、「さあ、同じようにして」と言った。やろうとしても、年長の子どもや兄たちのいるところで泳ぎを習っていると思っただけで、パニックになり、彼女の真似ができなくなった。

ある日彼女は方法を変え、水泳を段階に分けた。「足を上げて。目を閉じて。腕と足をこう動かして」私はエレノアが腕を丸く動かし、足をパタパタと蹴るのを注意深く見た。私も簡単に同じようにできたらいいのに、と思った。私はだれが見ているかと周囲を見渡した。ほかの子どもたちは遊んでいるか泳いでいて、だれも私を見ていなかった。私が足を上げるとすぐにプールの底に沈んだ。私はパニックになり、のたうちまわり、ついに足を着けて、立ちあがった。自分が情けなかった。何回か試して、私はあきらめた。でもエレノアはいつも意欲的に私に教えた。「明日もやってみよう」

ある日、ライフガードの一人のリズが私の努力を見ているのに気がついた。目が合うと、リズは笑顔を返し、エレノアと同じように手を動かして見せた。あとで、私がプールチェアで日光浴をしていると、リズはライフガードの椅子から降りて、私のところに来た。「オルガ?」私はどうして私の名前を知っているのだろうと思ったが、プールを使用するためにはアパートの通行証を見せないといけないことを思い出した。何回か彼女に通行証を見せたことがあった。「よければ私が泳ぎ方を教えてあげるわ。プールが開く一時間前に来られるかしら。あなたと私だけだから、教えてあげられるわ」

私は心臓がどきどきして、返事のことばが見つからなかった。頭の中であらゆる考えがぐるぐる回った。《リズが私のところに来てくれた。彼女は大学生で、本当にかっこいい。彼女は私に泳ぎを教えてくれる。まぬけなやつだと私を見ている人のいないところで、彼女が私を教えてくれる》ようやくのことで、私は「とてもありがたいことです。ありがとう」と言った。

続く数週間、私は毎朝、プールの開く一時間前に到着した。リズが私に腕の動かし方、手の位置、足の蹴り方を教えてくれた。足の蹴り方を練習しているあいだ、底に沈んでパニックにならないように、私を支えてくれた。私はリズを信頼した。「目を閉じて。鼻で息を吐いて。水を飲みこまないで」だんだん上達しているのを感じ、泳げるようになるにつれて達成感がわいた。私はこの感覚をつかみ、拳に閉じこめた。泳げて、リズの友だちになれる「わたし」が生まれるとき、私は内側で優しい解離を感じた。このような解離が頻繁に起こり、内部の悪感情に対抗する善良で前向きな「わたし」がたくさん生まれた。

一度私はこの成功を母に話そうとした。うまくいったことを母に話すのは本当に久しぶりだったが、母は聞いてくれなかった。リズは違った。彼女は十八歳で、姉のようだった。彼女と話していると心地よかった。彼女は聞いてくれた。彼女は私なら新しいことを習えるし、問題を解決できると教えてくれた。その夏、そして友情の続いた数年間、私はひたすらリズのことが気になってしかたなかった。朝、目覚めると、最近のリズとのやりとりを思い出し、愚かなことを言ったりしたりしていないか確かめた。私は自分が口にしたすべてのことばを振りかえり、彼女がどう私を見たか、何を言ったかを思い出し、まだ私を好きなのかを考えた。これはつらかったが、リズへの心配と強迫観念は、十代になった兄たちが、父の死後、私への虐待を再開したことを考えずにすんだ。

●
●
●

あの夏の十二歳の誕生日に、六月の終わりだったが、私はリズとの朝の水泳の練習を終えて、母の代わりに洗濯をするために走って家に帰った。家には洗濯機も乾燥機もなかったので、アパート地下の共同設備を使っていた。洗濯槽はいっぱいになり、三回は洗濯機を回すことになると思った。母は仕事にでかけるとき、留守中にする家事のリストを私に渡した。母はその日が私の誕生日だと気づいていないようだったので、私は悲しく、落胆した。

兄のアレックスは友だちのゲイリーと地下倉庫のエリアにいた。アレックスは空き倉庫をクラブハウスにしていた。兄と友人たちはそこに集まって、『プレイボーイ』誌を読んだりマリファナを吸ったりしていた。倉庫エリアにはあまり人が来なかったので、クラブにはうってつけだった。私が最初の洗濯を始めたとき、アレックスとゲイリーが私を呼ぶのが聞こえた。私に見せたいものがあると二人は言った。私は興味があったが、クラブハウスに近づくとマリファナの匂いがして、不安になった。二人が「……あいつ、誕生日だから、特別だって思っているぜ。教えてやろう」とささやくのが聞こえた。独特のひがんだ解釈で、ポピの生前、私が特別扱いされることに、アレックスは深い恨みを抱くようになった。「特別な夜」の代償として、アレックスは翌日、父のいないときに、私を嘲り殴った。あの日、そういう特定の記憶はなかったが、兄が私を「特別」と嘲るように言うのを耳にして、私の中で何かがひらめき、不安を覚えた。

遅すぎた。向きを変えて階段を上がったが、アレックスが私をつかまえて、倉庫の区画に私を投げいれた。頭に血が上ぼり、音がはっきり聞こえなくなった。目がすばやく前後に動き、アレックスを憎む「わたし」が現れて抵抗した。私の中にある怒りのすべてをこめて、「大嫌い」と叫び、拳を振り回した。しかし兄には当たらなかった。私は兄の足を蹴り、叫び、呪った。兄の顔に唾を吐き、かがんで腕に嚙みついた。兄は痛がった。私は嬉しかった。

でも、アレックスは私よりも大きく、強かった。たいして苦労もせず、腕をつかみ、私を荒々しく抱えこんだ。倉庫のコンクリートの壁に私をたたきつけては起こし、気絶して床に倒れるまで何度も繰り返した。意識が戻ると、アレックスは私をレイプした。最初、強いパニックを覚えたが、本能的に私の精神は私を救うように反応し、私の頭は綿でいっぱいになった。パニックは収まり、気持ちは穏やかになった。私は体を離れ、天井に行き、アレックスとゲイリーが、私に似ているけれども自分とは思えないだれかを順にレイプするのを見ていた。二人とも終わると、そろって私に尿をかけた。私は動かなかった。「わかったか、ゲイリー。こいつはおまえに何でもやらせてくれる。大した売春婦だ」二人の虐待は果てしなく思われ、死んでしまいたかった。

この暴行中に、この新しい屈辱と暴力を私から遠ざけ、この暴力の記憶を引きうけ、私を危害から守るために、一人の「わたし」が生まれたことが、あとでわかった。現在では十二歳の「わたし」と認識している。アレックスとゲイリーが去ったあと、私は自分の体に戻った。この新しい「わたし」がいるあいだに、私は放心状態のままゆっくり立ちあがった。十二歳の「わたし」はもう地下室が安全な場所ではないとわかった。だから私が裂けた服を見て、アレックスとゲイリーが私にしたことによる痛みと湿り気を感じるまで、意識の表面に近くにとどまっていた。私は恥ずかしさを覚え、だれにも見られたくなかった。《ここから出ていかないと》この考えは抑えきれないほど強かったが、頭には対立する考えもすぐに浮かんだ。《でもお母さんは洗濯ものを置きっ放しで地下室を出てはいけないと言った》内側の意見の対立は長くは続かなかった。地下室にいると思うと私はパニックになり、裂けた服を片手で抑えながら、洗濯機の中の衣類を集めた。裂けて汚れた服が見えないように、濡れた衣類の入ったバスケットで体を隠した。そしてゆっくり三階まで階段を上り、私たちの部屋に向かった。

ドアに着いたとき、意識がぼんやりした。それから別の抑えがたい考えが浮かんだ。《アレックスが私をひどく痛めつけた。まだ危険は続いている》私は恐怖に打ちのめされた。《アレックスが中にいたらどうしよう》私は数分、無感覚と恐怖のあいだで身動きできず、ドアの前の廊下に立っていた。そして放心状態から脱し、静かに中に入り、だれか家にいないか確かめるためにあたりを窺いながら、まっすぐに自分の部屋に行った。だれもいなかった。きれいな服を出し、私の部屋のドアから、だれもいないか再確認して、風呂場に急いで行き、血液と精液、尿を私の体から洗い流した。何年にもわたって、きれいにすることを覚えた「わたし」たちが現れて、いつものように私を慰めた。落ちついてくると、あれほど強かった抑えがたい考えは遠のき、暴行の記憶を私の精神の中の錠のかかった部屋にしまいこんだ。

何も感じることのない深い無感覚の中で、私は頭のはるか遠くにいた。目の焦点を合わせられなかった。引きこもった感じで、孤独だった。裂けて汚れた服を捨てて、さっき洗った濡れた衣類と次の洗濯物を集めて、地下に戻った。洗濯室の隅の床に座った。とくに何を見ることもなく、次の洗濯と乾燥が終わるのを待った。二回分の洗濯物を詰めて、自分の部屋に戻り、疲れ切って、ドアを閉めた。洗濯も終わらなかったし、リストにあるほかの家事もできなかった。その日、リズには戻ってくると言っていたが、プールにはもう行かなかった。無感覚の、焦点の定まらない視線で、ベッドと壁のあいだの隅にただ座っていた。アパートに声がしても、無感覚が深まるだけだった。

母が帰宅し、私が家事を終えていないことに気づき、「オルガ、今日は何をしていたの。食器を洗わず、夕食も作っていない、洗濯も一部だけ。どうしたの？ 私は一日中働いて、あなたは簡単な家事を少しして私を助けてもくれないの？」母の声の辛辣さに、私の心は沈んだ。母は私の誕生日を覚えていなかった。母が夕食を作るあいだに、私は洗濯を終わらせ、食器を洗った——夕食はいつもの黒豆と米だった。私は母を落胆させ心配の種を増やしたことを申し訳なく思った。私は自分に問いかけた。《母が私を頼りにできないというのは正しいの？ 私は兄たちと同じくらいひどい子で、母の助けになっていないの？》

その夜、私は早くベッドに入った。意識はぼんやりしたままで、無感覚でいる助けになった。暴行を覚えていなかったので、母やほかの人に話したくとも話せなかった。十二歳の「わたし」は、私の意識の中の家で、自分の部屋に落ちつき、アレックスといっしょのときはいつも不安にかられたが、どうして兄が危険なのかを意識して理解できなかったし、兄の友だちのゲイリーが私をレイプでき、私が訴える心配もないと知っていることに気づいてもいなかった。私にわかるのは、何らかの理由でゲイリーが私を不安がらせ、私は彼を避けなければならないということだけだった。でも彼は情け容赦なく、何度も繰り返し、私を追いかけまわした。

●
●
●

次の日、私はまた朝早くプールに行ったが、静かに無口でいた。何となく、自分がとても悪く感じられて、リズの目が見られなかった。暴行は憶えていなかった。ただ自分を醜く、でぶで、恐ろしく感じた。「どうしたの？　どうして約束どおり、昨日、戻ってこなかったの？　その擦り傷とあざはどうしたの？」

私は驚いた。「擦り傷とあざ？」昨日何があったのか、どうしてプールに戻らなかったのか、なぜけがをしたのか、私は自分の記憶を探った。でも思い出せなかった。私の頭はぼんやりしだした。私は虚ろに地面を見つめた。リズは私の目を見て、話題を変えた。

「ねえ、昨日は誕生日だったそうね」彼女が知っていて、覚えていたのが嬉しかった。「ボブズビッグボーイに行って、お誕生日にいちごのショートケーキをごちそうしようと思っていたのよ。かわりに、今日、行きたい？」

私は目を輝かせた。「本当？　行きたい！」

「シフトが終わったら、着替えて連れていってあげる」私は一日中、このことを考えていた。最初は興奮だけだった。《リズといっしょにボブズビッグボーイに行くの。私は特別で、車に乗せてもらうの》でもすぐに、興奮は心配に変わった。《何か馬鹿なことをしたらどうしよう？　彼女の気持ちが変わったらどうしよう？　私がどんなにひどいかわかったらどうしよう？　何も悪いことをしませんように》私の心配はさらに強くなった。《どんな話をすればいい？　ボブズビッグボーイはどんなところ？　私の服は大丈夫かしら？》

ボブズビッグボーイは、バーガーやサンドウィッチやパイを出す、ドライブインのようなレストランだった。私ははじめていちごのショートケーキを食べ、アールグレイの紅茶を飲んだ。紅茶はリズが注文したので、私も頼んだものだ。彼女はケーキに追加のクリームを頼んだので、私もそうした。私は彼女と同じようにしたかった。私は目を丸く見開いて、ずっとその夕方、彼女を見つめていたにちがいない。

彼女といっしょにいるのは魔法のようだった。彼女のように私を見て、話しかけてくれる人はいままでいなかった。彼女は次から次に私に質問した。「何をするのが好き？」

「わからない」

「映画に行くのは好き?」

「二本しか見たことがない。『ベン・ハー』と『オリバー』」

「あら、そうなの。私は映画が好き、とくにSFとサスペンスが好き。いつか映画に行きたい?」

「もちろん! 行きたい」私はうっかり大声を出したので、レストランにいる人が振りかえった。

リズは気にもとめない様子だった。

「スポーツは好き?」

「大好き。カトリック・ユース・リーグでバスケットとソフトボールをしているの。近所の男の子とフットボールもしています」

彼女は少し考えてから言った。「私はYMCAで働いていて、子どものバスケットボールのプログラムを管理しているの。シーズンに向けて、あなたのトレーニングを手伝えると思う。少年リーグの審判になりたくない?」リズといっしょにそんなに長い時間を過ごせると思うと、私はわくわくした。

食べおわると、彼女に何かが思いうかんだ。「ホットファッジのサンデーを食べたことがある? チョコレートソースのかかった見た目だけのまがい物ではない、本物のホットファッジ」私が食べていないとわかると、ハンドバッグから紙を出して、リストを作りはじめた。彼女はこれからしようと思うアイディアを全部書き出した。映画に行く、YMCAのスポーツプログラムに参加する、ホットファッジのサンデーを食べる、いっしょにジョギングしてバスケットボールのシーズンに備える、ジムでトレーニングする、縄跳びをする。「オルガ、こんなにすることがあるわ。子どもはみんな、こういう経験をすべきよ」私は興奮し、考えは強まった。《リズが好き。彼女といっしょに暮らせたらいいのに》私は拳を握り、私の中で解離が起こり、必要になるときに備えて、この経験をしまっておく「わたし」が生まれるのを感じた。

夕暮れになり、家まで私を送ってくれたとき、リズはそっと「オルガ、そのあざはどこでできたの」と尋ねた。

永遠とも思えるくらい考えたが、答えは見つからなかった。「あざって？」

「朝プールで見た、あなたの背中や足のあざ」恐怖が私の中で起こり、目が定まらなくなった。急に、何の話をしているのか思い出せなくなった。彼女は自分の問いを説明するため、私の腿の内側のあざを指さした。怖くなって、だれかほかの人の体ででもあるかのように、そのあざを見つめた。ようやく私は「わからない」と答えた。パニックになりそうになってドアを開け、車から降りようとすると、リズが止めた。

「いいのよ、いいの。ちょっと気になっただけ。でも秘密にしないで。オルガ、あなたと私は友だちよ。もし私に何でも話したくなったら、話してね。わかった？」黙って彼女を見つめた。楽しんでいた「わたし」たちの一部が、心配した。《もう私をボブズビッグボーイに連れていきたくなくなったらどうする？　ずっと彼女は私の友だちでいてくれるかしら？》起こったことを隠すのが役目のほかの「わたし」は、違う理由で心配した。《彼女は気づきはじめている。私を売春婦だと思うだろう。もし彼女にわかったら、もう死ぬしかない》しかし見かけは、リズが見たのは放心して沈黙した私だけだった。それからしばらく、いっしょに車の中にいた。

車から降りるとき、私は彼女にお礼を言い、少し自分に戻った。またときどきいっしょに出かけられるかと尋ねた。「もちろんよ」と彼女はすぐに答えた。「ごめんなさいね、いやな気持ちにさせてしまって。もうこんな質問はしないわ。でも覚えておいてね、何でも相談していいのよ」私は車のドアを閉め、アパートの建物の中に走りこんだ。

● ● ●

その夏の残りと続く四年間、入隊して家を出るまで、アレックスは私に暴行しつづけた――一人のときもあり、ゲイリーかほかの友だちといっしょのときもあった。アレックスはその気になれば、どこででも私をレイプした。私の部屋、家のほかの場所、そしてアパートの建物のほかの場所でも。だれに見られても平気なようだった。暴行は激しく、私も必死に抵抗した。

私の部屋で暴行を受けたとき、兄は拳で私の顔を打とうとしたが、かろうじてかわした。私の部屋の開いたドアのところに、無表情のぼんやりした顔で、母が立っているのが目の端に見えた。私の心は折れた。母に止めに入って、アレックスをやめさせてほしかった。母ならできたはずだ。父には無力だったとしても、母はアレックスに対しては力があった。でも母はバラの手入れのときに見せていた目の表情をしていた。あのとき母は私を見ていなかった。そしていま、母は私を見ようとしなかった。母は、アレックスが私にしていることを直視したくなかったのだ。母は向きなおって、居間に行き、テレビをつけて、ボリュームを上げた。

アレックスからのレイプに関して特別な記憶のないまま私は十代を過ごしたが、私への暴行の卑劣さは、自分がきわめて醜くちっぽけな存在だという感覚を私に残した。自分は悪い、いやな人間だという感覚から私は逃れられなかった。どこからその感覚が来るのかは、考えもしなかったが、ずっとそう感じていた。

●
●
●

このころ、私の中の「わたし」たちは、私の人生にますます活発な役割を発揮しだした。虐待の記憶をしまいこみ、最小限の身体的な危害にとどめて、暴行から生きのびる助けとなる本来の役割だけでなく、「わたし」たちは私の世界でも私をリードするようになった。十二歳の「わたし」が生まれたとき、ほかの「わたし」たちとは異なっていた。アレックスとマイクを支配する父はもういなかったので、十二歳の「わたし」はもっとたくさんの危険を感じ、私を守るために、もっと活発な役割を引きうけた。たびたび表面の近くに現れて、そのころの私には理解できない考えや感情をもたらした。十二歳の「わたし」の出現に勇気づけられて、八歳といまとらえている「わたし」

が、私を見守り、アレックスとマイクについて警告するために、意識の近くに現れるようになった。これらの「わたし」は私を特定の記憶には近づかせなかったが、心配と不安の感情をもたらした。

マイクといっしょにいると不安になるのは、彼がわがままで、母にいつも偉そうに当たり散らして、普段から生意気だからだと思っていた。そういうことがあっても、私はまだマイクが好きだった。幼い「わたし」たちは、マイクと遊ぶのがどんなに楽しかったか覚えていた。私の大好きな兄で、バスケットボールやフットボールを私に教えてくれた兄で、私を守ると言ってくれた兄だった。マイクの私への愛が感じられた、ほんの数年前のあのころが懐かしくてたまらなかった。

だからマイクが、あの七月の暑い日に、彼の友だちといっしょに通りの向こうの墓地に行って、池で魚釣りをしようと私を誘ったとき、私の中ですぐに葛藤が起こった。マイクはもう自分のすることに私を加えようとは思っておらず、家にもしだいに寄りつかなくなっていた。十二歳の「わたし」は彼の誘いに疑いを抱いた。でも幼い「わたし」たちは、友だちといっしょに連れていきたいというのだから特別なことだと思った。幼い「わたし」たちの意見が通り、私も行きたいと強く望んだ。

五人の男の子と私の六人だった。墓地の予定の場所に着いたとき、男の子たちは私を取り囲んだ。マイクの顔は怒った苦々しい表情で、「おまえは俺たちよりできがいいと思っているだろうが、あばずれめ、俺はおまえの秘密を知っているぞ。これからみんなに見せてやる」私の中でパニックが起こり、考えが流れてあふれた。そのときはそれが何か、私にはわからなかったが、十二歳の「わたし」がすぐに表面に現れた。八歳の「わたし」も後ろにいた。《これは池で魚釣りをしようというのではない。マイクの友だちに対する見せびらかしだ》私は近くの木から、マイクと友だちが私を順にレイプするのを見ていた。

これは、木という安全な距離からでも、私の精神には荷が重すぎた。私はマイクが好きで、そこにいて、私を痛めつけ、友だちにもやり方を教えていた。だから私が木から見るかわりに、十二歳の「わたし」が、だれかほかの人に起こっていることのように観察し、私は修道会に戻り、シスターたちや、メアリ・ジョセフ先生や、ドニャ・グラシエラといっしょにいた。リズもいた。みんなでバスケットボールをした。だれも汚れなかったし、退場にもならなかった。ドニャ・グラシエラは高齢で遊べなかったが、みんなにアベマリアを歌わせた。

男の子たちが去ってから、私が起きあがるまで時間が必要だった。頭がぼんやりして、すべてがぐるぐる回っていた。内側が落ちついてくると、男の子たちが何をしたのか、私のことで何を言ったのか、ほとんど思い出せなかった。突然、抑えがたい心配がわいた。《ここで、独りでけがをしたんだ。すぐに家に帰らないと》家に帰らなければならなかった。しかしあきらかに私は殴られていた。私のシャツとオーバーオールは破れ、下着は裂けていた。ずり落ちないように、衣服を手で押さえねばならなかった。十五分も歩くうちに、ずっと人に見られるのが気になった。多くの人が私を見たが、目を合わせないようにした。兄の四人の友だちが、私が帰ってくるのを確認し、本当に何も言わないかどうかを確かめるために、アパートの建物の正面で待っていた。

彼らを見つけたとき、私はひどい屈辱を感じた。私は彼らを見られなかった。だれにばったり会うかも気にせず、私は家の部屋に走りこみ、着替えを探し、風呂場に行って体を洗った。別の「わたし」が生まれて、この屈辱を引きうけた。温かい湯の中で、頭の中の無感覚が深くなって、身体的な痛みが感じられなくなるまで、何時間とも思えるあいだ、シャワーを浴びた。私は自分の部屋に行き、ベッドももぐりこんだ。掃除はしなかった。夕食も作らなかった。目がひとりでに前後に動き、まもなく眠りに落ちた。

私がマイクのことを言いつけなかったので、マイクと友だちは私をますます追いかけまわした。あとでわかったことだが、無意識から暴行の記憶を隔離し、私が暴力に満ちた子ども時代を生きのびるのを助けてくれた「わたし」たちが、私の成長につれて、私に反抗するようになった。レイプされた記憶がないので、兄たちの近くにいると不安で心配にはなったが、暴行を避け、暴行を防ぐ手立ても講じられなかった。忘却はありがたかったが、私の本当の防御にはならなかった。

あの夏、リズは私にとって姉のような存在になった。二人で映画に行った。ボブズビッグボーイで食事もした。子どものプログラムを運営しているリズのもう一つの仕事場のYMCAにもいっしょに行った。私といっしょにバスケットボールの技を磨く練習をし、オフシーズン中の体力維持の方法も教えてくれた。長距離走の走り方も、タイミングを向上させる縄跳びも教えてくれた。そしてシュートの練習もした。リズといっしょにいると、私は安心して穏やかな気持ちになることがわかった。一方、家や近所にいるときは、不安になった。あの夏、できるだけ長い時間をリズと過ごした。その後、十分な年齢に達すると、家から離れる時間を増やすためにアルバイトをした。

6

九年生（高校一年生）の最初の月に、高校の新聞部の記者に認められた。私は本心から記者になりたかったので、学校が始まって一週間もしないうちに、ジャーナリズム担当のソリンスキー先生に、新聞部員になりたいと申し出た。彼女は候補者からのサンプル記事を審査する委員会の一員で、私に試すように勧めた。でも、新入生はめったに受からないことも教えてくれた。

ソリンスキー先生は兄のアレックスを知っていた。そして彼女は兄の中に当惑させるものを見ていたのだと思う。アレックスは短期間新聞部のカメラマンだった。ソリンスキー先生は兄によい心証をもっていないと感じた。ほとんどの教師と同様に、ソリンスキー先生も、出会って最初の質問が、「アレックスの家族ですか」だった。

「はい、でも私は兄とは違います」と私は胸を張って答えた。この返事はたいてい歓迎された。そしてそれが真実であるという強みもあった。私はアレックスとはほど遠いし、そうなりたいとも思わなかった。アレックスから私を遠ざけようとしている十二歳の防御的な「わたし」には、アレックスを許す気はなかった。私はアレックスに何も感じていなかった——共感も、家族のつながりも、何もなかった。アレックスによるレイプも、友だちをそそのかしてやらせたレイプも、何も覚えていなかったが、兄に対する警戒心はあり、距離を置くようにした。

このころ私は、アレックスには取り柄はないと思っていた。兄は嘘をたくさんついた。学校の成績もよくなかった。落第もしていた。母から盗み、私からはベビーシッターをして稼いだお金も盗み、学校でも盗んだ。ソリンスキー先生はやむなく高校の保安係に、兄がカメラを盗んだことを報告した。学校関係者が家に来たとき、兄はカメラを自分で買ったと母に言った。母も兄を信じなかった。兄はときどきドラッグをしているように思えた。目を血走らせて、物にぶつかり、ふらついていた。

十六歳になった夏に、アレックスは逮捕された。アパートの多目的地下室の倉庫の一区画で八歳の女の子をレイプしたのだ。母は、何が起こったのか、私には言わなかったが、その夜母がトマスに電話をかけて、兄が逮捕されたことを話しているのを聞いた。「アレックスがつかまったの。釈放してもらうのにお金が要るの」アレックスがどうなろうと私はかまわなかったが、母のことは心配だった。これでまた一つ、母の心配ごとが増えた。

その週末に、私は同じアパートに住む女性から真相を聞いた。「ごめんなさい、私がお兄さんのことを警察に通報したの」と彼女は謝った。「でも、かわいそうに幼い女の子を倉庫でレイプしていたのよ、けっして正しいことではないわ」私は頭がぼんやりした。視線は虚ろになった。

お偉方のたぶん裁判官がアレックスにしばらくセラピストの治療を受けるように命じた。私の知るかぎり、それは効果がなかった。

私にはアレックスから暴行を受けた記憶がなかったけれども、その事件で、なぜ先生たちが兄のことを尋ねたとき、私ができるだけ距離を置こうとするのか、いくらか理由を把握した。ソリンスキー先生に私は兄とは違うと言うと、彼女は「よろしい」と言った。私はそのぶっきらぼうで率直な言い方に驚いた。彼女は厳格で、あまり微笑んだり笑ったりしなかった。でもジャーナリズムに対しては情熱的だった。新聞部で活動すれば、だれでもすぐに彼女を尊敬するようになった。たしかに、ソリンスキー先生は少し怖かった。辛抱できなくなると、私たちに対して語気が荒くなった。彼女はこれまで出会ったどの教師とも違っていた。年配で、長くて針金のような灰色の髪をしていて、後ろでまとめていた。今まで会った中でもっとも大柄だった。女性としては背が高かった――男性教師と同じくらい高かった――それに恰幅もよかった。彼女は大きくゆったりとした手作りのドレスを着ていた。多くの生徒が、彼女が歩行に困難があることをからかった。みんなが彼女を笑い者にしているとき、私はどう言えばいいのかわからなかった。たいてい、黙っているか、みんなのからかいに同調した。彼女が私を認め、目をかけているのがわかっていたから、あとで申し訳なく思った。彼女のおかげで、私は高校で成果を上げられた。

私は新聞部のほかの記者たちが好きで、彼らの一員でいられて嬉しかった。みんな頭がよく、彼らとのつきあいで、私も頭がいいと感じられた。でも、私は彼ら以上に懸命に取り組まないといけないとも感じていた。そのときにはだれにも言わなかったが、私は読むことがとても困難だった。記事を書くのに必要な調査が私にはむずかしかった。頭の中のあらゆる考えに気が散り、単語の意味を十分理解できるだけ集中できなかった。私が講じた一つの手段は、音読だった。私の声が、頭をめぐる考えを封じたので、効果はあった。読んでいる単語を文に、文を段落につなぐために、私はよくこの方法を使った。

しかし、理解するためには音読が必要なことを人に気づかれるのが怖かった。ほとんどの時間は独りで読んでいたので、だれにも気づかれなかった。でもジャーナリズムの授業では、授業中に読解を課されることもあった。そのため、私は単語を私にそっとささやく方法を編みだした。自分の声が聞こえなくなることもあったが、単語を口にすることで、それに集中できた。見つかる屈辱を避けるため、私は手を顎に当て、口を隠した。

ある日、ソリンスキー先生が授業中に私に教卓に来るように言った。彼女は静かに「授業のことで困っていることがありますか。読むのに困っているのですか」と尋ねた。

私は暴露されたようで、恥ずかしかった。心は沈み、胸が硬くなった。この感覚は「わたし」たちがすぐそこまで現れようとしている兆候だといまならわかる。《どうしてわかったのだろう。彼女も私と同じ？　彼女に私のことがわかるの？》と不思議に思った。目の焦点が合わなくなるのを感じ、頭の中はいつものぼんやりした感覚になったが、なんとか答えられた。「ときどき読んでいることが理解できないことがあります。すとんと腑《ふ》に落ちないのです」

ソリンスキー先生は、読むのに集中するための私の方法は、少し違っているかもしれないと言った。「私が読解力を高めた方法を、教えてあげたいの。あなたにも効果があるかもしれないから」まだぼんやりしていたが、内側で冷静になっていくのを感じながら、私は耳を傾けた。「声に出して読んでいるふりをするの。でも唇は動かさないで。心の中で単語が聞こえていると想像するのよ。人びとがまわりにいるときに、この方法が役に立つと思うわ。いつもこういう読み方をしたいと決心するだけよ。この読み方は時間がかかるけれども、読んでいることをよく理解できて、長く覚えていられるの」

私はソリンスキー先生がハグをしてくれたように感じた。彼女が私を気にかけてくれていることが感じられ、内側が温かくなり、慰められたように感じた。このころには、もう私は前向きな分身を作るために拳を握りしめなかったが、教えてもらった読み方を習得するにつれて、解離した「わたし」を創造し、読解力向上の方法を教えてくれた彼女の親切をしまった。

•••

十月のある夜、遅くに開いた新聞部の部会を終え、私はバスでYMCAに向かった。そこで毎週金曜日、バスケットボールのリーグのことで、リズを手伝っていた。バスはとくに混んでいるようだった。大学生たちや帰宅中の通勤客、買い物を抱えた年配の女性に高校生、それにラフな服装の三十代の男性数人が乗っていた。

男性たちの中に、破けたTシャツとジーンズ姿で、何日も風呂に入っていないような人がいた。髭が伸び、短い髪は脂ぎって、手が汚かった。彼の婦人や女学生をみる目つきが、私を不安にした。彼はまるで衣類を透視しているようだった。彼はだれかを探しているように、一人ひとり見つめていた。そして私を見ると、まっすぐに私の座っているところに来た。

彼が座れる幅がなかったので、吊り輪につかまり、私の席の前に立った。彼のズボンの股間が私の顔の前にあった。私は内側で少しパニックを感じた。彼は私をまじまじと見ながら、にじりよった。困惑が心にあふれた。《彼をどかせて。彼を連れだして。彼を殴って。だめ、そんなことできない。そんなことをしたら本当にひどい目に会う。黙ってて。立って！ ここから逃げるのよ！ 近すぎる》頭が痛くなった。私は顔を彼の股間からずらし、焦点の定まらないまま、黙って座っていた。

「近づきすぎですか」質問が上から聞こえた。再び混乱した考えに向きあい、どうしたらいいのか、考えようとした。《彼は、ほかの人がほしがるものがほしいのよ。返事をしないとひどい目にあう。いいえ、とだけ言えばいいのよ。彼と話さないで。話すのよ、そうしないともっとひどい目にあう》私はどの考えに従ったらいいのかわからず、お手上げになった。《逃げるのよ！ 走って！ だめ、彼に大丈夫です、と言うのよ、彼を怒らせたらだめ》私は答えられずにいた。そのとき、彼がまた質問して私をはっとさせた。

「いいえ」私は、目線は外したまま、ついに答えた。彼は私を見つめていて、私は頭痛がひどくなった。私はバスを降りたかったが、ＹＭＣＡはまだ遠かったし、彼にあとをつけられるのを恐れた。

「俺の名前はフランク。きみの名前は？」《何も言ってはだめ！　逃げて！　答えないと、ひどい目にあうわ》私の頭痛はさらにひどく、激しくなり、私は吐き気をもよおした。考えられなくなった。とうとう、私は答えた。「オルガ」私の中で考えが跳びはねていた。苛立ち、そして無感覚になった。

「珍しい名前だね。どこに行くの、オルガ？」

考えがあふれ、頭が綿でいっぱいになるのを感じた。今度はしっかりした口調で、また聞いてきたのだ。それを聞いて、私は自分がまずいことをしでかしたような気がした。

「ＹＭＣＡ」自分の平坦な声が聞こえた。

「どこに住んでるの？」聞こえないふりをした。

「どこに住んでるの？」彼はまた、わかるように尋ねた。

「エルムウッドアパート」

「へえ、俺も近くに住んでるんだ」私は答えなかった。「どこかで会っているかもしれないね」私はうなずいた。頭がズキズキして吐き気がひどくなった。吐きそうで心配になった。

私の降りるバス停に来たので、降車の合図を送った。立ちあがり、フランクに当たらないように移動した。彼に見られているのを感じた。二ブロック走ってYMCAに行くと、リズが待っていた。私を見て、「どうしたの？」と尋ねた。

「何も。バスに気味の悪い男がいただけ」

「口をきかなかったわよね？」

口をきいたことを恥じた。「いいえ、知らない人と話してはいけないことはわかっている」

「とくにバスに乗っている知らない男はだめよ」と彼女はつけ加えた。「着替える？」ここに来たのは、二年生と三年生リーグのバスケットボール試合の審判をするためだった。少し気分がよくなり、落ちついてきた。頭痛と吐き気もおさまった。

試合はとても楽しかった。子どもたちは幼くて、元気いっぱいで、聞き分けもよかった。私は笛を吹いて、違反を指摘した。みんな私の指示に従った。私は五歳からバスケットボールをしていたので、ルールには精通していた。これほど自分を重要で、賢く、有能だと感じることはなかった。

試合が終わって、リズと私はボブズビッグボーイに行った。私たちはチームや子どもたちの話をした。そしていつものように、リズが私に、調子はどうかと尋ねた。学校で心配なことがないかぎり、私はうまくいっていると答えた。彼女は私の母や兄たちのことも尋ねた。「母とマイクは元気。アレックスはアレックスよ」これが私のいつもの返事だった。リズが私を家まで送ってくれたときは、かならず私がアパートの建物に入るのを確認してから車を出した。その夜、彼女の車から降りると、アパートの建物の中庭の影に、男が立っているのが見えた。かすかにその男が私の名前を呼ぶのが聞こえたので、急いで向きを変えて建物に入った。不安な気持ちになった。

次の日の放課後、私はバスで帰宅した。アレックスがアパートに帰ってきていた。それが私を不安にした。二時間ほどしたら、リズが仕事の途中で私を迎えに来ることになっていた。だから私は外に出て、ベンチで待つことにした。だれかが私の背後から近づいてきた。「オルガ?」

私は驚いた。バスにいた気味の悪いフランクだった。彼は座り、どうして昨晩返事をしなかったのかと尋ねた。私は意識が朦朧とし、無感覚になった。私は肩をすくめた。彼は私に会いに来たのだと言い、口をきかないのは失礼だと言った。私は深く内側に入りこんだ。彼はどこの学校に通っているのかと聞いた。私は心の中で聞こえた警告にもかかわらず、答えてしまった。「どうやってそこに行くの?」

「バスに乗ります」私は自分の元気のない声を聞いた。私の精神はまた矛盾した考えであふれ、私に彼と話さないように警告し、逃げるように言った。でも一方で、彼を怒らせてはいけない、もっとひどい目にあわないように言うとおりにしたほうがいいとも警告した。いつもように考えがあまりも速く行き来するので、じっくり吟味できなかった。何時ごろ学校に行き、何時ごろ帰宅するのか、私は彼の質問にすべて弱々しく答えた。そしてたいてい家にはだれもいないと彼に教えた。

いまになってわかることだが、ずかずか近づいてプライバシーを侵害され、私が無意識に放心状態で答えたことをフランクはメモしていたのだ。それから何年も経って、ようやくこのような侵害に怒りと抵抗を示せるようになった。私の対応を見て、フランクが私を痛めつけてもいい存在ととらえていたのが当時はわからなかった。

フランクは数週間、アパートの周辺をうろついた。私は本能的にアパートから出ず、隠れていようと思った。しかしアレックスが家にいると思う不安から、外出したくなった。アパートの建物の裏を通ってバスケットボールのコートに行こうとした。でもそこにはマイクの友だち——私をレイプした人たち——がよく集まっていた。レイプの記憶はなかったが、あの人たちといると落ちつかなかった。不安にかられてあたりを見まわしながら、アパートの建物や施設のまわりをうろうろして、結局、何に怯えているのかわからずに終わることが多かった。

フランクは車で私を探しはじめた。ある日の午後遅く、彼は私の横に車を止めて、ボブズビッグボーイに行こうと誘った。私たちの会話から、そこが私のお気に入りだとわかったのだ。私の精神が警告を発したのに、彼の車に乗った。もちろんボブズビッグボーイには行かなかった。そのかわりに、墓地の奥に行き、私をレイプした。最初、抵抗したが、彼は簡単に私を押さえつけた。私は自分の体を離れ、車の外からながめていた。終わると彼は車で去り、私を暗闇に置き去りにした。私は恥を引きうける「わたし」たちが現れ、私は疲れはてた。

●

●

●

次の日、ソリンスキー先生は私をじっくり観察した。「そのあざはどうしたの？　バスケットボールでもしたの？」と、私の手首のあざを指さしながら尋ねた。何が起こったのか、はっきり考えるようとした。私もあざには気づいていた。しかしレイプされたという現実の記憶はなく、スポーツでけがをしたのだと思った。練習した完璧な微笑をして、わかりません、と答えた。彼女は私の顔を見てから、もう一度あざをみた。それから見えないところにもあざがあるかどうか尋ねた。太腿にもあると答えた。私も彼女と同様に混乱し、パニック症状になりはじめた。

ソリンスキー先生は部屋を出て、すぐに戻ってきた。そして私にいっしょにホールに来るように言った。そこには学校の看護師がいた。二人は私のけがが心配なのだと説明した。看護師は保健室で、あざを調べてもいいかと尋ねた。同意すると、私は頭の中がぼんやりしてきた。看護師は私の手首、腕、足、太腿、それに顔の赤あざを調べた。そして、どうやってこれらのあざを全部、バスケットボールをしてつけられるのかと聞いた。私は説明できず、「わかりません。あざがついていたのです。どうやってついたのか、思い出せません。このようなあざができるのは、それしか思い当たりません」と答えた。

看護師は私の母に電話していいかと尋ねた。私は同意して、看護師が母に電話で状況を説明するのを聞いた。「どうも性的暴力を受けたようなのです」看護師のことばの端から、母が違うと言っているのがわかった。おそらく母は看護師に、いつものように「オルガはお転婆で、いつもあざを作っている」と答えていたのだろう。看護師は苛立ち、電話を切った。

《性的暴力》ということばが、まるで外国語のように何度も私の頭をかけめぐった。《性的暴力、それはどんな意味?》そのことばは理解できなかった。私は自分が分かれていくような、手が二つに割れるような感じがした。そのことばを私に理解不能なものにする「わたし」が生まれ、ことばの単語を文字に分解し、一文字ずつそれぞれの部屋にしまって、私がそれを組み合わせられないようにした。ぼんやりと私はそこに座っていた。看護師はもう一度私に、だれかが私を痛めつけたのかと聞いた。頭を満たした霧が濃くなり、グラウンドの小さな穴から彼女の言うことを聞いているような感じがした。私は答えなかった。

最後に、看護師は必要なときはいつでも彼女に相談するように言い、ジャーナリズムの授業に戻してくれた。教室に戻ると、彼女はソリンスキー先生を廊下に呼んだ。疲れて、私は教室の後ろで頭を机の上につけた。眠りに落ちるまで目が左右に動いた。その日はそこで眠ったまま過ごした。ソリンスキー先生がほかの先生に、私の気分が優れないからよくなるまで彼女の教室に残すと言ってくれたことをあとで知った。

ようやく私が目を覚ましたときは、何時間もまえに授業は終わっていたが、ソリンスキー先生は机で仕事をしていた。「あら、起きたの、お寝坊さん」と彼女はいった。私はびっくりした。もう遅い時間だったからだけでなく、ソリンスキー先生が少しおどけてみせたからだ。その夕方彼女は、自分の古い青のビュイック車で私を家まで送ってくれた。私のアパートのある二階まで階段をいっしょに上がってくれた。彼女にとってはそれが難儀であることを私は知っていた。私が鍵を開けると、彼女は中に入った。予告なしの訪問者を連れてくると母が怒るのはわかっていたが、すぐに母を呼んだ。ソリンスキー先生が居間のドア近くにいるところに、母が台所から現れた。私はソリンスキー先生を母に紹介した。母は喜んで、自分をブランカと呼んでほしいとソリンスキー先生に言った。母は私が起こした面倒のすべてを謝罪した。

「彼女はまったく面倒を起こしていません。疲れているようだし、あざがあるので、私たちは心配しているのです」

「そうなんです。職場に電話をくださった看護師さんにも申し上げましたが、オルガの父親が亡くなってから、私は思うように彼女に目をかけてやれません」と母は言った。

ソリンスキー先生は「お一人で三人のお子さんを育てるご苦労はわかります。でも、もし私にできることがあれば、電話をください」と言った。彼女は電話番号を書いた紙を小さいテーブルの上に置いた。

「ありがとうございます。ご親切にしてくださって。またご相談します」もちろん、母は電話はかけないだろう。

「お会いできてよかった、ブランカ。娘さんはとても頭がいい優秀な生徒です。ほかの教師も私も、彼女を気にかけています。必要なときは支援が得られるように、見守っています」母はソリンスキー先生にもう一度お礼を言い、送りだしてドアを閉めた。私はソリンスキー先生のことばを思い出しながら、私の中で解離が起こり、そのことばを閉まっておこうとしているのを感じた。

あのあと私はフランクとは口もきかなかったし、もうどこにもいっしょに行かなかった。まもなく彼は姿を消したが、理由はわからなかった。やがてバスの乗客や、ほかの人混みの中で、私はもっと頻繁に解離するようになった。暴力をふるうのにうってつけの弱い相手と私をみなした性的略奪者はフランクだけだと言いたいところだが、このようなことは高校時代に何度も起こった。幸いにも、リズや私の先生の何人かが私に参加できるクラブや入会できるチームを見つけ、放課後に取り組む課題も出してくれたので、私の弱さにつけこむ人たちとの接触を多少は減らせた。

リズと先生たちの励ましのおかげで、私はスポーツでも学業でも、弁論やジャーナリズムのクラブでも、地域の作文コンクールやスピーチ・コンテストでも、優秀な成績を残せた。これらの人びとは、私自身も気づかないところで見守ってくれただけでなく、私に大学進学への道を開いてくれた。ソリンスキー先生の後押しによって、何人かの先生たちで、私のために州立大学の全額給付の奨学金を申し込んでくれた。

私は八百人の卒業予定者の中から、三人の卒業生代表の一人に選ばれた。母も兄たちも卒業式には来なかったが、リズは休暇をとり、正面の家族席に座った。私は希望、夢、将来の冒険について、そしていまの瞬間に私たちがもっているたくさんの約束と可能性についてスピーチした。その秋、授業料をすべて賄える奨学金を得て、私は州立大学で勉強を始めた。

私は母といっしょに暮しながら大学に通った。このころアレックスは軍隊に入り、マイクは自分の大学の寮にいた。だから家は少しましになり、あまり心配しなくなった。高校時代に続いた兄たちの暴力を母は知りながら私を守ってくれなかったので、そのあいだに私は、母に対して憤慨し、怒り、かたくなで冷たい「わたし」たちを創造した。それでも、大人になったら年老いた親の面倒をみるのは自分の責任と幼いころから教えられてきたし、いまでも母が私にそれを期待していることは明らかだった。その結果、私は母に何も感じず冷たくしたり、母の世話をさせられて怒りを覚えたりと、気持ちが行ったり来たりした。私は家にいるのを避け、忙しく二つのアルバイトをした。

キャンパスでの初日は、登録日で、人混みでごったがえし、私を圧倒した。学生の長蛇の列が続く巨大な建物に入った。学生たちはみんな話したり笑ったりしていたが不安な緊張感が張りつめていた。授業の登録は、私にはまったくわからなかった。考えがあふれ、混乱し、戸惑った。やがて穏やかになり、無感覚になった。でもそれは私のすべきことをする助けにはならなかった。私の頭は綿でいっぱいになり、麻痺したような感じで、はっきりと考えられず話すこともできなかった。

そのとき聞き覚えのある声がした。リズだった。別の学位をとるために、大学に戻ってきたのだ。彼女は私の腕をとり、列にいっしょに並んだ。心許なさが少し和らいだ。ぼんやりとした感覚はゆっくり消えていった。リズの友情に深く感謝し、彼女に対するたくさんの愛を感じた。私は独りではなかった。

登録受付の女性が、英文学科の必修科目の一つが満員だと説明した。教授に会って、定員外の学生として承認してもらう必要があった。圧倒された私は、「いいんです。むずかしすぎます。私はどの建物かもわかりません」私は敗北感を覚えた。「たぶん間違いですから」

「いつものことよ」リズが言った。受付の女性も同意した。「いっしょに行ってあげる。大丈夫よ、すぐにわかるわ」リズは自分の授業を急いで登録し、受付の女性に助言を感謝し、「行きましょう」と言った。私の考えも落ちつき、自分がまわりの状況とつながっているという実感があった。でも頭の中が活発に活動したので、疲れはてていた。リズは英文学科に行きながら、キャンパスを案内してくれた。到着すると教授は用紙にサインして受講を認めてくれた。私は登録された。

●

●

●

その年、マイクは何度も帰省した。最初のセメスターが始まってまもないある夜、驚いたことに、マイクが友だちのハロルドと家に立ち寄った。普段、マイクは友だちを私たちに会わせようとも家を見せようともしなかった。でもこのときは、彼は母におなかがすいていると説明した。母は急いでドミニカ風の黒豆と白米に、ガーリックとたまねぎで味つけした脇腹肉のステーキを添えて出した。私たちには伝統的な料理だが、何となく私は同席したくなかった。その夜、マイクとハロルドがゆっくりしていたので、私は勉強をしに部屋に行った。しかし音読しても、頭の霧は晴れなかった。そこで私はシャワーを浴びて、ベッドに入ることにした。風呂場のドアを閉め、服を脱ぎ、シャワーを浴びた。まだ重い恐怖心や不安と戦っていた。

風呂場のドアが開き、マイクが入ってきた。出ていって、とマイクに叫んだ。でもマイクは出ていかなかった。マイクはハロルドを手招きして、風呂場に入れた。私はすぐにパニックになり、そして体を離れた。背後で母がテレビの音量を上げるのが聞こえた。その夜、シャワーを浴びながら二人は私をレイプした。終わると二人は自分の体を拭き、服を着て、出ていった。二人が母に夕食のお礼を言っているのが聞こえた。母はハロルドに会えて嬉しいと答えていた。

私は風呂場で、冷たく震えながら立ちつくした。《シャワーを浴びなければ》と何度も考えた。シャワーをしたばかりなのに、その考えは何度も起こった。もっとお湯が出るようになるまで、裸で座っていた。もう一度シャワーを浴びているあいだに、私は解離し、いま、十八歳と認識している「わたし」たちがたくさん出現し、この暴力の記憶を引きうけた。それから私は体を乾かした。まだぼんやりとしたまま、薬の戸棚を開け、錠剤のビンを見つけた。市販の鎮痛剤だった。手にビンをもったとき、私は手が二つに分かれたのを感じた。その瞬間、また別の「わたし」がまるで受付のように生まれ、私をあらゆる十八歳の「わたし」たちから引きはなした。この「わたし」は私の人生がいかに恐ろしく、私がいかに孤独かを私に知らせないように機能することになる。《私はけっして安心できない》という考えが私の精神を何度も通りぬけた。この参入口には、多くのほかの部屋と同じように、自殺の計画と意志があった。この「わたし」は、絶望は果てしなく、避けがたく、自殺が唯一の選択肢と考えていた。私はビンの薬をすべて飲み、これが十分の致死量でありますようにと願った。

しかしこの「わたし」がその仕事を遂行し、ドアが再び閉まると、私はもはや薬を飲んだことも覚えていなかった。私は強情で冷酷だと感じた。新しい防御用の甲羅を作り、マイクが私を守るとか、面倒をみるとか考えないことにした。私はただ、マイクのことなどどうでもいいと思った。服を着てベッドに行き、眠った。それから真夜中に目覚め、吐いた。《インフルエンザにちがいない。何も変なものは食べていないもの》と思った。そのとき別の考えが浮かんだ。《ただ、死にたい》

次の朝、暴力を受けたことも錠剤を飲んだことも忘れて目覚めた。そのかわり、身支度をして大学に向かいながら、授業とリズとの友情を案じた。

やがて私は家にいるのを避ける方法をたくさん見つけた。その一つが友だちと勉強することだった。リズは喜んで私といっしょに夜通し図書館で過ごし、勉強し、仮眠をとった。ほかの友だちも、私が疲れて夜道を家まで帰れないと言うと、寮の部屋に泊めてくれた。

●

大学は私の読解力にとって大きな挑戦だった。どの授業も何冊も本を読むことが求められた。代表的な思想家のむずかしい本だった。可能なときは、声に出して読んだ。人がいるときは、ソリンスキー先生に教わったように、頭の中で音読した。どちらの方法も、時間がかかった。どんなにやっても、どう挑戦しても、失望した。内側で、私はたえず、自信喪失と葛藤をさまよっていた。《どうして大学でやっていけると思ったのだろう。読むことすらできないのに》私は図書館でまわりを見た。頭のよい学生たちがいた。そして私はここにいるべきではないと強く思った。《私は愚かで、こんなこともできない。私は州のお金を無駄使いしている》考えがすばやく、強くめぐった。胸が詰まり、頭が空転した。皮膚から自分が飛びだしそうに感じた。ぼんやりとして、課題の本を見つめていた。

ほとんど毎晩、図書館でいっしょに勉強しているリズが、テーブルの向こうから私を見ているのに気づいた。内側の深いところで、彼女の存在によって私は慰められ、すべての考えをいったん休止するために、机の上でうつむいた。リズが私のところに来て、静かに、どうしたのと聞いた。私は懸命に集中して、頭の中で考えをことばにしようとした。やっと、「私にはこれができない。読んでいるものが理解できない。私はばかなのよ」と答えた。

リズは驚いた。彼女はいままで私が学業を心配するのを聞いたことがなかったし、高校の成績がよかったことも知っていた。「大学は違うのよ、オルガ。先生たちは本当にたくさんのものを読ませるの。でも、あなたならできる。あなたが十分頭がいいのはわかっているわ」私は霧を払い、頭を上げた。「あなたにはあなたのやり方があるのよ」私はこのことばを頭の中で繰り返した。《私には私のやり方がある》しばらくして、リズが加えた。「勉強が終わったら、一晩中やってる食堂を知ってるから、何か食べましょう」この提案に私はわくわくした。私は彼女の励ましのことばに慰められ、がんばった一日の終わりに、パイやアイスクリームを食べようという提案に喜んだ。

次の数週間、哲学の授業で私はリズのことばを頼りにした。読みの困難を埋めあわせるために、私は教授の言うことに懸命に集中した。私の精神は、聞いて、見て、議論して学ぶ「わたし」を作りだしていた。要点が理解できないときは、教授の研究室に行き、その意味を尋ねた。試験では、それぞれのトピックを授業で取りあげた正確な日付まで覚えているのを発見した。講義中に懸命に集中すれば、映像フィルムのようにそのときの議論が聞こえ、黒板の単語を見ることができた。だれでもこんなことはできると思っていた。

皮肉なことに、ほとんど記憶力のよさのおかげで、私は高校と大学を切りぬけた。試験で議論を再現し、黒板に書かれたことを見る能力は、暴行のイメージや音を本能的に精神の中にとらえようとした歳月に由来すると信じている。虐待の記憶には鍵がかかり、私にも近づけない部屋に保管されていても、頭の中で絵と動きを本能的にとらえることは、たくさんの技法になり、トラウマ的でない状況においても、私の利点になった。授業、講義、議論に集中する習慣を育て、気づかないうちに記憶力をさらに磨き上げた。

当然、どんなにいい記憶力でも、授業に周到な注意を払わなかったり、単にまったく授業に参加しなければ、何の役にも立たなかった。私の通った州立大学は圧倒的な規模で、よく迷い子になった。駐車場から教室までキャンパスを歩きながら、不安になり、教室にたどりついても、いつも混んでいた。だからよく授業を休んだ。それを物語るように、最初の二年間のGPAは二・五だった。

リズは私の成績の低さに驚いた。そこで、彼女に励まされながら、一層努力することにした。三年生と四年生では、すべての授業に出席し、集中できるように一番前の席に座った。このようにして、GPAを三・五に上げ、政治学の学士号を取得した。

●
●
●

アレックスとマイクがめったに家に寄らなくなっても、私は家にいるのを避けていた。母は日中働き、土曜日はトマスと会い、ほとんどの夕方は独りだった。母には本当の友人がいなかったので、私を相手にしたがった。しかし、何年も母の配慮を求めつづけて、ようやくそうなったとき、私はもう必要としていなかった。事実、このころには、母に関しては、私のほうがたいてい冷淡で、身構えていた。でも母が悲しみ、孤独で、怯えているのを目にすると、父から母を守る役目の「わたし」たちが現れた。これらの「わたし」たちの部屋に通じるドアが開かれた。そして私は母の世話をした。母はほぼつねに、そういう「わたし」を引きだした。

私が家で勉強をしていると、母はよく、いっしょにテレビを見ようとか、スーパーに買い物に連れていってくれと言った。映画にいっしょに行こうと誘うときもあった。でもリズと見た『エイリアン』のような娯楽作品ではなかった。母が観たい『ドクトル・ジバゴ』のような映画は、私には楽しくなかった。母は私とリズと外食をしたがった。母は私に友だちを連れてくるように言った。

私は母の提案に反対し、しだいに怒りを覚え、辛辣になった。

大学に通っているあいだと、卒業後フルタイムで働いた一年間は、母と暮らした。でも地元の上院議員の事務所で働くようになって、私が本当にしたいことは政治だとわかった。そのためには、法律を勉強しなければならなかった。ワシントンDCのジョージワシントン大学に合格し、すぐに母に引っ越しすることを伝えた。むずかしかった。私はいつも母をとても愛していた。ずっと母といっしょにいて、面倒をみてあげたいと思う「わたし」たちがいた。母は泣き、捨てられたと思い、怒った。そして無関心になった。

母に話してから、母がそばにいると、頭がぼんやりして霧がかかったようになり、思考困難になった。いつも母のことを考えていた。いまになってわかるのだが、憤慨し、冷淡で、自己防衛的な「わたし」たちが、母の世話をしたいと思う「わたし」たちと争っていたのだ。必死にならないと、出ていく決心が維持できなかった。何度も頭の中で、《お母さん、ごめんなさい。ここにいるわ》という声がした。でも私はそれを口にはしなかった。

ロースクールの一年目は、上院議員のところではフルタイムで、薬剤師と労働法学者のところではパートで働き、夜学に通った。夜遅くまで、週末も勉強した。あまり睡眠はとらなかった。授業は恐ろしいくらい多くの学生であふれていた。最初の時間に、それぞれの教師が座席表を配り、座席位置に当たる囲みに名前を書けと言った。「そこがこの授業での指定席です」と教授が大きな声で言った。「その席でいいか確かめて。あとで移動はできません」それを聞くと、私はすぐに前方の席に移った。あまり後ろに座ると、気が散るからだ。座席表は各授業の教授が学生を指名して、毎晩宿題に出された事例の質問をするのに役立った。いつ、百人の学生の前で指名されるかわからなかった。中には意地悪な質問をする教授もいた。

これはほとんどの新入生にはむずかしく、とくに私には難題だった。予期不能なことが苦手で、とりわけ恥ずかしさに結びつくことに怯えた。一人の教授が初日にこの方式の説明をしたとき、心の中が恐怖でいっぱいになった。《ここにいるみんなの前で、彼はあなたを痛めつけようとしている。みんなここから逃げだすのよ!》と私の中で悲鳴が聞こえた。《ここに適応できるほど賢くはない。どうしてできると思ったの?》何年ものあいだ、私の中のいくつかの「わたし」が一体となって話しているこの感覚をときどき経験してきたので、私には自然なことに思えた。自信喪失はパニック症状をもたらし、その後の穏やかな無感覚が私を落ちつかせた。

最初のうちは困ったが、いままでの記憶にはないような、いい気分だった。母と暮していたときより、ずっと穏やかな気分だった。電話では毎日話していたが、母のそばでいつも経験した危害の心配がなかった。忙しい毎日だったが、はるかにリラックスできた。頭もあのぼんやりした感覚にあまりならなかった。

しかし、夜、いろいろな奇妙な夢にうなされて、汗をかいて目を覚ますことがたびたびあった——知った男も知らない男もいたが、男たちとセックスをする夢で、妙に鮮明だった。私の知るかぎり私は処女だった。高校でも大学でも、デートをしたこともなかった。これについて考え、どうして何度もこのような性的な夢を見るのか不思議に思った。そうこうしているうちに、私の新しい心配事であるロースクールの勉強とお金の問題に気を取られた。私の昔からの対処法がここでもフルに活かされた。あまり頭がよくないのが心配だった。私は間違ってロースクール入学が許可されたのだと教授たちが決めつけるのではないかと心配した。落第と、資金不足と、退学して母の元に帰ることも心配だった。帳尻を合わせるため、多額の学生ローンを借りていて、大きな借金があるのも心配だった。

もっと深い次元の心配もあった。一連のつながりのある考えがときどき聞こえてきた。《どこに行くのかわからない。ここには来たことがない。新しいところは安全ではない。痛めつけられるかもしれない。地下鉄で、だれかが待ち伏せていて、暴力をふるうかもしれない》以前はこれらの考えをとらえて熟考できなかったが、たいていとらえられるようになった。それでも思考を避けるのが私の習慣だった。これらの深刻な心配をとらえて、しばらくそれを考えてはみるものの、その後私の頭は勉強と経済状況という別の心配に向かった。

●
●
●

授業開始の一週間目に、私は「契約法１０１」の教室を探していた。ロースクールの廊下は狭く、行き来する学生で身動きがままならなかった。途中で右に曲がったところに学生ラウンジになった広場があった。そこで何人かの学生が夜間クラスの始まりを待っていた。混みあう廊下を少し行くと、私はパニックを覚え、圧倒された。でもラウンジにいる学生たちの様子は違っていた。ずっと親切そうに見えたので、その広場に引き寄せられた。

私は集中し勇気を出して、テーブルにいる二人の男性に、「契約法１０１」の教室を知っているかと尋ねた。一人は、黒い髪と目の、優しそうな笑顔をしていた。「ホールの下。でも急いでいかなくてもいいよ。まだ前の授業が終わっていないから」と教えてくれた。そして手を伸ばして、自己紹介した。「こんにちは、僕はレイモンド。こっちはデイヴィッド」と言い、隣に座っている男性を指さした。デイヴィッドは顔を上げた。恥かしがっているのがわかった。彼はこげ茶色の髪で、やや後退していた。これまで見たうちの、もっとも青い目で、にこやかに笑顔だった。レイモンドとデイヴィッドも「契約法１０１」を受けることがわかった。出会ったばかりのこの男性と結婚することになるとは私は思いもしなかった――私に勉強の仕方を教えてくれた男性で、私の知るかぎりもっとも親切な男性だった。

授業の初日、教室が開くのを待ちながら、私たちはおしゃべりをした。「夜間の授業は僕にはありがたい」とレイモンドが言った。「昼間は競争が激しいからね。夜学生はみんな仕事があるから、成績も比較的上げやすい。夜間で始めて、成績上位十パーセントに入って、法律の論文を書いて、昼間に移るつもり」私は自信を喪失し、考えがあふれだした《私は仕事を三つ抱えている。私はレイモンドのような人と競っていけない。私は自分をだれだと思っているの。私がばかにしているのはだれだと思っているの？》傍目には注意散漫で、少しぼんやりしているように見えただろう。内側では、私は必死に集中しようとしていた。

デイヴィッドの優しい声が聞こえた。「ジョージワシントン大学の夜間プログラムにどうして来たの？」私は彼を見た。たちまちその青い目の輝きに、我を忘れた。

「政界に行きたいと思っています。私の知っている政治家はみんな法律の学位をもっています。ここは私が合格した中で、最高のロースクールでした」デイヴィッドは一語一語注意して聞きながら、じっと私を見ていた。私の言ったことに、純粋に興味があるようだった。

「あなたはどうですか」と私は彼に尋ねた。

「僕は農家で育ちました。父は僕に父を超えることをしてほしいと望みました。化学工学を学び、二年間エンジニアとして働きました。でもその仕事が嫌いで、だからロースクールに入るための貯金しました。ニューヨークのいくつかのロースクールにも志願したのですが、ワシントンDCのほうが環境問題の弁護士になるのに適していると思ったのです」私はすべての単語をじっくり聞いた。デイヴィッドはとても思慮深かった。彼はすべてを計画していた。彼はエネルギーと情熱に満ちているように思えた。将来への希望と期待にあふれていた。

まもなく教室が開いて、みんなでいっしょに向かった。大きな講義室の長い階段をデイヴィッドとレイモンドについていった。私は二人といっしょに座りたかったが、彼らの友だちが四人現れた。私は無愛想だと思われたくなかったので、自己紹介した。六人のあとに続き、前から二番目の席に彼らが座ったので、私はその次の列に入り、デイヴィッドとレイモンドの真後ろに座った。騒々しい学生でいっぱいの大教室で、私はすぐに圧倒された。でもデイヴィッドとレイモンドと少し話すと、すぐに安心できた。《二人といっしょにいる》と思った。私は最初の授業で二人といっしょに座り、そして数年間、その後の授業でもいっしょに座った。

これまで経験した教育の中で、ロースクールが私にはもっとも厳しかった。以前は、本や黒板に書かれた特定のことばを思い起こせるか、授業の断片を覚えていれば、成果を上げられた。法律はまったく新しい言語で、理解できなかった。講義では、試験に合格するためにすべきことの指示はなく、ほとんどの科目で、ただ一回の試験――その学期の成績の元になる一回の試験があるだけだった。この環境での勉学に適応するために、一生懸命勉強するしかなかった。

その最初の週で、私は自分の能力を超えたところにいるのがわかった。読書課題についていけなかったし、たとえ読めても、単語の多くが理解できなかった。とても高価だったので、まだ法律辞典を買っていなかった。図書館でコピーしたものを使うか、文脈から単語の意味を推測しようとした。それが大きな誤りだった。私はかなり遅れ、追いつくのは不可能に思えた。「契約法１０１」だけでも、毎回百ページ読む課題が出た。私たちは週に三晩いっしょに勉強した。

その学期が一か月過ぎたころ、レイモンドが、彼とデイヴィッドと勉強をしに来ないかと私を誘ってくれたのだった。同意したが、内側では不安だった。《私はずいぶん遅れている。いまやっていることがわからないのが知られたら、どうしよう。私がばかだとわかったら、嫌われるだろう》それぞれに本を開いて座ったとき、二人が教科書に頼らずほかの本――「アウトライン」と「ナットシェル」と呼ぶ本を使っていることに気づいた。事例の議論をしているときに、私はすべてを書きとろうとして、話についていけなくなった。私はますます自分がばかに思えて、泣きたくなった。ついに、「どうして二人はもうこれが全部わかっているの?」とつい言ってしまった。

デイヴィッドは、自分たちは昼間勉強できるのに、私は働いているからと慰め、それから自分の「アウトライン」と「ナットシェル」を出した。「これを見れば、事例の何が重要かわかるよ。事例のすべてを読む時間がないときには、これで十分さ」

私は安心した。「どこで手に入れることができるの?」

デイヴィッドは最安値で扱っている書店の名前を教えて、連れていくよと言った。その週末私たちは書店に行き、それから彼らの家に戻り、勉強してピザを作った。レイモンドは宅配ピザを頼んでもいいと言ったが、デイヴィッドは貯金が気になり、私にはお金がなかった。そこで私たちは生地からピザを作った。私には新しい経験だった。その週末は、索引と目次、それに私が買ったブラック法律辞典の使い方も学んだ。

私の精神は本能的に新しい「わたし」たちを作った。ロースクールで勉強するのに必要な技術が専門の「わたし」たちだった。この「わたし」たちは重要な情報、「アウトライン」と「ナットシェル」、そしてそれぞれの事例の意味に集中することを覚えた。最初の学年で、デイヴィッドもレイモンドも上位十パーセントに入った。私が「民事訴訟」でDを取った日、レイモンドがいっしょだった。私はとても恥ずかしかった。屈辱に満ちた考えがあふれて、それを口にした。「ここにはもういられない。これ以上お金を使わないうちに、辞めるわ」

レイモンドは驚いて言った。「落ちついて、一科目成績が悪かっただけだよ。ほかの科目はよくできているよ。きみはよく頑張っている。いい弁護士になるよ。これで言えるのは、きみは大手の法律事務所に就職するのがむずかしくなったということだけだよ」

理由はわからなかったが、私は彼を信じた。レイモンドとデイヴィッド、それに私とでこのことを話し、計画を立てた。私は給料のいい新しい仕事を見つけて、パートの仕事を辞め、移動時間を無駄に使わないように大学院の近くに引っ越すことにした。計画はうまくいった。自由になる時間はすべて、レイモンドとデイヴィッドといっしょに、彼らの家か図書館で勉強した。クラスの中でも優秀な学生たちの何人かと合流して、もっと大勢で勉強することもあった。こういう勉強会で交わした会話は、私の精神に刻まれた。私はそれを試験中に容易に思い出すことができた。その学年では、私はすべてAだった。三人でお祝いをし、レイモンドが、私が辞めると言った日のことを思い出させた。私はかつてないほど安心できた。かつてないほど家族から離れた。私は幸せだった。

7

ロースクールのコツがわかってからは、私はとてもうまくいった。デイヴィッドと私はもっと頻繁にいっしょに勉強するようになり、親友になった。三年目で、デイヴィッドと私はいっしょに暮らすために引っ越して、四年目で結婚した。クラスメートたちは新婚旅行で二週間も授業を休むのを信じられないと言ったが、私たちはすでに就職先が決まっていて、ほかの多くの学生が感じるようなプレッシャーはなかった。最終的に私は学年上位三十パーセントで、デイヴィッドは上位十五パーセントで修了した。私たちは二人とも大手の法律事務所に就職し、同年齢の人よりもたくさん稼いだ。

心から愛されるのがどんなかんじなのか、私はそれまで知らなかった。デイヴィッドは私が何を考え、何が好きで、何が好きでないかを、気にかけた。共有する時間を増やすために、デイヴィッドは私が好きなことをした。私と会うまでは、彼はジョギングもしなかったし、朝型人間ではなかったが、いつも五時半に起きて、私といっしょに走った。彼はフットボールもバスケットボールもあまり好きではなかったが、結婚してからは、秋の毎週日曜日の午後、私と並んで、本当はあまり関心のないフットボールの試合を観戦した。マーチマッドネスのトーナメント中は、新聞でスケジュールを調べ、選んだ試合を書き込んだ。接戦にかじりついた。

私の好きなことをして楽しんでいるデイヴィッドを見ていると、内側でとても気持ちよくなった――喜びと言ってもいい。そのときには、どうしてそれほどに感動したのかわからなかった。でもいまは、日々の生活の機能向上のために直観的に私が作った「わたし」たちが、彼の関心の中心になり、みんな気分をよくしていたのだとわかる。「わたし」たちはみんな彼と関わろうとした。《いっしょにいたいとこれほど思ってくれる人に出会えて、私は本当に幸せだ。もう独りぼっちではない》としばしば思った。

私はデイヴィッドに同じことをした。彼が楽しんでいることに、興味をもとうとした。彼はチェスが好きで、私にさせたがった。いつも彼が勝ったが、ときどきいい勝負になることもあった。これは私を前向きな気持ちにした。《デイヴィッドは私にチェスをさせたがっている。彼には訪問したり、一緒に遊んだりする友だちがたくさんいる。でも私を求めている》彼がゴルフを始めたいと言ったとき、私もついていった。そして内側でわくわくした。日曜日の晴れた朝早く、日課のジョギングのあとで、ゴルフの練習場かコースに行った。ロースクール時代の友人に会うための口実にすることも多かった。

それでも、私の新しい幸せには問題があった。説明できない理由で、私は苦しんでいた。環境の整備は、私にとって切実なことだった。何事にも驚かないように、あらゆる手を尽くした。ルームメイトと住んでいたとき、自分の生活をコントロールしようとして、計画を確定し、計画の変更の可能性を予想した。面倒だった。私は柔軟ではなく、ルームメイトの生活は、予想できなかった。デイヴィッドとの生活は、いままでにない安心感があった。でも、もう独身ではないので、私の生活は予想できることが減り、コントロールがあまりできなくなった。振りかえってみると、日々の展開を予測する必要性は、子ども時代のたくさんの混乱に対する直接の反応だったと思える。デイヴィッドと私が立てた計画に何らかの変更が生じると、私は彼に腹を立てた。

たとえば、私は毎日同じ道を走りたかった。私にはお決まりのジョギングコースがあり、デイヴィッドは私の決まりに従ってくれた。私は意識して考えていなかったが、それが私の中の「わたし」たちが、私の世界を安全に維持しようとする方法だった。ある日、デイヴィッドがいつもの道は飽きたから、別のルートを走ってみたいと言った。私は変更に反対したが、理由は説明できなかった。言い争いをし、結局、デイヴィッドが折れ、新しい道はまた別の日に走ることにした。また別のときには、デイヴィッドがスピードを上げて、先を走った。私は内側で、説明のつかない恐怖を感じた。私は追いつこうとしたが、デイヴィッドほど速くも強くもなかった。突然の変更は私を怖がらせ、息ができなくなった。そのときは、ものごとの突然の変化が怖いのだとは気づかなかった——それは予測ができなかった私の子ども時代に似た状況だった。やっとデイヴィッドに追いつくと、私は怒った。「どうして先に走るのよ。私といっしょに走るのか、先を走るのか、どっちなのか決めて。そうでないと思うように走れない！」

デイヴィッドの驚いた表情を見て、私は恥ずかしくなった。私は彼を愛していた。彼を傷つけたことがわかった。そのときは理解できなかったが、生涯にわたって作りだした「わたし」たちが、従来より活発になっていた。内側でますます会話が交わされるようになった。つかまらないほど速く精神をよぎるのではなく、考えは私にも熟考できるほどゆっくりしたペースで起こった。考えは矛盾しているようだったが、より強く、より主張が激しかった。《私がいつも同じようにしなければならないことをデイヴィッドは知らないのかしら？ どうして私は彼に怒鳴っているの？ 彼はこのジョギングに飽きている。彼は私よりも速く走れる。それがどうしたの？ 彼の気持ちは傷ついている》私はすぐに怒鳴ったことと怒ったことを謝った。自分の柔軟性のなさを、愚かで小さく感じた。頭の中でマイクの声が聞こえた。《たいした女だぜ、おとなしくして、俺たちを楽しませろよ》

デイヴィッドと私は、問題をあいまいにしたまま、正面から議論することもせず、私の行動をうまく制御した。私のコミュニケーションの方法は間接的で、ときにはわざとらしかったし、環境を整えなければならなかったし、何が起こりそうか知らなければならなかったが、そういうことも完全にあたりまえのことで、正当なことだと思えた。それでも、私たちの人生は楽しみと冒険に満ちていた。生活はほぼ秩序立てられ、制御され、予測可能だった。ロマンチックではないかもしれないが、それが私にはよかった。私は安定を必要としていた。

デイヴィッドはほかのことでも支えになった。仕事のむずかしい問題を助けてくれた。私はまだときどき読むのと集中が困難なことがあった。振りかえってみると、虐待を受けたときの場面に似た状況が引き金になって、こういう状態がいつも起こっていたことがわかる。脅威であると知覚するのは、場所、人、匂い、あるいは出来事で、ほかの人には無害に見えることだった。このような状況がしばしば大手の法律事務所の環境にはあった。上司はたいてい男性だったが、私に課題を与えた。法律事務所で成功するにはやり遂げねばならない課題だった。賢く素早い仕事ができないと解雇されるという共通理解が所員たちにあった。私はいつも不安で、自信がなかった。何かしらこれは両親が私に売春をさせていたときとそっくりだった。成果を上げれば、報酬がもらえた。

上司の弁護士の一人が調査課題を私に出したとき、私はデイヴィッドの事務所の法律図書館によく通った。わずか一ブロック先だった。デイヴィッドが自分の仕事をしながら手伝ってくれたので、そこで課題を完成させた。デイヴィッドは自分がとくに優しいとか寛容だとは思っていなかったが、私は毎日、その特徴を彼に見出した。彼と過ごした私の時間は魔法のようだった。いつも私への彼の愛情を感じた。私は彼の世界の中心だった。仕事、友だち、家族など、あらゆるものが私の次だった。私はそれが好きだったが、信用できなかった。私を遠くに隔離して安全に守ってきた「わたし」たちはみんな、だれかのそばに無防備なまま私をどう近づけていいのかわからなかった。

頭では、デイヴィッドがこのように私を愛するのをやめるとは思わなかったが、私は彼を失うことをたえず心配していた。人びとが私の内側を見て、作り笑いを見透かし、私が自覚している欺瞞を見つけるのをいつも恐れていた。私自身でさえ、私の内側に何があるのかわからなかった。でも内なる重みは感じられた。そしてそれが私を圧倒して、私自身が築いた人生――幸福と成功の人生を破壊するのを恐れた。

私の中の厳重に守られた部屋に保管したすべての記憶を知らず、子ども時代の貧困を克服し、大学進学を果たし、弁護士になり、幸せな結婚をしたと信じていた。私にはほとんど子ども時代の記憶がなかった。貧乏だったことは知っていた。父が厳しかったことと、十一歳のときに父が死んだことは覚えていた。子ども時代のことを考えないようにしていたし、子ども時代を成長した自分から切りはなそうとした。

二年ほどして、デイヴィッドも私もロースクール卒業後に入った大手な法律事務所を辞め、連邦政府の仕事に就いた。司法省での私の仕事は、計画的で安全で、しかも興味深いものだった。

デイヴィッドが貯金の価値を教えてくれた。家族を養うために貯金する必要はわかっていたが、長期の貯蓄は理解できなかった。私の家族では実行されたことがなかったからだ。もちろん私の成長期は、貧しかったので、貯金は困難だった。でも母は少し余分のお金があると、いつも衝動的に無駄使いをした。

デイヴィッドと私が慎重に買い物をするのは賛成だったが、私はいつもデイヴィッドが必要ではないと思うものがほしくなった。たとえば、デイヴィッドは自分のレコードのコレクションをCDに代えるなど想像もできなかった。私たちがCDプレーヤーやCDを買ったのは、その新しい技術が普及し、広く使われるようになって数年経ったころだった。知人みんながもっているとわかるまで、私たちはコンピュータももっていなかった。デイヴィッドの節約ぶりは、私や友人たちのあいだで、彼を茶化すネタになった。でも、ときには厳しいこともあったが、デイヴィッドは私に、貯金して待つこと、それからでもほしいものを手に入れられることを教えてくれた。まだ使えるなら、買い替える必要はないというのが彼の哲学だった。この方式で私たちは五年で学生ローンを返済し、環境のいい地域にタウンハウスを購入できた。さらに、私の記憶がついに表面化し、私の中の「わたし」が現れるようになって、治療の必要に迫られたとき、その費用もまかなうこともできた。

私にとって――そして私の家族全員にとって、それは急な学習曲線だった。母はいま高給取りで、扶養家族もいなかった。兄たちも、給料のよい仕事に就いて懸命に働いていた。中流階級になり、余裕のあるなしを考えず、ほしいものを買っていた。母は料理が好きでもないし、ますます増える借金が母を圧迫しているのに、ありとあらゆる台所用品や高価な器具を買いそろえていた。マイクは高価な服を買い、ぜいたくな休暇に出かけた。二十九歳で、未婚の一人暮らしで、大きな家と三台の車をもっていた。一台はＢＭＷだった。ローンで生活し、市場の下落で、家と車を失った。

私が幼いときは、旅行に行ったことがなかったが、デイヴィッドと私は毎年一、二回ささやかな旅行に出かけた。つつましい旅行がいいと思っていたが、私には挑戦だった。デイヴィッドが見つけたホテルはいつも安宿で、あまり清潔ではないこともあった。そのときはなぜいやなのかわからなかったが、部屋に入るのが怖かった。そのとき私にわかったのは、ホテルが私に、幼いころに訪問するか暮らした家を思い出させるということだった。

最初にこれが起きたのは、ハネムーンのときで、スペインに滞在していた。マジョルカのビーチで一週間過ごしたあとマドリッドに着くと、デイヴィッドはお金の心配をした。マジョルカは予想したよりも高くついた。だから空港で、デイヴィッドはホテルまでバスで行こうと提案した。私はバスは嫌いだったので、タクシーに乗りたかった。しばらく議論をしたあと、私は負けたふりをした。デイヴィッドはスペイン語ができなかったので、私の意のままだった。案内デスクでタクシー乗り場を尋ね、デイヴィッドにはバスは出ていないと言った。タクシーを並んで待っているあいだ、バスがひっきりなしに通るのを見て、彼は私が嘘をついたのがわかっただろう。やっとタクシーに乗って、私はホテルの住所を運転手に渡した。デイヴィッドはしぶしぶ私に従い、私たちは出発した。

料金二十ドルで「ホテル」に着いた。汚い古ぼけたホステルで、五十人ほどの高校生くらいの男の子たちがチェックインを待っていた。私はぞっとしてデイヴィッドを見上げ、ここには泊まれないと言った。デイヴィッドも同意したが、もう一回タクシー代を払うのをしぶったので、荷物を引きずりながら、泊まるところを探してマドリッドの街を歩いた。私たちが見つけたホテルはどこも完全に予約で埋まっていて、どこに行ってもレイナというホテルなら空きがあると言われた。

ついに私は公衆電話からレイナに電話し、私たちの残りの滞在分の部屋を予約した。デイヴィッドは部屋代がいくらなのか聞くように私に言った。一泊百六十ドルという返事に、デイヴィッドはそこへの宿泊に賛成しないとわかっていたので、彼には言わなかった。彼はしぶしぶもう一度私とタクシーに乗り、ふたたび二十ドル払って、五つ星のホテルに到着した。デイヴィッドは怒っていた。

フロントで私は自分のクレジットカードを出して、一週間分の滞在費を支払った。デイヴィッドは料金表を見て、また怒り出し、「ここには泊まらない」と言い張った。私は彼に、もう遅い、支払いをすませた、と言った。ベルボーイが荷物運びに近づいたとき、疲れていたのに、デイヴィッドは断った。「マドリッドじゅう探したあげくに、十数メートル先の部屋まで荷物を運んでもらって、ベルボーイにチップを払うつもりはない」黙ってエレベータに乗った。

帰国してから、私たちはデイヴィッドのケチぶりを示す愉快な例として、この話をした。いまなら、旅行につきものの管理の欠如と予測不能に、私がどれほど怯えていたかを示すいい例だとわかる。知らない街、知らない人がたくさん乗ったバス、十代の男の群れ、汚いホステル、お金の心配、そこでの唯一の知り合いのデイヴィッドとの言い争い、これらすべての要素が私の安心を脅かした。頭では、頑固で、わざとらしいふるまいをしているとわかっていた。でもあまりにも圧倒され、どうにもできなかった。

私の育ったころは、家族のだれも、自分の要求を通すのに礼儀正しく交渉したり妥協したりはしなかった。私が目撃した母の勝利も、わずかなもので、母はそれを手練手管で達成した。それは、母が父との関係を生き抜くためのささやかなテクニックの一つだった。のちに、父の死後、手練手管は母の生活様式になった。母にはもっと素直になってほしかったが、それは私にも生得のものとなった。そして母が私まで操作したとき、私はそれを憎んだ。

●
●
●

結婚して五年が過ぎ、一連の「わたし」たちの中で、なんとか日常生活を送っていた。働く「わたし」、ジョギングをして運動をする「わたし」、休暇に出かける「わたし」、ディナーパーティに行く社交的な「わたし」たちだった。ディヴィッドと性的関係を経験した「わたし」たちもいた。

ディヴィッドと私は、自分たちはいい関係だと思っていたが、情緒的にも性的にも、親密な関係は大きな難問だった。なぜかはわからなかったが、手がかりはいくつかあった――私は全力で彼を避けようとしていた。私の意識では、ロースクールの初期に短期間デートした相手を除けば、ディヴィッドは私が性的な関係をもった唯一の男性だった。最初にセックスをしたとき、身体的な苦痛で、私は混乱した。とにかく、私の反応はディヴィッドの自信を傷つけたと思う。私はディヴィッドをまったく恐れなかったが、性的な接触への私の反応は、頭が無感覚になることだった。そして認知的に私自身を離れ、欲望や情熱のない行為だけを行った。ディヴィッドが見たのは、私がぼんやりして、とくに関係に参加している様子がなかったことだ。彼は私がセックスに不満足で、自分のせいだと結論づけた。もっと楽しませようと彼は努めたが、私は身が入らず、静かにして、ほとんどじっとしているか、ふりをした。

デイヴィッドは優しく、いたわってくれた。性的関係や、ほかのことでも、不快なことや傷つけるようなことは、したがらなかった。私には経験がないという前提で対応していたので、彼は何をするにも注意深かった。だから私は彼といると安心した。でも彼が恋人のようにいくら優しく親切にしてくれても、親密さがいつも引き金になり、私が経験した虐待が現れた。たちまちパニックになり、頭がぼんやりし、そして体を離れた。

結婚して一年目の早い時期に、デイヴィッドは私を座らせ、私が本当に彼を愛しているかと尋ねた。彼に惹かれているか？　彼が何か悪いことをしたか？　彼の険しい表情に苦悩を見て取り、私の心は折れた。私はデイヴィッドをだれよりも愛していた。ただ彼とのセックスに興味がないだけだ——性的欲望については、ほかのだれにも、抱いてはいなかった。

それでもその関係がうまくいくことを願った。二人ともそうだった。ほかの部分と同様に、この部分の関係もうまくいくよう、私たちは努力した。私たちは夫婦のための啓発書を読んだ。セラピストの治療では、結婚をうまく続けたいなら、私はデイヴィッドとセックスしないといけないと言われた。空想したり、官能小説を読んでみたらと言われた。

実際に起こっていたのは、私の中の「わたし」たちが私の日々の生活への対応のために活発に働いていて、私にはきわめて限られた感情しかないということだった。もちろん、それが問題の核心だった。私が耐えた暴力に対する感情を保管している「わたし」たちは、その感情を私から遠ざけていた。ずっと以前に生まれた防衛的な「わたし」たちが、私が裏切りの苦痛を味わわずにすむように、近しい人に愛情を抱くことを妨げていた。このように距離を置くことが私の知るすべてであり、愛し、信頼できる人といっしょいるいまでも、防衛的な「わたし」たちがそう感じさせようとしなかった。私はたびたび、これらの「わたし」たちを乗りこえようとした。デイヴィッドに集中し、彼の目、微笑、小作りの顔を見て、これまで彼がしてくれたことを一つひとつ考えた。そしてどれほど彼を愛しているかを実感した。彼へのあふれる愛を感じるのは心地よかった。でも距離を置くのが私のやり方だった。いつも距離感が戻ってきた。

デイヴィッドは私の距離感を無関心だと思った。彼は私を心配性で、ときに気まぐれととらえていて、それでも私を愛していたと思う。残念なことに、自分を変えようと思えば思うほど、私はどうしていいかわからなかった。デイヴィッドの私へのゆるぎない献身が、私たちを長くつないだものだった――そして、私たちの心身の親密さは限られていたが、デイヴィッドと私は楽しみつづけた。私たちは休暇をとり、遊び、笑った。彼といると安心した。デイヴィッドは私と別れるつもりはなかったと私は信じている。私は彼の深い愛と敬意を感じ、そのことが私をみじめにした。私は感謝したが、それに値するとはけっして思わなかった。

整然とした地域に、デイヴィッドと私はタウンハウスを購入した。毎朝仕事に向かいながら、地下鉄の駅まで手をつないだ。いっしょに座り、デイヴィッドは新聞を読み、私はウォークマンで音楽を聴いた。私たちの事務所は数ブロックしか離れていなかったので、同じ駅で降り、できるだけ長くいっしょに歩き、キスをして、たがいによい一日を願った。毎日、仕事終わりにデイヴィッドが私に電話をして、あとどのくらいかかるかを確かめた。彼はその時間まで働き、私たちはいっしょに地下鉄に乗って家に帰った。

●
●
●

私は司法省でしっかり働いていた。「わたし」の何人かは非常に勤勉だった。私の優れた記憶力が人びとの名前、地位、会議中の発言内容を覚えるのに役立った。私の解離は、上の空であるというより、むしろ冷静で集中している印象を与えた。事実、慢性的な解離状態は、よい仕事をするのに役立った。個人と専門レベルをつなぐ情報を集めた。この表面上無感覚な静かな場所で、人生のほとんどの仕事をやりこなすのは、得意だった。私も含め、ほとんどの人は気づかなかった。このような存在と交流のあり方が、実際、私の知るすべてだった。

そのような淡い解離の状態から、まわりで対立が起こったり、だれかが強い感情を表現したり、何か予想しないことが起こったりすると、私はすぐにもっと深い解離状態になった。このようなむずかしい状況が引き金ではあったが、事態がおさまるまで、私をうまくふるまわせた。私は問題を解決し、ものごとの直中に入るのが好きだったし、私には人の気持ちを読み、その必要とするものを予想する熟練の技術があった。この力のおかげで業績を上げ、すぐに昇進した。三十歳までには、司法犯罪抑制計画局で最高位の弁護士になった。かつてロースクールで私の勉強を助けたデイヴィッドは私を誇りとした。私自身も誇りに思った。

●
●
●

母も兄のマイクも、私の司法省での昇進の意味を気にもかけず、理解しようともしなかったが、私は驚きも落胆もしなかった。デイヴィッドと結婚したことで、私の家族との関係もさまざまに変化した。デイヴィッドと私が母を訪ねると、母は丁寧にもてなし、私たちの生活に関心を見せ、何がほしいとか、どう面倒みてくれとかあまり言わなかった。

母はデイヴィッドが母の別の一面に気づくことはないと思っていたので、こういう会話は日常の電話ではしなかった。でも彼は、母と話すときに起こる私の変化を察知した。私たちが母の車とコンドミニアムの頭金を払うのを、デイヴィッドはいやがったが、最後は私の決断を認めた。私の家族がお金を浪費し、私が援助するのを見て、彼は驚いた。母の衝動買いの後始末の援助を彼は好まなかった。そのかわりに母に予算を立てさせるように私を促した。結論として、母の多額の借金を私が弁済し、母に予算を立てさせ、それから母への金銭の援助をやめる、ということで私たちは合意した。

デイヴィッドは私にあまり母と話さないように言った。私自身の気持ちが沈むからだ。彼は私の家族が奇妙だと思い、けじめと敬意と親切心がないことに気づいた。マイクはアレックスのいないところで悪口を言い、母は同じようにマイクへの文句を並べた。しかしだれもそういうことを面と向かっては言わなかった。デイヴィッドはマイクの母や私に対する話し方が好きではなかった。マイクはたびたびデイヴィッドと、男同士で、家庭での女性の役割について話そうとしたが、デイヴィッドはあからさまに否定した。マイクはデイヴィッドが自分を認めていないと察し、距離を置いたのだと思う。私にはありがたかった。私は義務として家族のために精一杯頑張るのをやめた。

●

結婚して一年ほど経ったころ、私はほかの人と違うのではないかとデイヴィッドに話しはじめた。「足が痛い?」とある日尋ねた。

彼は戸惑いながら、「いや、どうして痛いの?」

「私の足はいつも痛いの」と答えた。毎日体中が痛かった。とくに間節が痛んだ。デイヴィッドと私は関節炎だと思った。ときどき、すぐに消えるけれども鋭い痛みを膣や肛門に感じたが、それは彼には言わなかった。

私はついに、慢性の痛みについて、リウマチ専門医にかかることにした。医師は繊維筋痛と診断し、睡眠障害だと説明した。「筋肉の疲労が回復できるだけの十分に深い睡眠がとれないときに、痛みが起こります」

どうしたら信じてもらえるかわからないまま、「いつもと同じように私はよく眠っています」と言った。何らかの理由で、十分な睡眠の問題に悪夢と寝汗を結びつけられなかった。

「いつもこの痛みがあるとおっしゃいましたね。幼いころに睡眠を妨げるストレス要因があったと思いますか」

「私はいつも学校とスポーツの心配をしていました。ほかに、私が子ども時代で覚えているのはいことです」私は混乱し、考えた。《私はいつもよく眠っている》睡眠障害の原因になるものを考えてみた。でも私の精神はゆっくりで不明瞭になり、突然、ひどい疲れを感じた。「この痛みにいま、どう対処できるでしょうか」

「そうですね、十分な深い眠りを確保してください、運動もいいと思います。ヨガや瞑想も助けになると思います。食事にも気をつけてください」

まるで医師が長いトンネルの向こう側にでもいるように、私はこれを聞いていた。彼の発する単語を意味のある文につなげられなかった。《私は体の調子はいい》と思い、ゆっくり質問した。「毎朝ジョギングして、ウエイトを挙げています。どうして効果がないのでしょう」

「大丈夫ですか」と医師が尋ねた。

彼の問いかけは私を驚かせた。私は彼を見て、「健康です」と答えた。

彼は注意深く私を見た。「あなたは一点を凝視してますね、ずっとそうですか?」

私は考えた。「ほかの医師も凝視に気づきました。甲状腺の検査をしました。いつも陰性でした。私の痛みに関係がありますか」

「可能性はあります。凝視は過剰不安やストレスが原因で起こることがあります。あなたの機能に過剰な負荷がかかっているのかもしれません」このとき私は気づいていなかったが、医師がじっと見るので、私の中の「わたし」たちが怖がっていたのだ。《お医者さんは近づきすぎる。「わたし」たちを見つけようとしている》私はこのような考えをつかもうとはしなかった。「不安かもしれません」と彼は続けた。「おそらく原因は仕事でしょうか。弁護士の仕事はストレスがあるでしょう。あるいは過去の何かが原因かもしれません」私は胸をつかまれ、耳に血が流れるのを感じた。そして穏やかになり、無感覚になり、さらにぼんやりして思考ができなくなった。彼は数秒間私を観察して言った。「助けになる瞑想があります。でも本当に必要なのは、どうして十分に睡眠できないか、その原因を探すことです」彼は筋肉弛緩薬と少量の抗鬱剤を処方してくれた。私は毎晩それを服用するようになった。また、痛みの緩和に、一日に三回イブプロフェンを飲んだ。すぐに私は眠りの深さの違いに気づいた。そして慢性の痛みからほぼ解放された。

続く数週間、医師との会話を振りかえった。みんなが寝汗や奇妙な夢で困っているわけではないことに気づいた。デイヴィッドにそれを尋ねた。彼は心配した。さらに、ときどき鏡を見て、私だと思わない自分を見るときがあると彼に話した。「ときどき自分で思っているより年上に見えるの。手は思っているより大きいし、背も自分の想定より高いの」いつとはなしに、スペイン語で考えることもあった。父が死んで家でも英語が使えるようになってから、普段はスペイン語で話したことがなかったので、とりわけ奇妙だった。

デイヴィッドへの信頼と愛が高まるにつれて、私は安心した。だからこれまで無視や回避してきたことに注意を向ける余裕ができた。新しく見つけた安心感とともに、頭に突然、奇妙な考えや断片的な場面が浮かんだ。ゆっくりと起こるので、はっきり見えたが、文脈がなく、意味が理解できなかった。ますます頻繁に、汗びっしょりで目覚めることが増えた。冷たく濡れていて、無意識に私は起きあがり、パジャマを着替え、ベッドに戻って眠った。夢の中で、人びとが家に押しいってデイヴィッドを殺して私を痛めつけた。あるいは、私は見知らぬ場所にいて、だれもいないのに、痛めつけられているのが自分だとわかった。ときどきスペイン語で夢を見た。そういう夢では、私はベッドの下で祈り、人びとが押しいろうとしていた。午前中は夢を覚えていて、不思議なかんじだったが、長くは考えなかった。そのかわりに私の昔からの適応技術が働き、請求書への支払いや仕事のプレゼンテーションに関心を移し、日常の生活を続けた。

これが数年――デイヴィッドと私が『テルマとルイーズ』の映画に行くまで、続いた。映画の冒頭で、主要人物の一人が生々しい描写でレイプされそうになる。私は映画を観ながら、息が詰まり、頭が回りだしたのを感じた。振りかえってみると、この症状は、私に警告するためか、気を散らすためか、ついに知るべきときが来たとの希望をもってか、走りでた「わたし」たちによるものだと理解できる。お腹に激しい痛みがあり、怖かった。このようなことが起こったことはなかった。痛みがひどくなり、パニック症状が増した。私は皮膚から飛びだすのではないかと感じた。頭に英語とスペイン語で考えがあふれた。

すぐに外に出なければならなかった。私たちは家に帰り、この症状についてときおり考えながら週の残りを過ごした。ディヴィッドといっしょにいたかった。独りになるのが怖かった。でも人がそばにいるのもがまんできなかった。タウンハウスの地下室で、ディヴィッドが部屋の端に座り、私は胎児のようにうずくまった。彼は私に話しかけようとしたが、痛みとパニックがひどくなるだけだった。私は体を前後に揺らした。それで少し楽になった。映画の場面がこの原因だという直感がディヴィッドにはあったので、レイプの緊急相談の電話番号を調べた。私は電話をかけ、回答者が私を落ちつかせてくれた。

私は毎日パニック症状を起こした。一日に数回のこともあった――家を出ようとするといつも起こった。家族からの電話でも、話すとかならずパニックになった。その週は仕事を休み、パニック症状を鎮めることにした。

セラピストを見つけ、数か月通ったが、彼女では安心できなかった。私は彼女が私の中に入りこみ、まだ私も知らない、認識する準備もできていない「わたし」たちに話しかけようとしていると感じた。とても怖かった。しかし彼女は、危機を管理する戦略を私が考えるのを助けてくれた。パニックを感じたときゆっくり息をする呼吸方法を教えてくれた。この単純な助言のおかげで、私は仕事に戻れた。でも彼女が「わたし」を見つけ、直接話しかけるたびに、私はパニックになり、暴行を受けたように感じた。そして相談時間は終わった。

私の成長過程で、何かトラウマ的なことが私に起きたのだと、セラピストと私は結論づけた。家に帰ってデイヴィッドにそれを話すと、彼はショックを受けた。彼は泣いた。彼が泣くのを見ながら、私は恐怖を覚え、同時に苛立った。「どうしてあなたが泣くの？」

「これで僕たちの関係も終わりになるから、そうだよね」

私は激しい怒りを覚えた。この新しい認識はまだ確かめられていないし、それで私たちの関係が変わることを私は望んでいなかった。その夜私がデイヴィッドに何を言ったのか覚えていない。覚えているのは、彼の感情に苛立ち、必死に彼と同じ気持ちにならないようにしたことだけだ。

セラピーに何回が通い、回復したいと思った。まさに、パニック症状が問題だった。私の本当の望みは、パニック症状を止めることだった。私は本気でできると思っていた。過去のことは考えたくなかった。でも何週間か過ぎても、パニック症状は増すばかりだったので、私が通っていたセラピストにだれかを紹介してほしいと頼んだ。彼女は驚いた。彼女は私たちの治療はもう終わりが近いと思っていた。彼女には相談後に起こるパニック症状について話していなかった。私が強く主張したので、彼女は精神科医を紹介してくれた。

次の段階に進むまで、少し時間がかかったが、ようやくその精神科医の診察予約をした。私は精神科医の治療を必要とする自分を恥じ、だれにも知られたくなかった。私にどこか悪いところがあると思われたくなかった。

第三部

開かれたドア

8

私はカウンセリングセンターの待合室に座り、落ちつかなかった。人が出入りし、予約待ちの人もいれば、帰る人もいた。私はその人たちを注意深く観察した。その朝、診察を受けるために家を出るのに手間取った。またパニック症状が出るのではと恐れた。自分に起こっていることが怖かった。むりやり自分を動かし、まるで霧の中にいるような気持ちだった。

消えてしまいたかった。待合室にいること自体が、何か具合が悪く、何かの病気の証拠であった。しばらくして、一人の男性が診察室から出てきた。身長は並で、白髪まじりの茶色の短髪だった。髪が後退して広がった額は、優しい青い目をさらに印象づけた。私は彼の目を見つめ、好感をもった。

彼が近づいてきたので、私は立ちあがった。カジュアルなシャツに茶色のズボンとベストという好感のもてる服装だった。私はまだ内心緊張していたが、《まさに精神科医のよう》とそっと微笑んだ。「医師のミッチェル・サマーです。トゥルヒーヨさんですね」と彼は言った。彼はゆっくりと慎重に診察室に戻り、そのあとに私も従った。歩きながら、私はいつものめまいがしてきて、意識が不明瞭になり、感覚が麻痺した。

彼の診察室は壁ごとに違う色だった。私は内心嬉しくなり、思わずコーナーに積まれた子どもの本が見たくなった。リビングのような家具の配置で、二脚の椅子と長椅子が一つあり、診察室のほとんどを占めていた。その向こうには書類とコンピュータの置かれた机があった。「お好きなところに座ってください」と彼は言った。椅子の一つは黒い革張りで、大きな回転椅子だった。お茶の入ったカップがそばにあった。《あの椅子は違う、彼の椅子に座ってはだめ》と私はとっさに考えた。机に押しこまれた椅子を見た。《彼の机にも座れない。言っていることと違う》と私は思った。黙って私は現実的な選択肢を考えた。彼の黒い椅子の向かいの長椅子か、小さい革張りの椅子しかない。小さい椅子は彼との距離を縮める。私は長椅子を選んだ。はたして私はサマー医師を信頼しているのだろうか。《いいえ》と小さな声が返ってきた。私はさらにめまいを覚え、混乱した。

彼はドアを閉め、自分の席である黒い革張りの回転椅子に座った。「やっぱり」と思った。彼は話しはじめた。単語は理解できたが、単語と単語をつなげられなかった。まるで夢の中にいるようだった。サマー医師はずっと遠くにいて、閉まりかけているトンネルの端にいるように思えた。私は集中しようとした。彼は私に優しく温かく微笑んだ。私は少し安心し、診察室を見回した。

あらゆるところに本があった。題名を読もうとしたが、彼の声と同じで、題名の語句が何を伝えているのか、理解できなかった。それはただの単語でしかなく、私にとって本はたいていの場合、文にも語句にも、物語にも事例にも、記事にもならない単語の束だった。あとになって、なぜ読むのが困難であったかを理解するようになった。子ども時代に受けた虐待に耐えることは、つらい経験を細分化することでもあったのだ。読むことは逆の作用が必要になる。分断された情報を拾い、それをつなげば意味をつかめる。私の場合、ひたすら物語の断片を分断したままにすることが、あまりにも習慣化していたのだ。

サマー医師の診察室の壁には多数の卒業証書や賞状、免許状がかかっていたが、遠すぎて、大きな字で書かれた彼の名前のほかは、はっきりわからなかった。《私もたくさんの賞状をもっているが、これほど多くはない》突然、私はサマー医師が話をしていないことに気づいた。彼はじっとそこに座り、診察室の様子を窺う私を観察していた。私は顔が熱くなり、鼻も耳も紅潮しているのを感じた。質問に答える準備ができるのを彼は待っていたのだ。思考がかけめぐり、私はしだいに冷静になった。「どうして壁がぜんぶ違う色なのですか?」と私は尋ねた。

「あなたはどう思いますか?」と彼は応じた。四方の壁はピンク、黄、青、緑だった。楽しく軽快な雰囲気で、明るいすてきな診察室だった。でも私は黙っていた。「さて、どうしましたか?」と彼は切りだした。これが医師としての最初の質問だったにちがいない。

「パニック発作が起きるのです」と、いままで何度も繰り返した単調な言い方で私自身が答える声が聞こえた。まるで朝食に何を食べたかを伝えるかのように、感情も込めず、「私はほかのセラピストの治療も受けているのですが、彼女によると、私は生育過程で虐待を受けたということなのです。でも私には記憶がありません。私はこれ以上彼女の治療を受けられないので、彼女があなたを紹介してくれました。あなたは彼女の研究指導者だと聞きました」と続けた。私は話すのをやめ、イライラしながら待った。《話しすぎよ》と幼い声がした。

「生育過程であなたが虐待を受けたとセラピストが思ったのはなぜでしょう?」と彼は尋ねた。

《言うものか、この医師に理解できることではない》「奇妙な考えにずっととりつかれているのです。わけのわからないものが頭に浮かぶのです」

「わかりました」と彼は答えた。

《何がわかったというの?》頭の中が混乱しているように感じられた。あまりにもたくさんの声がこだましていた。

私の以前のセラピストについてさらにいくつかの質問をしたあと、彼は自分の治療方針を説明した。彼のルールのほかは、私は治療方法についてあまり覚えていない。最初のうちは彼のルールは少々強引だと思えたが、しばらくして、私に必要な作業、つまり過去を明確化する作業を安全に行う枠組を作るためのルールであると理解するようになった。

「私といっしょに治療することに合意していただけるなら、週に二回通ってください。診察をキャンセルされても、料金はいただきます。都合が悪いときは、遅くとも前日までに連絡してください。その場合も料金は発生します」これはひどいと思った。この医者はお金のことしか考えていないのか、と思いはじめたが、黙って聞くことにした。「あなたは自殺を考えているかもしれません。申し上げておきたいのは、それは普通のことです」私の頭はふたたび混乱した。息苦しくなり、さらに意識が不明瞭になった。《どうしてわかるのか？》彼は正しかった。私は死にたいと思っていた。全身全霊で私は死を望んでいた。衝動強迫のこともあれば、無力感に襲われることもあった。私には二つの感情の違いがわからなかった。ただ、私がいつもみじめに感じていることだけがわかっていた。

一日に何度か、いわゆるパニック発作に襲われた。突然、不安に陥った。激しい腹痛で体が曲がり、胸が圧迫されて息ができなかった。隅のほうで胎児のようにうずくまり、目を閉じ、苦痛と奇妙な恐ろしい考えが消えるのを待つほかなかった。だれにも話せない恐ろしい考えだった。話すと現実になりそうで怖かった。あとでわかったことだが、これは過去のトラウマによる身体的かつ精神的な痛みであり、何らかの類似した経験をすると、それが引き金になって起きる痛みであった。トラウマを受けた人に共通する体験であることも知った。

私はこの痛みをすべておしまいにしたかった。そしてそうするために考えつく唯一の方法が、死ぬことだった。苦しんで死にたいわけではない。ただ眠り、ふたたび目覚めないことを望んだ。どうすればそのように死ねるかをいつも考えていた。多量の薬を飲んで永遠の眠りにつけないかとも考えた。独りで車を運転しているときには、ハイウェイぞいの木に車をぶつけようかと考えた。走っているときは、バスかトラックの前に飛びだそうかと思った。そうすればたぶん即死すると考えた。このような衝動を抑えるのはたいへんだったが、もし私が自殺したら、想像できないくらいデイヴィッドを傷つけることもわかっていた。私はデイヴィッドを傷つけたくなかった。痛みを終わらせたいだけだった。

何も私から話していないのに、サマー医師が自殺について示唆したことが、ちゃんと理解して治療してもらえるという希望を私に抱かせた。この希望でとても大きく安堵した。サマー医師はルールの説明を続けて、「あなたが私と治療をするあいだ、自殺しようとはしないと約束してほしい。自殺願望が起こる場合に備えて対策を講じ、あなたが助けを求められる人を探しておきましょう。この約束を破ってはいけません」と言った。《どうかしら、そのときになってみないと》という考えが浮かんだ。私は同意してうなずいた。さらに彼は「この点はしっかり努力してください。あなたの治療に全力をつくすことを約束します。週に二回、診察します。最善を尽くします。つらいときには電話をしてください。予約があろうとなかろうと、折り返し私から連絡します。あなたが私といっしょに回復への道を歩むことを約束してくださるなら、私もあなたとともに治療の過程を歩んでいくと約束します」と言った。私は懐疑的だった。このような約束の取りかわしが信用できるのか、そもそも必要なのか、私は確信できなかった。それでも、私は同意した。ほかに選択がないと思ったのだ。私は頻繁にパニックに襲われていたし、日常的な行動すら困難になっていた。

本当にサマー医師は私の助けになるのだろうかと思いながら、その日は診察室をあとにした。そのことを考えれば考えるほど、希望がわいてきた。《彼はあれほどたくさんの証書と資格をもっている。あれほどたくさんの本を読んでいる。優しい目をしている。優しい微笑がある。そして厳しいルールを押しつけてくる割に、態度は優しい》「私には助けになるかもしれない」と、職場まで車で戻りながら、声に出して言った。私の内面を安心させ、なだめようとして言ったのではないし、しようとしてもできなかったと思うが、その効果は大きかった。錯綜《さくそう》する考えを抑え、仕事に集中し、その日の予定をこなせた。そのときにはまだ、一人の自分からもう一人の自分にシフトしただけであるということはわからなかった。どのように自分が作られているのかを理解するための一歩を踏みだしたことも、そのときの私は知らなかった。

約束した診察に向かうのは私にはむずかしかった。自宅や職場という比較的安全な場所を離れるのが好きではなかったからだ。こうした安全な場所の外は、すべてが予測不能で恐ろしいもののように思えた。診察に来るのがどんなに恐ろしいか、私はサマー医師に話さなかった。私はただ診察を受け、彼の治療が私を助けてくれることを願った。しかし最初の数か月のあいだ、私たちが何かを成し遂げているというかんじはしなかった。治療は表面的なもののように思われた。交わすことばも取るに足りないものだった。仕事の問題や日常のささいな出来事について話した。

《どんなことに取り組むべきなのか、わからない》と診察の前に考えることがしばしばあった。《どう対応すべきか、わからない》そしてさらに考えは錯綜した。《行きたくない。これが何の役に立つのだろう。費用ばかりかかる。いったい何のためになるのだろう。何をすべきか、どう理解できるのだろう。彼は座っているだけ》私は無力感を抱き、パニック状態になり、怒りを覚えた。

あとになってわかったのだが、サマー医師は慎重によく考えて治療にあたり、その効果は私が気づかないうちに現れていた。治療の初期段階では、彼はゆっくりと注意深く私を通院に慣れさせてくれたのだった。どんなことであれ、変化はパニック症状の引き金になると知っていたからこそ、ほかの場所でも安全なことを私に徐々にわからせようとした。ある場所からほかの場所に無事に移動するたびに、私は安心感を覚えるようになり、わずかだが、より自信をもてた。いまになってわかるのは、分断された私の中のたくさんの「わたし」がこのことを学習する必要があったのだ。

私は広場恐怖症について話したことはなかった。サマー医師はただ、診察にくるのが無理だと思うときも通ってきてほしいと私を励ました。仕事に行くことも、ジョギングを続けることも、日常の活動をできるだけたくさん継続するよう促してくれた。そしてこれもだいじなことだが、それができないときも、自分に対して寛容であるようにと諭してくれた。

また、私の生活面で心配なことがあると、サマー医師は私を守ってくれた。母とは毎日、マイクとは毎週、電話で話をしたが、パニック発作が起こりだすと、急に話ができなくなった。理由はわからないが、ただ、母ともマイクとも話したくなかった。戸惑い傷つきながら、母もマイクもいつものように電話をくれた。しかしデイヴィッドは冷たく「オルガは電話に出られない」と言った。このことをサマー医師に尋ねた。すると、ほかのことでは日常習慣の継続を勧めるのに、この件に関しては、どんなにはっきりしない不安でも、不安の声に耳を傾けるべきだと言ってくれた。

最初の数か月間で、もっと困難な治療も行えるように、サマー医師は私との信頼関係の形成にも努めてくれた。彼の一貫した姿勢のおかげで、私は彼を安全だと思うようになっていた。私は彼の考え、たとえば、診察室から自宅への移動が安全だということを信頼するようになった。彼には思いやりがあり、それは彼の目を見ればわかった。彼を信頼して私の記憶を語れる環境を私たちは作ろうとしていた。《そのうちに、そのうちに》と私は頭の中で繰り返した。しかし診察のたびに、折り返しの電話をもらうたびに、私の信頼は大きくなった。

ある晩、それでも最悪のパニック発作に襲われた。仕事から家に帰ってきたところだった。自宅に着いたという安心感から、抑えることのできない考えがつぎつぎにわいて、そして意識がぼんやりとしてきたのはいつもと同じだった。しかしこのときは、まったく冷静になれなかった。腹部を刺されているように感じ、痛みと恐怖で体を曲げた。胸が硬直し、息もできず、このまま死ぬのではないかと思った。泣きながら目を閉じて、なんとか思考を取りもどそうと必死だった。考えなければならない。不気味に待ちかまえるブラックホールにすべり落ちたくなかった。

デイヴィッドがそばにいて、「どうしたの。何かできることはない?」と声をかけてくれた。彼は私を抱いて安心させ、パニック発作を抑えようとしたが、私は彼がそばにいることに耐えられなかった。

私は何とか彼に答えようとした。やっとのことで「サマー医師に電話して」と言った。痛みのために胎児のような姿勢で、意識も朦朧としていたが、奇妙な考えが心に浮かんだ。《アレックスが地下室で私を傷つけた。アレックスが私をレイプした》私はこのレイプの場面をじっと観察した。一時間もたたないうちに、サマー医師が折り返しの電話をくれた。デイヴィッドが状況を説明するのを聞いていた。それから受話器を私の耳元にもってきてくれたのを感じた。サマー医師の声は冷静で優しかった。でも私は考えをまとめられず、話そうとするとますます痛みが激しくなった。「痛いのです。考えを止められません。発作を起こしています」サマー医師は穏やかに、心配はないと言い、デイヴィッドがそばにいるから安心だと教えてくれた。デイヴィッドは私を傷つけないし、彼こそが私の面倒をみてくれていることを思い出させてくれた。サマー医師は私にゆっくりと大きく息をするように言った。私は息を吸って吐き、吸って吐いた。息をするたびに、発作は和らいだ。

「はっきりと考えるようにしてみて、オルガ。ゆっくりと考えをまとめて、それを鮮明にして。デイヴィッドと自分の家にいると考えて。いまあなたは安全なのです」サマー医師のことばを聞きながら、痛みは引いた。硬直していた体の緊張もほぐれた。思考も落ちついて、感覚の麻痺を覚えた。

「気分はどうですか」とサマー医師が尋ねた。

「よくなりました」とささやくように小さな声で私は答えた。これまで出したこともないような小声で、「デイヴィッドは私に危害を与えないでしょうか」と私はサマー医師に尋ねた。サマー医師は、デイヴィッドが私を愛していて、傷つけるようなことはしないと確信させてくれた。それは正しかった。デイヴィッドはひたすら私を愛し、支えてくれた。その夜、どのくらいサマー医師と電話で話したのか私にはわからないが、電話を切るときには、私の痛みは消え、きちんと座って、翌日の診察を約束した。診察室に入っていき、私は長椅子ではなく、サマー医師に近い小さい椅子をはじめて選んだ。《私が助けを求めたとき、電話を折り返してくれた》と私は考えた。

数週間後、気軽な会話ではなく、私たちはもっと深刻なことを話すようになった。診察に行くと私はすぐに小さな椅子に座り、率直に「ここで何をしたらいいのかわかりません」と言った。サマー医師は微笑んだ。思い返してみると、サマー医師は私が彼を信頼し、そう認めることができるまで待っていてくれたのだと、いまはわかる。彼は私にマーサー・メイヤーの『おしいれおばけ』という絵本を渡してくれた。私がそれに目をやると、幼い声が《これは何？》と尋ねた。するともっと年かさの声が《からかっているの？》と言った。たくさんの考えが浮かぶ中で、私は静かに座り、サマー医師が私に絵本を薦めてくれる理由を考えた。

ようやく、サマー医師は「読んでみて。治療の取り組みを理解してもらう助けになると思います」と言った。守られているような気持ちで、私は本を開いた。驚いたことに、私の戸惑いはすぐに喜びになった。幼い子どものように微笑んで、いままで存在すら気づいていなかった別の私が、私の目を通して、わくわくしながら絵本を見た。英語のことばをスペイン語に自分で翻訳しているのを私は感じた。奇妙な感覚だった。大学に入って以降、私はスペイン語を話すこともスペイン語で考えることもしていなかったからだ。でもそういう考えはすぐに消えたし、サマー医師にも言わなかった。絵は魅力的だったし、物語の筋も単純でたどりやすかった。

小さな男の子が押入れの中にあるものを怖がっている。毎晩、ベッドに入るときに、押入れがちゃんとしまっているかどうかを男の子は確かめる。ベッドに入っても眠れない。紙鉄砲を握りしめて警戒している。ある夜、最悪の予感が現実になる。おばけが押入れから這いでる音がする。男の子は電灯をつけ、紙鉄砲でおばけを打つ。おばけは泣きだす。男の子はすでに恐怖心を忘れ、おばけをベッドに入れ、寄りそって慰める。男の子とおばけはまた物音がするのに気づき、別のおばけが押入れにいるにちがいないと思う。しかしこのとき男の子は笑っている。もう怖くないのだ。ベッドにはもうおばけを入れてあげる場所もない。

あっという間に私は絵本を読みおえた。絵本を置き、私は話題を変えて、あの日起こったことをサマー医師に話しはじめた。しかし私の中の何かが《私は私のおばけのことを話さなければならない。ぜんぶでなくてもいい。でも私が考えていることだけは話さないと》と主張した。絵本を置いて、考えついたのは《ポピが私に何かした》ことだった。さらに《ポピは私を傷つけた。話そうか？　ポピは私を傷つけた。話そうか？》と続いた。このような考えが私の頭にとりついていた。まるで内面における三歳児との会話だった。表面上は、私は仕事の話をしていた。しかしサマー医師は私が動転していることに気づいたようで、どうかしたかと尋ねた。私は話したかったが、怖かった。このときまで、私は現在の問題だけを話し、過去について話したことはなかった。話そうかどうかと考えているあいだに、意識がぼんやりし、焦点を合わせられなくなった。胸が硬直するような感覚を覚え、やがて「五歳」「七歳」「十二歳」として認識するようになる私の中の分断された「わたし」がいっせいに話をやめさせようとした。《話してはだめ、だれにも話してはいけない。悪いのはこっちだから。この人も同じことをする》私はことばを探そうとして、黙って座っていた。

ついに私は、そっと、幼い声で「ポピが私に何かしたと思う。何か悪いこと」と言った。恐怖が体をかけめぐった。きっと質問と難題が集中砲火のようにくると思い、私は身構えた。

しばらくサマー医師は私の様子を窺い、「わかりました」と言った。

「わかってもらえたのですか」と私は尋ね、サマー医師の表情を注意深く探った。

「はい」と彼は答えた。

これまで経験したことのない安心感に私はつつまれた。私は彼に話し、彼は耳を傾け、そして私は大丈夫だった。《何も起こらなかった。彼は私を信じてくれる》ポピが私を傷つけたという考えがたしかに私に結びついている感覚はなかったが、その考えは私を怯えさせてきた。そしてそれを口にしたら、すんなりと言えた。もうこれでその考えに怯えることはないのかもしれない。口に出して言うことは、私が経験したもっとも有効な手段の一つだ。さらに、私がそれを言っても、私は傷つけられなかった。サマー医師は私が嘘をついているとは責めなかった。彼は耳を傾け、私を信じた。

安心感は長く続かなかった。口にしたことに代わって、新しい考えが頭に入りこんだ。今度は「十二歳」だった。《アレックスが私を傷つけた。アレックスが私に悪いことをした。アレックスが私を傷つけた》私はまた息苦しくなった。私は自分の誕生日に起こった地下室での出来事の断片的な場面を思い出した。しかし場面はつながらず、私にはわけがわからなかった。凍りつくような思いだった。考えていることも思い出していることも、怖くて声に出せなかった。パニック発作が起こるとかならず襲う腹痛がまた始まり、緊急事態だと思った。だれかにそばで目撃してもらわなければ、私の症状は信じてもらえない。思いうかぶ考えやイメージ、苦痛に耐えながら、しばらく黙って座っていた。それから、前よりも少し年かさの声で、「アレックスが私に悪いことをしたの」と言った。

私はサマー医師の反応を探った。彼は変わらない様子で、安心させるように、優しく、「オーケー、何かほかに考えていることはありますか？」と言った。

「こういうことは起こるのですか？」

「はい。悲しいことですが、ありえます」

「頭の中でその場面を見られるのです。でも、わけがわかりません」

「何が見えるのですか？」とサマー医師は尋ねた。その瞬間、私は意識が不明瞭になり、頭の中の風景を見つめた。自分たちのアパート、倉庫、それにアレックスとその友だちのゲイリーがいて、私を蹴っている。それは言えなかった。サマー医師はふたたび、何が見えるかと尋ねた。

ついに私は「痛いのです」と言った。息もできなかった。私は倉庫の奥にいた。

「オルガ」とサマー医師が穏やかに、しかし強く呼んだ。半分は現実に戻ったが、もう半分は過去にいた。「オルガ」と彼はさらに強く呼んだ。「大きく息をして。あなたはここにいて、安全なのです」

「安全とは思えません。いま起こっているような気がします」

「わかっています」とサマー医師は答えた。「でも、いまではありません。いまは一九九三年です。あなたは大人です。あなたはデイヴィッドと暮らしているのです。あなたは安全なのです」

「痛いのです。パニック発作のときと同じ痛みです」どうして痛いのか、なぜこのように恐ろしい考えが浮かぶのか、私にはわからなかった。《なぜ?》私はずっと考えていた。「どうして起きるのでしょう。何という人生なのでしょうか。何という現実なのでしょうか」

サマー医師は優しく、つぎのように説明してくれた。手に余ったり理解できないことが起こると、私たちの精神は、本能的にその経験を思い出せないところにしまって、自分を守ろうとする。サマー医師によると、それが私に起こったのだろう、ということだった。アレックスと倉庫の考えがまたよみがえってきた。私は目を見開き、他人のことでも話しているように、あっさり報告した。

「アレックスも悪いことを私にした。アレックスと友だちのゲイリーがアパートの倉庫でやった」

私はその出来事の実感がなかった。サマー医師は耳を傾け、私が言ったことは起こりうることで、それが私に起こったことを信じると言った。

治療時間は終わった。疲れはてて、私は仕事に出かけた。サマー医師の安全な診察室を出て、車に乗って、中心街に行きたくはなかった。しかし日常生活を維持するほうがいいというサマー医師の励ましを思い出しながら、安全なのだということを信じようとした。集中できなかったが、どうにかその日を過ごした。

その週の後半、はずみで私は母に電話をかけた。母と話すのは数か月ぶりだった。恐ろしい考えを声に出して言い、だれかに信じてもらえたことが新鮮で、母とも同じことができるのではないかという希望を私は抱いていた。私は母にパニック発作のことを話し、セラピストの治療を受けていることを話した。そして「ポピとアレックスが私にしたことを思い出しているところなの」と言った。私はよみがえった記憶の概要を母に話し、息を殺して母の答えを待った。

「驚かないわ」と母はまごつかず、平然と答えた。「ポピはどうしようもない男。アレックスは、覚えているでしょう、十六歳のときに八歳の女の子をレイプして逮捕されたわ。そのときも倉庫でやったのよ」怒りはなかった。気遣う質問もなかった。感情もまったくなかった。超現実のようだった。でも私が思い出したことを母に確かめられて、ほっとした。それはありがたいことだった。しばらくのあいだ、母の仕事のことなど話した。

マイクが電話をかけてきたとき、この母との会話についての感情が鎮まっていなかった。電話をとると、「小さいときに起こったことをおまえが思い出しているところだとお母さんに聞いた」と切りだした。マイクもまた、父が母やマイクやアレックスを殴ったことを覚えていると言った。ポピが私をレイプしたことをマイクが覚えていたわけではないが、マイクは驚かなかった。アレックスが地下室で私にしたことも思い出しかけていると私はマイクに言ったが、今度はさえぎり、「勘弁してくれないか。もうこれ以上聞きたくないよ」と言った。マイクのことばには気遣いもあったが、声は怒っているようだった。ことばと物言いが一致していなかった。ほかに思い出したことを私はマイクには言わなかったが、私は治療と仕事とディヴィッドとの関係に集中する必要があることをマイクに知らせ、そのために電話も控えていると伝えた。マイクは了解した、と言った。

その翌週くらいに、私は、アレックスとゲイリーにレイプされた記憶をつなぎあわせることができた。やっとアレックスに電話をかけて、怒りと軽蔑を込めて、向きあった。「アパートの倉庫で、ゲイリーといっしょに、よくも私をレイプしたわね」

「そんなことはしていないよ」と、純粋に驚いて少し怯えたように、アレックスは答えた。

「いいえ、やったのよ。母も私を信じてくれた。八歳の女の子をレイプして逮捕されたことも知っているわ。憎んでいる。二度と口をききたくもない」さらに否定する声が聞こえたが、電話を切った。その日、アレックスは連絡できるだけの家族、いとこ、おじ、おば、全員に電話をかけ、私が彼のことで嘘をふれまわっていると伝えた。

●
●
●

話を聞いてもらい、安心するにつれて、ますます私はサマー医師を信頼するようになった。信頼が深まるにつれて、まとまりのない考えでもどんどん話すようになった。父が私にしたことからアレックスがしたことへと、話しが広がった。どこかに溜まっていた経験の記憶がよみがえった。苦痛だったが、なぜだかわからなかった。その考えが本当だと信じるのは苦しかった。つぎはぎの悲惨な出来事が、私の過去であってほしくないと思った。数か月後、思索、苦痛、そしてイメージが洪水のように押しよせ、みるまにあふれだした。

情報は意識できたものの、直接のかかわりは実感できなかった。解離はそれらの話を遠ざけ、身動き不能になるパニック発作は回避できていたが、無感覚でずっといるのは好ましくなかった。人生を通じてほとんど私は無感覚だったような気がした。ようやく本当の感覚をもちたいと心から思うようになっていた。喜びと悲しみ、そのあいだのあらゆる感情を感じたいと願った。問題は、記憶があまりにも恐ろしく、すべてを一度に感じるのが怖かったことだ。どうしようもなかった。サマー医師の診察室で、さまざまな思いや考えに圧倒され、思い出したことを話しながらぼんやりしたり、目線が定まらず目を開けていられずに黙りこんだりした。

ある日、サマー医師は催眠療法を試してみようと提案した。そうすれば安全な距離を置いて思い出したことを話せるし、解離の必要もない。私は同意した。催眠療法を用いて、サマー医師は私が記憶を操作できるようにしてくれた。私が安堵したのは、思いや考えがゆっくりとめぐるようになったことだった。催眠療法は深層感覚で起こる解離のようだったが、催眠療法中のことはいつも覚えていた。

解離なしに思いをサマー医師に話すことは、私にとっては大きな達成だった。だからといって私が経験を完全に受け入れられたわけでも、結びつきを取りもどしたわけでもない。発作はもう起こらなくなっていたが、情報からの距離感は依然あった。その後の数か月、私はひたすら思いうかぶことを報告した。主にポピとアレックスがしたことだった。あとからわかったのだが、マイクよりも、父やアレックスが私にしたことを思い出すほうが、私にとって容易だった。父にもアレックスにも親しみを抱いたことがなかったからだ。

知識から身を守る方法として私の精神が解離を利用したことは理解できるようになった。サマー医師は繰り返し、「毎朝目を覚ますたびに、今日も、今晩も、また虐待されるとわかっていたら、生きてはいられない」と説明した。同意するかのように、私はうなずいた。理論的には筋が通っている。それでも私は自分の身に起こったことを理解も受け入れもしたくなかった。つぎの診察までに考えがたくさんわいてくるので、私は夕方にサマー医師によく電話をするようになった。そのたびに折り返し電話をくれた。

デイヴィッドは全力で私を支えてくれた。性的児童虐待からの回復の本を数えきれないほど買って読んでくれた。虐待の経験者のパートナーたちの支援グループにも定期的に参加していた。私の仕事の行き帰りも助けてくれた。いっしょに仕事に向かう途中、地下鉄のプラットフォームで満員の電車がくると、私は息が詰まり、乗れないとデイヴィッドに言った。次の電車までの十分間、私といっしょに待ってくれた。すいていれば、その電車に乗り、デイヴィッドは私のすぐ後ろに立っていた。それで安心することができた。そのときにはわからなかったが、安心できる人が後ろにいることは、背後から襲われるのではないかという恐怖心を和らげてくれたのだ。職場に近づくにつれて、電車が込んでくるのはしかたがなかった。だれかが私の上に座ってでもいるかのように、胸が苦しくなった。考えがつぎつぎと浮かび、腹部と背中の痛みが戻ってきた。私は自分の皮膚から飛び出してしまいそうだった。デイヴィッドは、現実に私を留めようと、つかまえていてくれた。目的の駅までの到着を助けてくれたのはデイヴィッドだとわかっていたが、私はこの移動で疲れはてて、職場に着いた。

ますます私は人込みが苦手になり、デイヴィッドと私は車で仕事に行くことにした。司法省での私の職位で、無料駐車場が利用できたので、それはむずかしい決断ではなかった。ときにはデイヴィッドが仕事を切りあげて、サマー医師の診察の送り迎えをしてくれることもあった。デイヴィッドは勤務時間を私に合わせていたので、車でいっしょに帰宅した。彼は私の回復に全面的に協力し、思いつくかぎりの援助をしてくれた。サマー医師には電車通勤をやめたことを話さなかった。心配しながら、むしろ電車通勤を勧めてくれていた。サマー医師は私の安全を願っていたが、恐怖心を認めれば私の活動が制限されるとも考えていた。

新しい記憶のペースに合わせるために、サマー医師は週三回の面談治療ができるように診察を増やしてくれた。サマー医師と話をするたびに、どんどん記憶がよみがえり、私は考えを止めも緩めもできなかった。私の中のたくさんの「わたし」が思考しているかのようだった。《ずいぶん待たされたわ。だれかにこれを知ってもらわなければならない》考えが洪水のようにますますわいてくるようになったが、それでも私は記憶から切りはなされているように感じていた。職場でも、自宅でも、睡眠中も、これらの思いや考えが私にとりついたが、それを受け入れ、これが私の人生だという事実に直面したいとは思わなかった。本当の、完全な人生をすべて経験したいと思うのと同じくらい、私が私のためにうまく作りあげたもの、つまり幸福で秩序のある、安全で安定した生活にしがみついていたかった。

私はサマー医師にいま私が抱えているフラストレーションについて訴えた。「私は診察に来て、考えたことをすべて話しています。でも、私自身にはこういった情報をどう扱ったらいいかわかりません。それがいったい何を意味するのか、それによって私がどこに向かっているのかもわかりません」

サマー医師はしばらく私を見つめ、困惑したり、苛立ったりしているかと尋ねた。私は、そうだと答えた。何か月も治療に通い、いまは週に三回通っているのに、治療を始めたときよりも悪化しているように感じていた。「この状態が改善に役立つのでしょうか」

サマー医師は、私が成長過程で受けた虐待の実態を思い出そうとしているのであり、そして私の思いや考えは解離によって時間をかけて凍結された記憶であると、再度説明してくれた。記憶のあるべき場所、つまり過去に記憶をおさめるために、私に何が起こったのか、明確な絵になるようにつなぎあわせようとしていた。痛みは起こったことに対する身体的な記憶であるとサマー医師は説明した。以前にも何度もこの過程を説明してくれていた。しかしまだ私には理解できていなかった。単語をつなぐことはどうしてもできなかった。「どうして私は弁護士になれたのでしょう、どうして結婚できたのでしょう。このような状態なのに、どうして私は仕事ができるのでしょう。理解できません」と私はサマー医師に尋ねた。

パニック発作が起こるようになるまでは、よくは覚えていないが、私は幸福な子ども時代を過ごしたのだと思いこんでいた。公民館や学校に友だちと行ったことは覚えていたが、家でのことはあまり覚えていなかった。父が厳格なことは知っていたし、私が十一歳のときに父が亡くなったこともわかっていた。私はアレックスが好きではなかったが、それは彼がものを壊し、母にストレスを与えるからだと思っていた。マイクとはもう少しましな関係だったが、わがままで、私に対して傲慢であると思っていた。マイクは簡単に思えるけれどもあとで負担になるような頼み事をよくした。たとえば、空港まで送ってほしいと私に頼んでおいて、あとから、「あ、言うのを忘れていたけど、フライトは朝の六時なんだ。友だちのティムとジョーもいっしょだから。やつらの家まで迎えに行ってくれ」最終的に私が無理だと断ると、マイクは私を「ビッチ」と呼んだ。何か私にしてほしいことを私がしないときに、いつもマイクは私をこう呼んだ。そして不機嫌そうに電話を切った。

私は母とは親密で、愛情のある関係だと思っていた。結局のところ、何年も毎日話をしてきたのだ。しかし最近になって、何か私たちの関係に理不尽なところがあるように思いはじめた。とくに引っかかるのは、母のために私はたくさんのことをし、母のほしがるものをたくさん買ってあげたのに、母が私のためにしてくれたことはほとんどないということだった。

家族の問題を別にすれば、私は幸福だったし、成功もした。よい相手と結婚し、将来を約束された仕事もある。これはまぎれのない事実だった。しかし真実のすべてではなかった。それでも私は必死にファンタジーにしがみついた。

「あなたは思いや考えをあなた自身に結びつけなければなりません」と、ついにサマー医師が提案してきた。彼はもう一冊の本を私に渡した。アーシュラ・K・ル＝グウィンの『影との戦い』だった。そして「この本を読めば、私の意図を理解しやすくなると思います」と言った。

9

治療後、私は車で家に戻り、書類かばんといっしょに、本を玄関のテーブルの上に置いた。私はいつも家に仕事をもち帰る。集中力と読解力に問題があるので、どうしても仕事が夜までかかったり、週末になることもある。二階に上がり、仕事着をジャージに着替えながら、私はずっとサマー医師とのやりとりを考えていた。《私が読むことに苦労しているのをよく知っているのに、なぜ読書を勧めるのだろう。なぜこのファンタジーの本なのだ。私はファンタジーが好きではないのに》私は困惑と同時に少し好奇心も抱いた。最近は診察中に戸惑うこともあった。私は大概のことはうまくやったが、サマー医師との治療は、車輪をスピンさせ、ぬかるみにはまりこんだような気持ちになった。何をすべきかがわからないのは、つらかった。私は自分の無力を感じた。人びとが思っているほど私が賢くないことを、サマー医師は見抜いているのではないかと恐れた。

デイヴィッドが帰ってくるまで時間があった。夕食を作ろうか、それとも少し仕事をやろうかと考えた。しかし本への好奇心に負けた。どうしてサマー医師はこの本がいまの私にぴったりだと考えたのか、この本は私の進むべき道に何を示してくれるのか、気になってしかたがなかった。だから長椅子に座り、本を読むことにした。まず驚いたのは、その本に私がすんなりと集中できたことだった。そのうえ、スペイン語を話す理由などもはやないのに、私は心の中で物語をスペイン語に翻訳していた。あとで気づいたのだが、物語は私の中の全年齢の私の心をとらえていたのだ。そしてあらゆる私が同時に物語を読んでいた。

物語は要するに、偉大な魔法使いになれる素質をもった少年、ゲドに関するものである。男の子八人家族の中で最年少のゲドは、ヤギ盗賊と魔法使いで知られるゴント島に生まれた。母親は出産直後に死亡し、青銅細工師の父親の手で育てられたが、父親からはネグレクトされる。母方の伯母の魔女に幼少時は面倒をみてもらうが、なんとか自活できるようになると、伯母からもネグレクトされる。ゲドは幼少期を独りで過ごし、兄たちは農耕や、商売をしていた。家では、ゲドはいつも役立たずと言われていた。

うまく説明できないが、私は物語を身近に感じた。私はすぐにゲドとの共通点を見つけた。ゲドの物語が私の中にあると思った。《役立たず、役立たず、役立たず》ということばが、私の脳裏を走った。私はむさぼるように読んだ。サマー医師がこの物語で伝えようとした私のためのメッセージを探した。私は時間を忘れ、デイヴィッドが帰宅したときも、まだ読んでいた。

私は読むのを中断したくなかったが、本を置いて、玄関に迎えに行った。デイヴィッドを抱きしめ、一日の様子を尋ねた。返事を聞きながら、私はデイヴィッドが心労で疲れていると思った。

《私が彼を疲れさせている。私のことをこれほど心配してくれている。これは彼の手に余ることではないだろうか。別れようと言いだすのではないだろうか》考えが錯綜し、不安で、私はデイヴィッドのその日の話も聞けなかった。いまになってわかることだが、私はデイヴィッドの話を聞いていないことがよくあった。私たちの生活は私の治療が中心になっていた。それに私が取り乱していることが多かったので、独自の考えや感情をもつ個人としてのデイヴィッドの存在が私には見えなくなっていた。彼は私の夫だったが、ほとんど私の危機脱出の援助ばかりしていた。私の世界に、彼の不安、感情、考え、心配が入りこむ余地はなかった。デイヴィッドの感情や思考を私は容認していたかもしれないが、私の必要を超えて、彼の思いや存在を受けとめることはなかった。それでも、私たちの生活の劇的な変化にも、結婚したときとは私がすっかり変わってしまったことにも、デイヴィッドは文句を言わなかった。

私はデイヴィッドに本を見せた。いっしょに食事の準備をしながら、私は彼に診察の様子を話した。「サマー医師はこの本が、これから私がするべきことを理解する助けになると考えているの」

デイヴィッドは本を見て、「読めるの?」と尋ねた。

「ええ、不思議でしょう?」

「そうだね、でも、すごいよ。よくなっているのかもしれないね」希望を込めて、私はうなずいた。夕食のあと、いつもはテレビを見るのだが、私は本を開いた。デイヴィッドもいっしょに読書をした。彼はいつも読む本を積みあげていた。

十三歳のゲドは、カルガド帝国所領の隣接する島の攻撃からゴント島を救う。村人たちはカルガド兵によるほかの島の集落への破壊行為を聞き、勝ち目のない戦いへの備えをしていた。数人のヤギ飼いで大勢の兵士に立ちむかおうとしていたのだ。カルガド軍がゲドの村に攻めてきたとき、ゲドは夢中で、兵士たちのまわりに濃い霧を立ちこませ、方向を見失わせるまじないことばを作った。ゲドがまじないを唱えると霧が現れ、兵士たちはまわりが何も見えなくなった。土地勘のある村人たちは、霧に迷うことなく、カルガド軍を撤退させることができた。

島を救ったあと、ゲドは沈黙のオジオンという賢老の魔法使いに認められる。オジオンはゲドの父親に、ゲドは魔法使いになる力はあるが、知識が必要で、偉大な力があっても、知識が限られていると闇には勝てない、と説得する。オジオンはゲドを引きとり、教育しようと提案する。ゲドの父親はしぶしぶ同意し、ゲドはオジオンについていくことになる。

読み進むうちに、闇が私の頭の中で不気味に跳ねまわっていた。

オジオンは忍耐強い人だった。ゲドは山に話しかけたり地震を鎮めたりするオジオンの力をうわさに聞いていて、尊敬の念を抱いていた。ゲドはオジオンがまじないや呪文、他者に対して力を発揮する方法を自分にも教えてくれるものと期待していた。でも、オジオンは別の教え方を選んだ。オジオンはゲドと歩きまわり、花や景色の説明以外にはあまり語らなかった。オジオンがあまりにも気取らず地味なので、ゲドはがまんできず、オジオンに反抗しはじめた。

私はサマー医師を思いうかべた。《私はサマー医師の治療方法を理解しなければならない。これが私に期待されている学習なのだろうか。私には知識が足りず、闇に弱く、ゲドのようになっているのだろうか?》私には闇が何かはわからなかったが、恐ろしくて暗い何かが私の中に潜んでいることは知っていた。

その夜、私は読みつづけ、時の経つのを忘れていた。デイヴィッドに、もう寝るけど、まだ起きているつもりかと聞かれて驚いた。《やめたくない》と私の中から声が聞こえた。もう十一時だった。私はもう少し読んでから寝ると答えた。

オジオンに導かれたゲドの暮らしについて、私は読みすすめた。ゲドはオジオンに、いつになったら魔法を教えてもらえるのか、問いつづけた。オジオンはゲドに、魔法の伝授はすでに始まっていると答える。森を歩きまわるだけで、沈黙していることで何を教わることができるのか、ゲドには理解できず、不満だった。

私はサマー医師との関係について考えさせられた。《私も忍耐を失っている。サマー医師はゆっくり治療したいと思っている。なのに、私は急いでいる。このことをサマー医師は私に理解させたかったのだろうか?》気づくと、午前零時半だった。デイヴィッドは眠りに落ちていた。私は本に夢中になっていて、彼がおやすみと言ったのも気づかなかった。私はデイヴィッドが気を悪くしているのではないかと気になり、それを確かめるために、彼を起こした。彼は怒ってもいないし、ただ私の邪魔をしたくないと思っただけだと答えた。私は着替えて、ベッドに入った。でも早く起きて、階下に行き、続きを読んだ。

オジオンはゲドの短気を理解していた。オジオンがゲドに教えようとしたのは、魔法は本当に必要なときに使ってはじめて効果を発揮するということだった。しかしゲドはせっかちに、早く習いたいと切望する。ゲドはオジオンを敬愛していたが、オジオンのもとで彼のやり方を習うか、魔法学校に行くか、その選択を迫られると、ゲドは旅立つことを選ぶ。

私はサマー医師に対する自分自身の焦燥感について考えた。私はサマー医師が私を助けてくれると信じていた。ただその方法はわからなかった。

学校に入ると、ゲドは習得が速いと評判になり、まもなくトップのジャスパーという年上の生徒に次ぐ、クラスでも上位になった。ある日、ゲドはほかの生徒やジャスパーの前で自分の力を証明したくてたまらなくなり、死者の魂を呼ぶ呪文を声に出して言った。そうしているうちに、ゲドはうっかり、顔のない影の霊を呼びだしてしまう。邪悪な影はゲドを攻撃し、ゲドは殺されかける。

私の考えはさまよった。《サマー医師は私にもっと真剣に記憶を受けとめてほしいのだろうか。これが私に知ってほしいことなのだろうか》

二階でデイヴィッドが私とジョギングするために着替えている物音がした。この時点で、私は本を半分読んでいた。しかたなく私は本を置き、走るために着替えた。私たちはいつものルートを走り、仕事に行く準備をした。でも私はずっと物語が気になり、私にとって物語の意味は何かと考えていた。《サマー医師は私に何を理解してほしいのだろう。ゆっくり治療する必要があるということだろうか。サマー医師がオジオンのように賢人だということだろうか》私はこの問いの答えを見つけたくてたまらなかった。この本の意味の探求こそが、私の治療に向かう姿勢と同様に、性急で非現実的であることを私は思いつきもしなかった。急がなければ、思い出さなければ、記憶をサマー医師に報告しなければ、そして記憶から自分を遠ざけなければ、と私は焦っていた。私は取りもどしかけた記憶とサバイバルの方法を表層的にしか受け入れていなかった。

仕事のあと、デイヴィッドと私はいっしょに車で帰宅した。その日の出来事をデイヴィッドが話すのを、私は半分しか聞いていなかった。本のことをずっと考え、本から何を学ぶべきなのかと問いつづけていた。デイヴィッドが話しおわるのを待って、私は本の話を始めた。物語の筋を要約し、何を本から学ぶべきかについての私の考えをデイヴィッドに話した。彼は、私の考えはもっともだと答えた。

「今晩も読書する?」と私は興奮して彼に聞いた。「今晩中に、読みおえたいの。明日はサマー医師との約束があるし、その話をしたいから」デイヴィッドは同意してくれた。家に着くと、私は急いでジャージに着替え、デイヴィッドは夕食の準備をした。私は長椅子に座り、読みはじめた。

魔法学校の校長は邪悪な影からゲドを救おうと割って入る。影は島から逃げる。しかし偉大な魔法使いの校長は命を落とす。影の力が強すぎたからだ。ゲドにとって屈辱的な経験となる。病院での治療に、一年休学しなければならなかった。回復して学校に戻ると、ゲドは熱心に勉強するが、態度は一変して真面目になる。彼の自信はほとんど打ちくだかれていたが、数年学校に残り、ついに魔法使いの杖を授けられる。影はゲドの心から離れることはなかったが、忘れようと懸命に勉強に励んだ。

ゲドが影を呼びおこすまえに、私はゲドと私を重ねあわせた。私も、私自身を特別な存在だと思っていることに気づいた。私はロースクールに行き、司法試験に合格した。大きな法律事務所で働き、さらに司法省で職を得た。若くして私は非常に重要なポストにいる。私はときに尊大で、恩着せがましく、傲慢だった。サマー医師は私に、もっと謙虚になるように諭しているのだろうか、それとも、私が治療過程を尊重していないと言いたいのだろうか。ゲドが影の闇について考えたくないと思ったように、私も、何年も記憶はすぐに思い出せるところにあったのに、それに直面するのを避けてきたとでもいうのだろうか、と考えた。

私は読みつづけた。学校を卒業するとき、ゲドはペンダー島の魔法使いのポストを与えられる。そこでのゲドの任務は、島民をいつも脅かしている六匹のドラゴンの問題解決だった。ゲドはドラゴンの住む島に渡る。そこでゲドは五匹の若いドラゴンを苦もなく退治する。それからもっとも危険な年長のドラゴンを相手にする。長い戦いのあと、ゲドはドラゴンに勝ち、ドラゴンに自分の島にとどまり、二度とペンダー島に近づかないように命じる。その日以来、ドラゴンに島民が怯えることはなくなった。

ゲドはつきまとう影の恐怖から逃れられず、流浪の旅に出る。島から島に渡り、どこにも長くとどまることはなかった。影にあやうくつかまりそうになったり、罠にはまりそうになったことも何度かあった。影に誘惑され、大きな力と富をくれるという邪悪な魔法使いの仲間になりかけたりもした。そのたびに、ゲドはかろうじて難を逃れる。

ついにゲドは絶望し、疲れはててオジオンのもとに戻り、助言を求める。ゲドは強大な力をもつ影を呼びおこした愚かな過ちを告白し、影を撃退するためにオジオンの助言を乞う。ゲドとオジオンは座り、いっしょに方法を思案する。オジオンはゲドに、逃げるのではなく、影に正面から立ち向かうように助言する。

このことは私に強く響いた。考えがつぎつぎにわいてきた。一つの考えに集中できなかった。息もつけなかった。しばらく本を閉じ、目を閉じた。必死に集中しようと努めた。《逃げるのではなく、影に立ちむかう――サマー医師が私に望んでいるのはこれなのだろうか。でも私はいま人生の闇に向きあおうとしている。あらゆる恐ろしいことをいま思い出そうとしている》私はデイヴィッドの考えを聞いた。「サマー医師がきみに理解してほしいのは、そういうことかもしれない。でもきみはもうそうしているのではないのか？」と彼は尋ねた。

「そう思う」と私は答えた。

「もう読みおわったの？」

「いいえ、まだ」

「それなら、読みつづけて、そういうことかどうか、確かめてみたら？」

私は黙って座っていた。怖かった。そして「もうこれ以上向きあいたくない」と答えた。

デイヴィッドは安心させるように微笑んだ。「わかっているよ。でも、きみならできる」私はできるとは思えなかった。ただ怖かった。しばらくじっとしていたが、それからふたたび本を開いた。ゲドはオジオンの助言に従った。向きを変え、影を追いはじめた。ある地点でゲドは影をとらえそうになるが、手を開いてみると何もなかった。ゲドには影の正体がわからなかった。何から影はできているのか、なぜ影はゲドを求めるのか、理解できなかった。しかしゲドは追跡を続けた。はてしない距離を旅し、多くの島をめぐり、影を追った。ついに、海のはて、水が砂に変わるところで、ゲドは影に追いつき、影はゲドと対決する。

影はまずゲドの父親の姿になる。それから敵になり、最終的にゲド本人になる。ゲドは影が自分自身の闇であることを理解する。影は切りはなされた別の存在ではなかった。ゲドにはすべきことがわかっていた。ゲドが影を抱きしめると、影はゲドの中に入っていった。その瞬間、ゲドは完全体になった。

「光と闇が出会い、結合し、一つになった」

私の考えは落ちつき、ゲドが影を抱きしめているイメージが私の心を突いた。何度も何度も、《ゲドは影を抱きしめた》と私は考えた。本を閉じ、泣きだした。デイヴィッドが私を支えてくれた。

● ● ●

翌日、私はサマー医師の治療を受けた。「本を読みました」と、小さな椅子に座るとすぐに私は言った。

「ほう」とサマー医師は言った。「どう思いましたか」

「いい物語でした。私の人生に重なるところがありました」

「どのように？」

「そうですね、悪夢や考えというかたちで、私には影があることがわかるようになりました。それらから私がずっと逃げてきたこともわかります。活動したり、仕事をしたり、学校に通うことが、長年私にとりついた悪夢や考えを避けるのを助けていたのです」

サマー医師は静かに耳を傾け、そして、「ほかにこの物語からわかったことはありますか」と尋ねた。

「私はゲドにそっくりだと思います。尊敬されることを求め、力を手にすることを求めて、私は人生の大半を過ごしてきました。そのために私はロースクールに入ったのだと思います。それに、いまのポストに満足しているのだと思います。それが、私が優秀で、賢く、尊敬に値することの証明です。私は自分のプライドや権力意識のために、他人を大切にしてこなかったこともわかります」

私はあといくつか具体例を挙げたが、本によって提起されたもっと大きな問題について話したいという内面からの欲求を感じた。サマー医師も私がそれを切りだすのを待っていることを私は理解していた。しばらく黙って座っていた。考えはかけめぐっていた。

「私はつかんだのです」

「何をつかんだのですか？」とサマー医師は少し微笑みながら尋ねた。

「私がここですべきことです。私はゲドと同じことをしなければなりません。私は自分の人生の闇の側面を受け入れなければならないのです」

サマー医師はしばらく私の様子を窺い、ふたたび微笑んで、「そうです」と優しく言った。

私は静かに泣きだし、しだいに泣きじゃくった。泣きながら私が言うことをサマー医師はほとんど聞き取れなかったにちがいない。「受け入れたくなんかないんです。どうやって受け入れたらいいのかもわかりません。私の闇は私を殺してしまうと思うのです」

「ゲドもそう思いました」とサマー医師は私に気づかせてくれた。

「私がそんなに強靱《きょうじん》ではなかったら、どうなりますか？」

サマー医師は、私の不安と悲しみの証人であるかのように、黙って座っていた。突然、私の考えが明確になり、確かなものになった。《これが私の人生だ。サマー医師に語ってきた考えは、私の身に起きたことだ。記憶はすべて私の一部だ》私は泣きつづけた。

サマー医師は「もしあなたがそんなに強靱でないなら、あなたはここにいません。何をすべきか理解することもなかったでしょう。まだ影から逃げ、闇から逃げていたことでしょう」と言った。

診察のあと、深い予感を抱きながら、私は車で家に帰った。ついに私は治療で何をすべきかを理解し、恐ろしくなった。私の中にあるものに対する不安に圧倒され、またいつものように意識が朦朧としてきた。静かな気持ちになり、そしてまた何も感じなくなった。

10

次の診察では、私は覚悟を決めて椅子に座ったものの、「できれば避けたい」とふたたび本音をもらした。『影との戦い』は私がすべきことの理解の助けにはなったが、それでも私は記憶を取りもどしたくはなかった。「もし一度に記憶がよみがえったら、今日をどう生きればいいかわからない」と訴えた。もしかしたら、サマー医師が誤算だったと認めて、つぎつぎと思いうかぶ考えは私の人生とは無関係だと言ってくれるのではないかと一縷《いちる》の望みを抱いた。

サマー医師は優しく、「あなたが傷ついたとき、あなたが生きのびるために、あなたの精神は遠くに行ったのです。それを幽体離脱体験と呼ぶ人もいます。あなたの精神は、暴力や恐怖を遠ざけることによって、創造的に、直観的に、あなたを守ったのです。あなたは自分の頭に浮かんだ考えを話しているとき、まるで他人のことのような単調な話し方をします。あなたもそう感じていませんか」

「そのとおりです。私は自分のことを話しているという気がしません。自分の身に起こったことだという気がしないのです」

私は崖っぷちにいた。自分の過去の闇に落下して生き残れるとは思えなかった。しかしゲドが自分の影を抱きしめたイメージは強く残り、私を支えていた。思い出そうとしていることをしばらく考えた。そこから離れないようにした。覚悟して、「私です。私は三歳でした」と言い、やおら泣きだした。はじめて、私は三歳の子どものレイプと自分自身を結びつけた。それが自分だと実感できた。

サマー医師は繰り返し、私が分断された場面や考えの中から思い出している虐待に耐えるために、子どもの私がどう解離していくのかを説明した。私はその意味をつかもうとした。何度も、何度も、考えた。《私は自分の頭の中でいくつもの「わたし」に分かれなければならなかった。私は自分の頭の中でいくつもの「わたし」に分かれなければならなかったのだ》しかし理解できなかった。意味をなさない単語の連続にすぎなかった。ある考えが浮かんだ。それなら、私はじっくりと思索することができた。《私には理解できないか、何かまずいことになっていたのだ》

三歳のときに傷ついたという考えに、私は黙って集中しようとしたが、頭がふらつきめまいがした。私は怖かったが、考えに耳を傾けつづけた。私はいまスペイン語で考えていた。《私は三歳》考えが浮かんだ。《私は十二番通りの家に、マメとポピと住んでいる。私の名前はオルギータ。私はポピに傷つけられた》私が記憶する最初のレイプの場面が突然現れ、恐怖と苦痛がほぼ同時によみがえった。サマー医師は椅子に座ったまま、私をじっと見ていた。「どうしましたか?」

「ポピが私を傷つけているのが見えます」呼吸が浅くなり、息ができなくなった。下腹部と背中の痛みが突然激しくなった。「サマー先生、パニック症状が起きそうです。助けてください」

サマー医師は冷静に、「ゆっくり息をして、オルガ」と指示した。彼の声は耳に入ったが、頭はぼんやりしていた。三歳なら、言いつけどおりにするように躾けられている。三歳の私はサマー医師の指示に従った。「ゆっくり、大きく息をして、もう一度、もう一度大きく息をして。もう大丈夫です。いまは一九九四年です。だれもあなたを傷つけたりしません。あなたはデイヴィッドと暮らしています。デイヴィッドはあなたを愛しています。あなたは司法省で働いています。あなたの仕事は評価されています。いまは大人です。あなたは安全です」

私はサマー医師のことばにしがみついた。私はおぼれかけていて、彼のことばが命綱のように思えた。ゆっくり大きく息をした。腹部の痛みは和らいだ。サマー医師のことばを聞いているうちに、落ちつきを取りもどした。二十分ほどサマー医師がこうして導いてくれたので、私は診察室にいる現在の自分に戻れた。

サマー医師は、診察時間が十五分オーバーしていて、ほかの患者が待っていると優しく言った。私はまだ痛みが残り、疲れはてて震え、無力感の中にいた。いま表面に現れた三歳の自分によって混乱していた。なんとか精神と体の制御を取りもどそうともがいていた。サマー医師は、苦痛とパニック症状が起こったときは、それを受けとめ、軽減に努めなければならないが、治療の過程では、平常の生活も必要、と説明した。私が言われたことが理解できず、まだ仕事に戻れる状態にはないと感じとったようで、サマー医師は次のような提案をしてくれた。「病院のあまり人の来ないところに案内します。そこで待っていてください。診察のあいまに、あなたの様子を見にいきます。数時間後には私は手が空きます。そこで治療を完了しましょう。それなら大丈夫ですか？」

私は黙って、一つひとつのことばをしっかりと聞いた。サマー医師のことばに集中し、意味を理解しようとした。私が覚えているあの最初のレイプのあとのような感覚だった。ベッドの下に隠れて祈っているようだった。私の頭には綿が詰まっていた。スペイン語のアベマリアの祈りが何度も脳裏をよぎった。なぜスペイン語で考えているのか、不思議だった。私は打ちのめされ、レイプを思い出させる痛みがまだ残っていた。私は起きているすべてのことに疲れはてていた。横になり、目を閉じたかった。サマー医師の安心させるようなまなざしに、苦悩を理解してくれていると私は思った。ひっそりとした待合室に連れていかれるとき、私は「痛みがあります」と言った。

「それはポピが傷つけたあなたの分身です。彼がどのようにあなたを傷つけたのかを知らせたいのです」とサマー医師は優しく言った。診察のあいまに様子を見にきて、その日遅くにもう一度治療することを約束してくれた。待合室の隅にある椅子に私を座らせた。背後と横に壁のある小部屋になっていた。私は涙ぐんで感謝し、《サマー医師は私を理解してくれている。彼は私を心配してくれている。彼は私たちを助けてくれる》と思った。

しばらくして、私は落ちつき、廊下を抜けて洗面所に行けるようになった。鏡を見ると、泣いて目が赤く腫れていた。それは予想どおりだった。しかし驚いたのは、思っているよりも老けて見えたことだった。仕事に行くような服装をしているのも意外だった。靴と足元を見た。自分の足に見えなかった。はっとして、私は冷たい水で顔を洗い、もう一度鏡を見た。映っている姿が自分とは思えなかった。手を洗ってみても、自分の手ではなかった。大きすぎる手だった。指輪をはめていた。すべて驚きで、何が何だかわからなくなった。私は混乱し、もう考えたくないと思った。ぼんやりしていたので、洗面所を出るとき戸口にぶつかった。《どうしてこのドアはこんなに小さいの？　どうして私は廊下をこんなに占領しているの？　あれはだれの手？　だれの目と顔を私は見ているの？》考えが次から次に浮かび、息ができなくなった。そして意識が薄れ、やがて静まり、ついに何も感じなくなった。

受付で私用に電話を借り、職場に電話をかけた。まだはっきりと考えられない気がしたし、まちがいなく単調な口調だったと思う。その日は出勤しないことを伝えておきたかった。いっしょに働いている人たちは、私に何が起こっているか、すでに何となく察していた。治療で日中も出かけられるように、米国障害者法の適用を求めていたからだ。上司や同僚は、私が子どものころに受けた虐待に起因するパニック症状に苦しんでいることも、精神科医の治療を受けていることも知っていたが、職場では私はつねに冷静にふるまっていたので、どのような治療過程にあるかを理解するのはむずかしかったにちがいない。

私はデイヴィッドに電話し、まだサマー医師のところにいると伝えた。思い出したことを説明し、記憶を自分に結びつける治療を始めたことを話した。デイヴィッドは私の状態を尋ねた。私は感情が喉にこみあげるのを感じ、目にはまた涙があふれた。私は自分の無力さを感じたが、デイヴィッドには事態を知らせる必要があった。私は孤独ではないと思いたかった。私は意を決し、「つらい治療を受けているの。パニック症状が起きて、記憶がすぐそこまでよみがえってきている感じなの。自分が自分ではないかんじでとても怖い」と静かに答えた。涙が流れて、私は顔を隠した。デイヴィッドは迎えにいこうかと私に尋ねた。「いいえ、ありがとう。サマー医師がもう一度時間を作ってくれるのを待っているところ。あとでたぶん自分で運転して帰れると思う」

「ほかは大丈夫?」これはデイヴィッドが私に自殺願望が起こっていないかどうかを尋ねるときの聞き方だった。デイヴィッドは私が自殺を考えたり計画したりするのを恐れていた。そんなことがないかを確かめたがったが、恐れから泣きそうになるので、「自殺」ということばは使えなかった。一種の合いことばとして「ほかは」ということばを使うことにしていた。

「大丈夫。そういうことは考えていない。今回の記憶で疲れてしまったので、いまはほかの考えは入りこむ余地はない気がするの」

デイヴィッドはほっとした。そんなに心配をかけていると思うと、悲しくなった。電話を切るとき、デイヴィッドは「迎えにきてほしくなったら電話をして」と言ってくれた。

「わかった。そう感じたら車を使わないと約束するわ。そんな気がしたら、ここから電話するから」デイヴィッドと私は、自殺願望が起こったときの対処法をずいぶん話しあっていた。私は感情のままに行動せず、デイヴィッドかサマー医師に電話すると約束していた。二人ともつながらなかったら、友人に連絡することになっていた。私は友人の連絡先のリストをいつももっていた。友人たちにはデイヴィッドと私で話をし、援助を頼んでいた。私が電話するときは、どこで、どんな気持ちで、何をしようとしているかを伝えると説明していた。友人たちに頼んだことは、ただ、心配していると私に告げることだけだった。友人たちへ頼んでおけば、何年のことか思い出し、自殺などの行為はいっさいしないとデイヴィッドとサマー医師と交わした約束を思い出すことができる。こうした明確な条件で、何人かの友人がリストに名前を載せることに同意してくれた。そして実際に何人かに私は電話した。そのたびに友人たちは私が切羽詰まった感情から脱するのを手伝ってくれた。

私は小部屋に戻り、待っていた。サマー医師は言ったとおりにしてくれた。診察のあいまに様子を見にきてくれた。そのたびに、私は自分の中の落ちつきを取りもどした。三歳の私はまだいたが、薄まっていた。そのあいだ、私はサマー医師のことばにすがりついた。《いまは一九九四年、私は安全、サマー先生が診察のあいまに来てくれて、数時間後にはまた治療が始まる》私は自分の中でサマー医師に対する信頼が大きくなるのが感じられた。

三時ごろにサマー医師が私を迎えにきた。私はまだ感覚が麻痺し、ぼんやりしたかんじがしていたが、前よりはずいぶんよくなっていた。診察室に入るときは、ずっと冷静で安心していた。椅子に座ったとき、自分に合わない大人用サイズのように、自分を小さく感じた。前ほどのスペースを占めていないようだった。

「今日はとてもよく頑張りました。どんな気分ですか」とサマー医師が尋ねた。

「疲れました」と私は静かに答えた。「まるでトラックに轢かれたような気分です。全身が痛い」

「それはアドレナリンのせいです。パニック症状が起こるとアドレナリンがたくさん出ます。すぐに消えると思います」しばらく二人とも黙っていたが、「パニック症状や痛みの前に何が起こっているか知っていますか」とサマー医師が次の質問をした。私は少し考えた。私の頭には綿が詰まっているようだった。私は目の焦点を合わせられなかった。サマー医師は私をさえぎった。「いまはどんな気分ですか、何を考えていますか」

答えるのに数分かかった。「私はスペイン語で考えています。それを英語に翻訳するのに少し時間がかかります」

サマー医師はうなずいた。「わかります」それからしばらく沈黙が続いた。どうしてサマー医師にわかるのか、知りたくもなかった。「ほかにどんな感じですか」

「切りはなされた感じです。実際、ほとんど何も感じないのです」

「その感覚に注意してください。あなたは解離しているのです」

「わかりました。この感覚に注意します。でもよくこういう感覚になります」

「わかっています。でも覚えておいてほしいのは、感情を避ける手段として解離を使うのをやめようとあなたがしていることです。どんなに苦痛を伴っても、感覚がほしいとあなたは言いました。

好ましくない感情とともに、よい感情もわいてきます。それが私たちの目指しているところです。純粋な喜びと深い幸福をあなたが感じられるところです」

「わかりました」

「では、いまの段階としては、このような感覚になったときに、気づいてほしいのです。その次に、この感覚があなたを解離させるまえに起こっていることを突きとめるようにしましょう。その上で、解離がなくてもすむように、事態を変化させる対策を考えましょう」

「わかりました」と私は言った。しかし私には大きすぎる計画だった。以前にこの計画について話したことすら私は覚えていなかった。私は疲れていたが、もう一つ言っておかなければならないことがあった。「今日、洗面所で私はこんな奇妙な体験をしました。鏡に映った私は自分ではないようでした。私は思ったより背が高く、私の手は自分の手だとは思えませんでした」不安が始まった。

サマー医師は椅子から身を乗りだして、しっかりとした口調で、「それは私にはつじつまの合うことです。恐れることではありません」

「理屈がとおるとお考えですか」と私は尋ねた。サマー医師が理解してくれたとわかって、私は安心した。もし彼に理解できるのなら、私は独りではない。

「はい」

しばらく二人とも黙っていた。「恐れることではないのですね?」確かめたくて、私は尋ねた。

「そうです」ふたたび沈黙が訪れた。そしてサマー医師が「では、今朝のことについて話しましょう。パニック症状になる前に、どんな気持ちでしたか」と言った。

「ポピにレイプされているのが私だとわかったときに、パニック症状が起こりました。そして恐怖を感じました」答えながら、私は自分がますます冷静になり、切りはなされていくのを感じた。

「いまあなたは解離しようとしているのがわかりますか」

「はい。でもその状態になるのは困難です、サマー先生。痛みがあるし、とても怖いのです」

「つぎの治療まで、この記憶を封じこめるようにしましょう。大きく息をして、目を閉じて、安心してください。それから催眠術を使って、あなたの精神の中にコンテナを作ります。今日の記憶も、それに関連する感覚も、感情も、考えも、すべて次の治療までそこに入れておくことにします。いかがですか？」

サマー医師の提案の意味を完全には理解できなかったが、すっかり信頼していたので、私は同意した。私は苦痛を取りのぞいてほしかった。そして何よりも、私は幸せになりたかった。

私は大きく息をした。それからサマー医師の指示に従った。「目を閉じて。深く、深く。この出来事にまつわる感覚と感情と考えをまとめて。すべてがまとまったら、はい、と言ってください」

私は頭の中でレイプの短いいくつかの場面、関連する考えや感情を、まるで色がついているかのように、感じ、見ることができた。それらすべてが私の精神の中央にあるのを感じると、私は静かに「はい」と言った。

「うまくいきました。さあ、コンテナを思い描いてください。大きくて丸いコンテナです。すべての記憶、場面のイメージ、感覚、感情を入れられるように、大きなコンテナにしましょう。見えますか？」

「はい」私は頭の中で、大きな黄色い工業用の廃棄物缶を思い描いた。缶には危険物のマークがついていた。まわりには鎖がかかり、しっかりと封印するための南京錠もついていた。

「それを開けて、記憶、場面のイメージ、感覚、感情を中に入れましょう。できたら『はい』と言って教えてください」

私は頭の中で、三歳のオルギータがいくつもの黒いビニールのごみ袋をコンテナに詰める様子を描いた。すべて詰めると、私は静かに「はい」と言った。

「よろしい。記憶、場面のイメージ、感覚、感情は中にしまったので、蓋を閉めて、コンテナに鍵をしましょう。終わったら、はい、と言ってください」

私はオルギータが蓋を閉め、その上に登って閉まっていることを確かめ、それから鎖に鍵をかけるのを確認した。「はい」

「上々です。次の面談治療の開始五分後まで、記憶も場面のイメージも感覚も感情もこのコンテナの中に入れておきましょう。私が三から一まで数え、あなたを目覚めさせることば、『オープン』と言います。するとあなたは目覚め、通常の覚醒した状態に戻ります。三、二、一、オープン」

私は目を開けた。気分はよかった。疲れてはいたが、重荷から解放されたかんじがした。話さなければならないというプレッシャーと感情の重荷が、数週間にわたって私にのしかかっていた。何が起こったのかを話してしまうと、重荷も少し軽くなった。数分して私は手荷物をまとめ、帰り支度ができたとサマー医師に言った。サマー医師は私をじっと見つめ、うなずいてくれた。私はお礼を言った。私たちは握手した。温かい握手の感触を私は覚えている。サマー医師は共感のこもった微笑を浮かべて、「今日は大切にしてください」と言ってくれた。

家に帰ると、私はジャージに着替え、長椅子に横になってテレビを見た。不安を煽る番組や暴力的な番組でさえなければ、テレビは、仕事のことやデイヴィッドのことで気をもむのを避けるのによい気晴らしだった。そしてこのときは、その日の治療を思いかえすこともなかった。しばらくしてデイヴィッドが帰宅して、夕食を作ってくれた。そしていっしょに座り、治療で思い出したことを私は彼に話した。デイヴィッドは熱心に聞き、質問もした。私は答えられることは説明した。

デイヴィッドと私は長椅子で食事をした。食事のあと、デイヴィッドが洗い物をし、私は長椅子で眠る支度をした。何か月か、私は通常のベッドで眠っていない。寝室の問題でも、デイヴィッドの問題でもなかった。治療を受けるようになってから、どんなベッドに寝ても、寝室で虐待を受けたさまざまなイメージが浮かんでくるようになっていった。イメージが私の精神にあふれ、私を圧倒し、私はパニック症状を起こして目覚めることが重なった。寝室ではなく、長椅子で眠ることにした。私を一人にしたくないデイヴィッドはリビングの床で眠った。記憶がよみがえって目を覚ますと、デイヴィッドがすぐそばにいて、痛みとパニック症状を和らげてくれた。そしていまは一九九四年であると思い出させてくれた。こうやってリビングで寝るのがどのくらい続いたのか、私は覚えていない。しかし少なくとも六か月は続いたにちがいない。

数週間が過ぎ、私はいつ解離したかを当てられるようになった。私が考えているのは私自身のことであるとは理解していたが、虐待を受けているのが私だと本気で感じようとすると、そのたびにパニック症状が起こった。それに私がまだ十分に理解していなかったのは、子ども時代を生き抜く助けとなった複雑な対処メカニズムについてだった。まだ自分が分断していることを完全に理解するには、私の意識が十分に強靱ではなかったようだった。表層的には理解していても、十分納得したわけではなかった。非常にはっきりわかったのは、ゆっくり進まなければならないことだった。

サマー医師と私は、注意事項として次の標語にたどりついた。「急がば回れ」

私の分断された「わたし」のいくつかは、いつでも現れて起こったことを話したがっていたが、別の「わたし」はまだ私に存在さえ知られたくないという状態だった。それぞれ私の一部である「わたし」が対立したり、いまの私のしていることが気に入らないとき、私は痛みを感じたり、パニック症状を起こしたりすることがわかってきた。サマー医師は私に、分断された私に注意を払い、それぞれの「わたし」が提起する問題に向きあうように促してくれた。しかし同時に、それらの問題に対抗して、できるだけ日常の活動を継続するべきだとも言った。

私はこうしたことを頭では理解していた。地球は丸く、重力は普遍的な力であるというのと同じレベルでは理解できた。しかしサマー医師が何度も私に説明してくれたことを本当に理解するには長い時間がかかった。「暴力を受けた子ども時代を生き抜くために、あなたは意識を分節したのです。そして暴力についての記憶をあなたから遠ざけておこうとしたのです。だからあなたは、まるで他人に起こった出来事のように記憶しているのです。あなたは、あなたのあり方を、たくさんもっているのです」

私はこれに対して、たびたび、どうしてそんなことが私にできたのに、それに気づいていないのか、と質問した。すると、「あなたの精神があなたを守ったのです。これを成し遂げるには、あなたには創造性と知性が必要でした。あなたは驚くほど耐久力があるのです」とサマー医師は答えた。サマー医師はものごとを再構築するのが上手だった。長い治療のあいだ、診断の専門用語をいっさい使わずに、私の精神の状態を説明してくれた。だからこそ、自分が狂っているとも損なわれているとも思わずに、私は自分が強くて知的であると思えた。私の分断された「わたし」によって構成される驚くべきメカニズムのおかげで、私は人として成長し、友人を作り、学業やスポーツに秀でることができた。

このころ、私はようやく自分の診断を知った。サマー医師は私に、「あなたが耐えた暴力と、あなたが受けたトラウマのために、あなたは解離性同一性障害、つまりＤＩＤとして知られる症状を起こしたのです。以前は多重人格障害として知られていました。ＤＩＤは強いトラウマから自己を守るための解離や分断された自己の創出を含んだ幅の広い障害です。あなたの場合、ある程度まで、つねに中心にいる『あなた』を維持することができました。この中心の『あなた』があるからこそ、あなたのほかの部分に気づけるのです。あなたの分断された自己はたがいの存在を意識できるし、交流もできます。これは共意識と呼ばれています」と説明してくれた。サマー医師は、アメリカ精神医学会が出版している『精神障害の診断と統計の手引き』第四版を参照しながら、診断を示してくれた。

長いあいだ私の症状について話してきたので、診断は私を驚かせるものではなかった。しかし、たくさんの分断された「わたし」を自分の中に抱えていると考えるほうが、簡単だった。「私の一部は映画に行きたいと思っているけれど、別の一部は家でじっとしていたいと思っている」というような言い方をだれでもする。「部分」ということばを使うことで、私は自分が正常だと感じられた。分断された私のそれぞれが、私の個別の側面を形成しているという点で、私の状況が少し異なっていることも承知していた。私の意識が全体的ではないこともわかっていたし、ときに思考がスペイン語になることが異常なこともわかっていた。ほとんどの人は恐怖にさらされたことはないし、安全な状況にいて、息もできないくらいの苦しい思いをすることはないことも知っていた。それでも私たちは私の症状をＤＩＤとは呼ばなかった。だからこそ、これらの特別な部分を抱えていることの意味を完全には受け入れずにすんだ。

以前は多重人格障害として知られていたものに私が当てはまるとサマー医師が言うのを聞いたと

き、私はショックを受け、恐ろしくなった。《それはシビルのような病気？　私は『イブの三つの顔』のヒロインと同じなの？》私は頭がくらくらした。《私は自分の中に何を抱えているの？　私の中には気の狂った人間がいるの？　私はだれ？》私は自分が奇人のような気がした。だれにも知られたくないと思った。《私は精神的な疾患を抱えている。人は私のような人間をばかにする》診断名を聞いたとき、私は自分が賢く、創造的で聡明であるとは思えなくなった。サマー医師は私の驚くほどの適者生存技術を理解させようとしたが、私は自分の生存をもうそのようにとらえることはできなかった。

不安と恥で圧倒された。多重人格障害ということばは、私の精神の中でこだました。多重人格障害の人たちがさまざまに嘲笑われ、差別されてきたことを私は思った。《精神病院に閉じこめられた。あの人たちは本当に病気だった。私は人びとのジョークの対象にはならない。私は弁護士だもの。私は司法省で働いているのだもの》考えれば考えるほど、私の絶望は深くなった。《もし私の上司が知ったら、どうするだろう。機密情報へのアクセス権を私から奪うかもしれない。私はすべてを失ってしまうかもしれない》私の上司たちは私の医療保険の記録を閲覧できた。米国障害者法の適用を続けようと思えば、どの時点かで記録の更新が必要になる。いずれ、何らかの方法で、判明することだ。《どんな対応をするのだろう。職場の人たちは私に好意と敬意を抱いている。私は若くしていまのポストに就いた。私は成功者だ。これからどう扱われるのだろう？》

私が公式に「狂っている」とわかった以上、友人たちはもう私に話しかけてくれないのではないかと思った。《友人たちが、私が彼らの子どもたちに危害を加えると思ったら、どうしよう》そう思うと、心が折れそうだった。そしてもっと恐ろしい不安に襲われた。思いつくのに時間がかかったのが、不思議だった。《デイヴィッドはどうするかしら。私のことを恐れるようになるかしら。私と別れるかしら。デイヴィッドがいなかったら、私はやっていけない》私は怯えた。一生懸命に努力して自力で築いたもの、私を安全に守り安心させるものをすべて失うことになるのが怖かった。《これは私の人生ではない。そんなことは私の人生ではありえない》という思いが、私の頭を何度もかけめぐった。

11

サマー医師は大きく進展していると言ってくれたが、すべてが困難になっているような気がした。事務所では、仕事に専念して、私の頭の中の奇妙な考えやイメージを遠ざけようとした。しかし家では、状況が違った。ある日、家に着いてから三十分もしないうちに、三歳のオルギータが現れて、ポピが私の母と私とをレイプする様子を詳細に私に見せつけた。私は台所でデイヴィッドと夕食を作っていた。料理をする活力が残っているのは珍しいことだった。

デイヴィッドは私に具合でも悪いのかと尋ねた。でも口に出すと本当のことになってしまいそうで、私は料理の手を止め、ただ、空中を見つめた。ポピにレイプされた記憶から抜けだせない気がした。デイヴィッドはいまが何年かを私に思い出させ、私がいまは安全なことを教えて、私を助けようとしてくれた。私はほとんど彼の声が聞こえなかった。三歳の「わたし」はデイヴィッドの言うことを聞きたいと思わなかった。そして《彼は信用できるかどうかわからない。そうしたいと思えば、彼だって私を傷つけられる》と主張した。これ以上不必要にデイヴィッドを傷つけたくなかったので、私は口にはしなかった。三歳の「わたし」はポピが私の寝室に忍びこんで私をレイプしたことも見せた。スペイン語でこれを思い出しているという事実を私は無視して、思いうかぶことを振り払おうとした。いまはデイヴィッドといっしょに夕食の準備がしたかった。しかし、しだいにわかってきたことだが、分断された「わたし」の無視は、けっして得策ではない。

心配そうに、デイヴィッドは「きみの中で何が起こっているの？」と尋ねた。

私は彼を見て、泣きだした。「フラッシュバックが起こっているのだと思う」このとき、私は勇気を出して解離性同一性障害の診断を告げ、『精神障害の診断と統計の手引き』に書かれていることも話していた。デイヴィッドは驚かなかった。私は本当にほっとした。《彼は理解してくれている。私を恐れてはいない》と思った。

その夜、台所で彼は「何か手伝おうか？」と言ってくれた。

「いいえ、大丈夫。次のサマー先生の診察まで、フラッシュバックは貯めておくようにするから」

私は台所のそばの階段の下段に座った。目を閉じて、コンテナを思いうかべた。そして三歳の「わたし」をコンテナに入れようとした。うまくいかなかった。催眠療法では、記憶は一度に一つだけ現れることになっていた。そして次の診察が始まるまで起こらないはずだった。しかし最近、制御の効かない考えが押しよせていた。あまりにも情報が多すぎて、サマー医師に助けてもらいながらすべてを処理するには診療時間が足りなかった。やがて最初のコンテナをもっと大きな別のコンテナに入れなければならなくなった。その繰り返しで、まるでロシアの入れ子人形のマトリョーシカのようだった。

コンテナに閉じこめようとすればするほど、三歳の「わたし」は怒りをあらわに、《わたしを無視しないで！　ちゃんとわかって！》と訴えた。私は父が私のお腹を蹴るのを思い出した。父から逃げるために、自分のベッドの下に隠れたときのことだった。蹴られた痛みを感じた。私は泣きながら、三歳の「わたし」にこの場面を私に見せるのはやめてと頼んだ。《いまこのことは知りたくない。サマー医師の診察室の外では、こんなことは起こらないことにしたのだから。オルギータ、お願いだから次の診察まで待って》「わたし」は《だめ！　いま、これを知らなければならない》と答えた。私はずっと鋭い痛みと胸の圧迫感があった。あえぐように息をしなければならなかった。

私は現実逃避のための解離を使わないようにし、とくに公の場では解離がないように意識的に努めた。そういう症状が起こると無力感に襲われるからだった。しかし解離はときには効果的な手段であり、私は消極的だが、成り行きに任せることもあった。自宅にいるときにパニック症状が起こると、解離は虐待の記憶によってもたらされる激痛を和らげてくれた。

苦痛から逃れるために、私は意識を麻痺させようとした。隅の方に急いで行き、膝を胸に押しつけた。それでも苦痛は激しくなった。息もできないくらい苦しくなった。いつものように壁に背中をつけて、胎児のような姿勢で横になり、三歳の「わたし」の要求に屈した。父が私をベッドの下から引きずりだし、隠れたことを責めながら打ちすえた場面の詳細を私は鮮明に覚えていた。私は頭にその場面のすべてを描くことができた。苦痛のほとんどを自分の体で感じた。そして私は頭に綿を詰めた。感覚を少しでも麻痺させたかったからだ。苦痛を幾分和らげ、レイプの場面をぼかすためだった。私は大きく息を吸った。

デイヴィッドは狼狽した様子で私を見ていた。なすすべもなく、「サマー先生に電話しようか?」と尋ねた。私にはほとんど彼の声が聞こえなかった。私は三歳の「わたし」の言うなりになるほかなく、ポピが私をレイプするのを見つめていた。デイヴィッドは受話器を取り、もう暗記している番号をダイヤルした。サマー医師が折り返しの電話をしてくるまで、デイヴィッドは私といっしょに戸口のあたりにいてくれた。一時間もしないで、サマー医師は電話をくれた。

サマー医師の声を聞くなり、私はすすり泣いた。私はサマー医師にパニック症状と苦痛について話した。サマー医師は私を落ちつかせ、それから「だれかあなたの中に私と話したがっている存在はありますか」と尋ねた。サマー医師は私に尋ねずに、分断された「わたし」と直接話そうとはしなかった。分断された「わたし」が出現し、彼に向かって話しはじめると、それに応えた。しかし、サマー医師は私の内面に入り、存在があやふやな「わたし」の正体をつきとめ、対話しようとはしなかった。そんなことをされたら暴力をふるわれたように感じたことだろう。サマー医師が分断された「わたし」と話をするかどうかをめぐる決定権は私と「わたし」が握っていることは、私にとって好ましかった。

「うん」と私はとても幼い声で言った。

「ぼくはだれと話しているのかな?」と注意深くサマー医師は尋ねた。

「オルギータよ、三歳なの」私は自分の体に苦痛を覚え、その痛みがポピの行為を思い出させた。

「サマー先生、痛い」

「どうして痛いのかな？」

「だって、あの人がしたことをオルガが知らないといけないから」

「あの人って？」

「ポピ」

「ポピがしたことは、オルガはもうちゃんとわかっているよ。ぼくの診察室で会ったことがあるよね、覚えている？」

「はい、でも先生はポピがわたしとマメにしたことをすべてわかっているわけではないもの。オルガは知りたくないの。わたしがぜんぶ抱えこむのはもういやなの」

「それでオルガを苦しめているの？」

「そう。だってどういうかんじかオルガも知らないといけないの、ポピがどんなにひどいか、わからないとだめなの」

「どうしてオルガが苦しまないといけないの？」

「だって、そうしないと気がつかないもの。オルガが知りたくないたくさんのレイプをわたしは知っているの。またされるかもしれない」

「どんなふうに」

「デイヴィッドがするかもしれない」

サマー医師は一呼吸置いて、尋ねた。「デイヴィッドがレイプするの？」

私はデイヴィッドを見た。そして三歳の「わたし」もデイヴィッドを見ている気がした。デイヴィッドは悲しそうだった。そういうデイヴィッドを見るのは悲しかった。三歳の「わたし」は「うぅん、デイヴィッドはわたしたちを大切にしてくれる」と言った。

「そうだね、きみが望んでいたのは、ぼくがオルガに、ポピがきみやきみのお母さんに何回もレイプして、それがとても痛かったことを知らせることだね。ぼくもオルガも、もうちゃんとわかっているよ、そうだね、オルガ？」

「はい、わかっています」と私は答えた。

「オルギータ、きみは次の診察のときまで、現れるのを待つことになっていたんだけど、どうしていま現れたの？」

「だって知らないといけないことがたくさんあるんですもの。わたしたちの中に、いっぱいあるの。もう待っていられない。オルガが安全だって確めないとだめなの」

「オルガは安全だよ。次に診察で会うのは金曜日だから、それまでコンテナに戻っていてくれないかな？」

「いいわ、次のときにちゃんとお話しするって約束してくれるなら」

「オルガが次の診察できみと話したいと思ったらね。そうしたらお話ができる。オルガ、次の診察のときに、三歳の『きみ』に話をさせてあげられる?」

「はい」と私は仕方なく言った。私は三歳の「わたし」を無視できないとわかっていた。私は疲れていた。ポピが私を寝室でレイプしたと考えるだけで泣けた。いっしょに玄関ホールに座っているデイヴィッドの目にも涙があふれていた。このような事態になるまえは、久しぶりに、またとない夕べを過ごすはずだったのだ。

「オルガ、少しは楽になった?」とサマー医師は言った。

「はい」

「一週間の診察の回数を増やした方がいいと思う。内面に大きすぎる力がかかっているのは明らかです。週三回の診察ではそれを解放できません。もしあなたの中の分断されたあなたがもっと時間があると得心してくれたら、次の診察まで待てるかもしれない。水曜日にも時間を作りましょう」

水曜日に時間を作ってもらえることは画期的なことだった。水曜日はサマー医師の研究日だった。

「それで大丈夫ですか?」

「もちろんです。職場に知らせることと、米国障害法の適用を受けるためにもう一度書類をいただくことが必要ですが、それ以外は大丈夫です。きっとうまくいくと思います」

電話を切ったあと、私はデイヴィッドを抱きしめ、支えてくれることに感謝した。「こんなにつらいことになって、本当にごめんなさい」と私は声をつまらせた。デイヴィッドは自分自身にもつらいことだとは言わなかったが、心配は顔に現れていた。「夕食をすませる?」と私は尋ねた。彼はうなずいた。私はソファに横になった。《私には分断された複数の「わたし」がいる。私は解離性同一性障害を患っている。この病気と共存しながら、うまく生きていく方法を見つけなければならない》と考えていた。私の考えは一九六四年といまとのあいだを行きつ戻りつした。デイヴィッドが夕食をすませたとき、私はそっと泣いた。リビングにいたが、二人とも無言だった。

●
●
●

翌日の水曜日、私は新たに予約した診察に向かった。サマー医師は私を診察室に招いて、お茶を勧めてくれた。「はい、いただきます」と私は答えた。

「じゃ、すぐに戻りますから、座って待っていてください」私はいつもの椅子に座った。自分が小さくなった気がし、思わず、スペイン語で考えていた。私は痛みを覚え、それがレイプによる痛みだとわかった。痛みは続いているわけではなく、断続的だった。三歳の「わたし」がそこにいた。「わたし」が近づいてきて、私自身は椅子に沈んでしまいそうだった。サマー医師がお茶を二杯もって戻ってくると、私の分を受けとり、「また来たわよ」と小さな声で言った。

「今日はどうですか」とサマー医師が言った。三歳の「わたし」が会話を始めたので、サマー医師は直接話しかけた。

「まあまあいいかな」

「どうしてよくなったの？」

「先生が呼んでくれたから。先生が聞いてくれるから、彼女が聞いてくれるから」

「彼女というのはオルガのこと？」

「そうよ」

「それで、きみはぼくとオルガにポピがレイプしたことをわかってほしいんだね？」

「そう」

「ほかにもわかってほしいことはある？」

「ポピは何回もレイプしたの。ものすごく痛かったの。わざと痛くしたの。いやらしいことをわたしに言ったの。わたしがいけないって言ったの」

「ポピがそんなことをしたなんて、本当にたいへんだったね。きみのせいだなんて、そんなことを言われたんだね。それはきみのせいではないんだよ、そこはとても大切なことだから。きみはまだ三歳なんだ。ポピは大人で、きみではなく、ポピなんだ、それをしようと思ったのは。わかるかな」

私は自分がサマー医師のことばにしがみつこうとしているのを感じた。「それはきみのせいではない」

「ポピにレイプしてほしいと思った？」

「ぜんぜん」

「自分のせいだと思うの?」

「うん」

「たとえきみのほうからポピのところに行って、それが虐待のきっかけだったとしても、それでもそれはきみのせいではないんだよ」

私は胸が締めつけられるように感じ、めまいがした。三歳の「わたし」が五歳の「わたし」に変わった。まだスペイン語で考えていた。私は幼い少女の自分を心に描いた。いまよりも髪が長く、ヘアピンをつけていた。格子柄のシャツを着ていた。《どうしてサマー先生は私のほうからポピのところに行って、そしてあんなことになったとわかったのかしら。ポピはいつも言っていた、「わかっているね、これはおまえのせいだ、おまえがこんなことをさせたんだからね」って。どうしてわたしのせいでないのだろう》サマー医師はかすかな私の変化に気がついた。

「ほかの部分が現れたのですか」

「はい」と私は小さな声で言った。へたり込んでいるのに気づき、姿勢を正した。まわりを見ると、すべてが新鮮で目新しかった。「壁の色、すてきね」

「ありがとう、やあ、きみはだれかな?」

「わたし五歳よ」

「どうしてここに来たの?」

またもめまいがはじまった。恥ずかしくてたまらなかった。私は黙っていた。《言えない。わたしのほうから始めたなんて言えない。わたしがポピのところに行った。わたしのせい。そんなこと口にできない》私はめまいがした。頭痛が始まった。三歳の「わたし」もまた現れた。五歳の「わたし」と三歳の「わたし」が言い争っている。私の中で、三歳の「わたし」は《サマー先生はわかっているわ、わたしたちのせいじゃないって。サマー先生にはわかっている。サマー先生には話してもいいのよ。わたしは話せる》と言った。五歳の「わたし」が「わたしがポピのところに行った。わたしが始めた。わたしのせい」と口を滑らせた。頭が混乱し、恥に打ちのめされた。サマー医師が話しはじめたとき、私の感覚は麻痺しかけていた。私はサマー医師のことばに集中し、自分を見失しなわないようにした。

サマー医師は「いいですか、長いあいだ虐待を受けた子どもには、よくあることですが、多くの場合、自分の経験した虐待は自分から始めたことだと思うようになります。これは賢い対処方法なのです。予測がむずかしい乱れた家庭では、子どもの自己制御の助けになるのです」

私はうなずいた。まだ、五歳の「わたし」と三歳の「わたし」が両方ともすぐそこにいるような気がしていた。五歳の「わたし」がまた話しはじめた。「幼稚園から帰って、ポピだけが二階にいる気配がして、ほかにだれもいないときは、わたしのほうからポピのところに行こうとしたのよ。わたしの胸の上に、だれか大きいな人が座っているみたいだった。頭がくらくらして、わたしは自分の皮膚を破って飛びだしそうだった。それからめまいがして、ほかの『わたし』がわたしの手を取ってわたしを連れていった。わたしたちはポピを見つけて、ポピがしたいことをしたの。ポピがあまりわたしたちに乱暴をしないように。別の『わたし』たちも助けてくれた。わたしたちはポピの顔色をみて、することはわかっていた。終わると、ポピは私たちに叫んだの、『言っておくが、これはぜんぶおまえのせいだ。おまえがしたんだからな』って。わたしはポピのことばをうのみにした。でもわたしは怖かったのよ、ポピがわたしに痛いことをするのが待てないほど怖かった。どうにかして怖さをやりすごすしかなかったの」

「自分のせいではないのがわかりましたか？」

私はうなずいた。でも五歳の「わたし」や三歳の「わたし」がポピを信じたのかどうかはわからない。

「あなたは家庭でつねに傷つけられながら、生き抜こうとしたのです。自分のせいだと思うことが力になったのです。自分のせいなら、それを自分で止めることができると思えるからです。でもあなたには止められなかったでしょう？」

「止められませんでした」と私は泣きながら答えた。

「三歳のあなたは五歳のあなたとまだいっしょですか」

「はい」

「解離したあなたをコンテナに入れるために催眠術を使っても大丈夫ですか」

「コンテナにいてくれそうにありません」

「わかりました。でも、それではオルガの生活が立ちゆきません。つぎの診察まで、睡眠はどうでしょう。金曜日まで、二日待てばいいだけですから。うまくいきそうですか」

「はい、金曜日までですね」私は大きく息をした。「準備できました」

サマー医師は「閉じて」と言った。「目を閉じて」が短縮されていた。この数か月、サマー医師は催眠術を使って分断された「わたし」たちの出現とその情報の共有を助けてくれた。そのおかげで、解離を回避しつつ、距離をおいて暴力的な虐待について私は知ることができた。催眠術は日常的なことになり、私はしだいに自分でもできるようになった。

サマー医師は「閉じて」ということばで始めた。その合図で、私は大きく息をし、目を閉じ、リラックスして、感覚を失った深く穏やかな催眠状態に入った。でも催眠状態での私の精神は鮮明で、起こったことを忘れることも見失うこともなかった。私は分断された「わたし」たちといっしょに、そこにいることができた。一から五まで数えるあいだに、そうしたいと思う「わたし」たちは集まって私の精神と情報を共有した。サマー医師は五から十まで数えるあいだに、「わたし」の意向しだいで、全体の一部、つまりオルガの存在の一部になった。それからサマー医師は、全体に加わらなかった「わたし」たちに、それぞれの記憶を保存し、それぞれを守るために、よければコンテナを見つけてほしいと頼んだ。そしてコンテナに入るのをいやがる「わたし」たちには、どこか好きなところで睡眠治療をすることをサマー医師は提案した。ほとんどの「わたし」が最後の提案を選んだ。サマー医師はいつも三から一まで数え、「開いて」と言って、私を現実に戻した。

その日はサマー医師が「閉じて」と言ったあと、「わたし」たちが集まって、私と情報を共有した。私はそれらの声を聞き、心に留めた。三歳の「わたし」は前夜よりもたくさんのことを教えてくれた。私は寝室を描き、そこで父が私をレイプした様子をすべて思い出した。私の両親の寝室、バスルーム、そして父が私をレイプした家の中のあらゆる場所を思い出した。サマー医師が数えて、「わたし」たちをコンテナに入れるか眠らせたので、私は少し楽になった。

診察後、いつもの小部屋で、家に帰れるだけの体力が回復するまで、数時間過ごした。サマー医師が診察のあいまに私の様子を見にきてくれた。私が分断された「わたし」たちから教えてもらっていることは驚きだった。私の心は未熟で、頼りなかった。私はデイヴィッドと事務所の両方に電話し、家に帰ることを知らせた。私はやめてしまいたかった。デイヴィッドが帰宅したとき、診察について話をする元気はなかった。

デイヴィッドはかさんだ診察の費用を心配していた。私たちには蓄えはあった。しかしそれもあっという間になくなりかけていた。デイヴィッドがこのことを私に話すたびに、私は単純に考えた。私たちにはお金があって、私が援助を必要としているのだ。しかしデイヴィッドにとってはそう単純なことではなかった。私たちは懸命に働き、お金を貯めたのだった。これが私たちの望むお金の使い方だろうか？　この話題になると、私（そして私の中の「わたし」たち）はデイヴィッドを疑いだした。話しあいが必要なこともわかっていたし、デイヴィッドの考えも理解できなくはなかった。でもそのとき、私はそのように受けとめられなかった。そして、《デイヴィッドは本気で私を愛していない。お金のほうが大切なのだ。どちらを取るかとなれば、きっとお金を選ぶ。私には彼が信用できない。彼は私と別れるつもりなのだ》と考えることが多くなった。

●
●
●

私は診察室に入った。サマー医師は二人分のお茶を取りに行っていた。いつもの習慣どおりに、私は小さな椅子に座った。私はイライラしていた。そして相変わらず疲れていた。線維筋痛がたえず起こるので、あえてそれを口にしなかった。線維筋痛で私は関節のあたりに慢性的な痛みを感じ、ひどいときは、皮膚に触れるのもつらかった。目覚めているあいだじゅう、そのような痛みをずっと抱えていた。しかし最近は、痛みがもっとひどくなっていた。以前リウマチ専門医と話をしたことを急に思い出した。その専門医は、線維筋痛はぐっすり眠れないことが原因だと言っていた。サマー医師の診察室でのその時点まで、その説明と私の経験とを結びつけられなかった。私はまたあまり眠れなくなっていた。悪夢に苦しめられ、汗まみれのパニック状態で目覚めた。

線維筋痛と記憶が引きおこす鋭い痛みとは区別できた。記憶の痛みは特定の暴力を心に描くことによって起こり、レイプや、男色や、腹や背中を蹴られる痛みのように感じた。その痛みは激しく、長くは続かなかった。殴打などの虐待感覚の記憶は線維筋痛との区別がややむずかしいが、そういう痛みも、体を洗っている場面などのフラッシュバックとともに起こった。

サマー医師は戻ってくると、お茶のカップを一つ私に渡し、自分用を手元に置いて座った。診察室の壁の明るい色で、幾分気楽になった。私はカップを二つの椅子のあいだのテーブルの上に置いた。時計やランプやティッシュペーパーの箱のあいだに、ちょうどカップを置ける場所があった。サマー医師は診察室のあちこちに時計を置いて時間を管理していた。ティッシュペーパーの箱もたくさんあり、私はそれがおかしくて、からかったことがある。でも最近は診察のたびに、私が一箱は使っていた。サマー医師はいつも機嫌よく接してくれた。虐待の苦痛に満ちた恐ろしい話をしていても、誠実に快く応じてくれて、サマー医師は私に会うのが嬉しいのだと思うほどだった。「今朝はいかがですか?」と尋ねて、サマー医師はお茶をすすった。

ゆったりとした物思いは途切れ、全身に痛みを覚えた。たちまち頭には制御できない考えがわいた。《ずっと私を痛めつけている人びとが私には見える。それは苦痛の一部。冷汗で目を覚まし、三時間以上は眠れない。何かをしたいと思うことはまずない。ベッドからいやいや出て、職場で働いているふりをして、家ではデイヴィッドと苦労する。あらゆることが重荷で、みんなを憎んでいる。目を閉じたら二度と目覚めないという考えにとりつかれている。ポピが私をレイプした。何度も。ポピがアレックスとマイクにレイプのやり方を教えた。アレックスとマイクは友だちに教えた。みんなが私を傷つける。だれもが私を痛めつけることができる。もう終わりにして》

サマー医師が私を見つめていた。その視線に応えたかったが、できなかった。たくさんの考えも長く続かず、話せなかった。頭の中は考えたことでいっぱいで、止めようとしても、どうにもならず、疲れはてた。まぶたが重く、目を開けておくのに苦労した。

「あなたの中で、たくさんのことが起こっているようですね。そうですか？」

「はい」と私は答え、はっきり考えようとした。

私はわいてくる考えに集中した。どうにか、一つの考えにしがみつき、サマー医師に話した。

「私が寝ているとき、私の中の『わたし』の、少なくとも一人が私を見張っています。そのせいで線維筋痛が起こるのだと思います」と絞りだすように言った。私は自分が口にしたばかりのことを考えた。どうしてそれがわかったのか、不思議だった。

サマー医師はうなずき、「納得できる話です」と言った。

「ポピがアレックスとマイクに私の扱い方を教えたのです」と、サマー医師に聞こえないくらいの小さな声で私は言った。サマー医師は身を乗りだして耳を傾け、私は椅子に沈みこんだ。

私はサマー医師を見られなかった。口にするのは本当に恐ろしいことだった。

「新参者はいますか」とサマー医師は尋ねた。

「はい」と十代の声で私は言った。だれだろうと探した。十二歳の「わたし」だと思いついた。私を守ろうとしているたくさんの「わたし」たちを代弁しているのだ。『『わたし』たちはわかったの、だれも信じてはいけないって」と同じ声で私は言った。「大人になった自分だって『わたし』たちは信じることができない。たくさんの『わたし』たちが寝ずの番をしているの。傷つけそうな人たちがいると、『わたし』たちが壁を作るの」

「あなたが信用できないことは理解できます。あなたを保護するはずの人が、みんな、あなたを傷つけたのです。どうしたら信用を取りもどせるのでしょう」私は少しほっとした。《サマー医師はわかってくれた。ポピとアレックスとマイクが私をレイプした。それからアレックスとマイクは友だちといっしょにレイプした》これらの考えが私の頭をよぎるあいだ、私は黙って座っていた。

「それで、だれが守っているのですか」

「『わたし』たちが守っているのよ。三歳とそのほかの『わたし』たちがポピから守っているの。ポピは夜になると寝室に来て、したくないことをさせるの。そしてポピは痛いことをする。ポピはいやらしいことも言ったわ」

「どのように三歳とそのほかの『わたし』を守ったのですか」

「守ってくれる『わたし』が何人かいて、三歳とほかの『わたし』が困らないように、なんとかしてくれるの。そういう『わたし』が順番に、ほかの『わたし』たちに害が及ばないように番をしてくれる」

「どのように番をするのですか」

「ポピの顔を見るの。ポピの歩き方も。足音を聞いて、ほしいものを、探るの。真夜中にポピがやってくる音に聞き耳を立てているの。何を言えばいいか、ひどく傷つけられないようにするにはどうしたらいいか、わかっている『わたし』がいるの。そういう『わたし』たちがそっとポピを見張っている。ポピはすぐ態度を変えるから。そうすると別の『わたし』が出てきて、違うことをする」

「そうして眠っているオルガを見張っているのですか」

「安全だと確めるため」

「でもオルガはもう大人ですよ。オルガはデイヴィッドといっしょに暮しています。デイヴィッドはオルガを傷つけません。ポピは死んでいて、もうオルガを傷つけられません」

「マイクとアレックスは傷つけられる」

「たしかに、まだあなたが小さいとき、ポピが死んだあとは、そういうこともありました。でもいま、ほんとうにマイクとアレックスがあなたに何かできると思いますか。デイヴィッドが放っておくと思いますか。オルガは頭がいいから、ちゃんと止められると思いませんか。オルガは弁護士です。自分で自分を守ることができると思いませんか」

私の意識が現在に行って、このことを考え、また過去に戻った。私は時間を行き来し、いま耳にしていることが正しいかどうか考えてみた。ついに幼い声が、「オルガは頭がいいし、強いけれども、まだ『わたし』たちに見張っていてもらわないといけないの」と答えた。

「どうして?」

「ほかにもオルガを傷つけられる人がいるから」

「だれ?」

「サマー先生が傷つけるかもしれない」

「そうですね、そういうこともないとはいえない」とサマー先生は言い、すこし間を置いて、「でも私がオルガを傷つけたことがありますか」と言った。
「ありません」私は自分の声が少し小さくなったのに気づいた。サマー医師が私を傷つけると言っ
たことを恥じていた。
「私にオルガを傷つけるチャンスがありましたか？」
「ありました」私、中心にいる私には、サマー医師の言いたいことが理解できた。
「もしあなたたちがオルガをあらゆる人から守れば、安全かもしれませんが、それでは、オルガは
だれとも親密にはなれません。オルガは喜びを感じないでしょう。愛されている実感をちゃんとも
てないのです」
私は黙って座っていた。私の考えはとめどなくわいた。《どうやって「わたし」たちにこれを止
められるかしら。このやり方しか知らない。でも親密になりたい。もっと愛を感じたい》私はサ
マー医師の後ろにある床から天井までの本棚を見た。背表紙の題名を読もうとしたが、私の中の考
えのほうに意識が戻った。《いまは必要ない》
私は葛藤した。《何か別のことを考えたい。サマー医師に話したくない。とても話せない》
《話さないと、この痛みの中でずっとここにいることになる。サマー医師は助けてくれる。さあ、
話すのよ》
私は思いと恥と格闘した。このつらい記憶を思い出し声に出すのが怖かった。サマー医師に話せ
ば、現実になるからだ。「ポピが死んでから……」私は泣きだし、すぐに人格が移行した。十代の

ようだが、感情や恐怖は消えていた。「ポピが死ぬと、アレックスとマイクが私を襲ってきた。私を組みふせて、友だちに私を襲うところを見せた。友だちといっしょに私をレイプした」しびれたように抑揚のない声で、集団レイプのことを話した。

「気分はどうですか、オルガ」

「しびれたようで、ぼんやりしています」マイクとアレックスが、しゃべったら殺すと言った。

「戻れるかどうかみてみましょう」

「いやです。こんなことはいやです」

「催眠術を使ってみましょう。解離症状はいまのあなたにはよくないと思います。自分自身を守れるように、感覚を維持して意識をしっかりしてほしいのです」私はしぶしぶ同意した。サマー医師はさらに、「これはずいぶんまえの記憶です。あなたは、いまは大人です。司法省の弁護士で、デイヴィッドと結婚しています。あなたはいま安全です。私の声が聞こえますか」と言った。

「はい」と感覚が麻痺した感じで答えたが、私の頭に詰まった綿は少し減ったように感じた。

「オルガ、私の声を聞いてください。聞こえますか?」

「はい」サマー医師の声は解離を除こうとしていた。パニック症状と痛みが押しよせた。どうすることもできず、私は泣きだした。

「オルガ、私の声を聞いてください」とサマー医師は穏やかに言った。強い口調だが、急かせてはなかった。私は彼の声に集中した。「深呼吸をしてください」私は従った。「あなたはいま大人です。

どのくらい大きくなったか、わかりますか?」私は自分の体を上から下までながめた。思ったよりずっと大きかった。私は自分の大人の服装にも驚いた。私はまだ泣いていたが、少しおさまった。

サマー医師は催眠術の手順に入った。「閉じて」

私は目を閉じて、深呼吸し、身を委ねた。穴に落ちていくような感覚だが、気分はよかった。

「さあ、片足は現実に残して、過去の記憶をたしかめましょう。この記憶を確認するにあたって注意してほしいのは、これはずいぶんまえの出来事だということです。若いあなたに現れてもらうまえに、大人になったあなたをしっかり残しておきましょう。私はあなたのすぐそばにいます。あなたは安全です」

私は自分の考えに変化が起こったことを感じた。幼い「わたし」が現れ、スペイン語で、八歳だと告げ、ここに来るまで安心できなかったことを話した。私は大人で、サマー医師の診察室にいることを教えることができた。このように、大人の私と幼い「わたし」が共存し、記憶がよみがえってくるとき、大人の私が幼い「わたし」を慰めた。私はこの状態をサマー医師に話し、「こんなことが起こりうるのでしょうか?」と尋ねた。

「はい、何が見えますか?」

「夜、私の部屋のドアのところにポピがいます。アレックスとマイクもいっしょです。ポピが二人を招きいれ、やり方を教えている」私にはその後の場面も見えたが、声に出して言えなかった。あまりにも生々しかった。

「ほかに何が見えますか？」私は黙って、八歳の「わたし」が見せる場面を頭の中で見ていた。しばらくしてサマー医師が、「あなたは自分の寝室にいるのですか？」と尋ねた。

「はい」

「何が見えますか？」

「天井」

「なるほど、いいですね。ほかには？」

「私の部屋の棚」

「わかりました。続けてください。ご自分の部屋の中で目にするものは何でも教えてください」

サマー医師は、私自身の恐怖の原因を語りたがらないことをよく知っていた。しかし、やがてそれを話せるようになれば、記憶の影響も弱まると考えていた。だからサマー医師は無理強いはしなかった。ただ私が目にするものはすべて説明するよう求めた。そして私は自分を怯えさせているものにゆっくりと近づいていった。

「寝室の窓が見えます。ベッドの上にロザリオがあります」

「そうですか。だれかあなたの部屋にいますか？」

「はい。ひどく私を痛めつけています。ポピが痛めつけ方を教えています。アレックスは意地悪そうです」夜になってポピがアレックスとマイクを私の部屋に連れてくるたびに、私が思いえがいたことが一気に頭の中でよみがえった。「あの人たちの顔が見えます。そして真っ暗」

「どうして真っ暗?」

「あの人たちの顔つきを見て、私は目をつむったから」私は息ができなかった。息苦しさのあとはすすり泣いた。サマー医師は、私はすでに成長していて、すべては記憶だと思わせてくれた。年長の「わたし」に、見たことを話したがっている幼い「わたし」をなだめなさいと言った。

集中だ、集中しよう。暗闇にいるのは十二歳と八歳と七歳と五歳の「わたし」だった。どの「わたし」も泣いていた。みんな怖がっていた。

心の中で、私は「わたし」たちに近づき、サマー医師の指示どおりに、なだめようとした。「わたし」たちはとても幼くて、怯えていた。

私は泣きだした。《どんなにポピはひどいことをしたのだろう。アレックスとマイクはどう私を痛めつけたのだろう》

七歳の「わたし」が、ポピがさせた、と言った。五歳の「わたし」が、アレックスの顔を私に見せた。八歳の「わたし」は《だれも仕向けていない。アレックスはあれが好きだったのよ》と言った。七歳の「わたし」が「わたし」たちみんなに、ポピがどんなに兄たちを殴ったかを思い出させて、《どうにもできなかったのよ》と言った。でも五歳の「わたし」は、《アレックスはいつもいやらしくて、怖かった》と言った。

私は離れて聞いていた。幼い「わたし」たちを抱きしめることも、口々に言うことを受け入れることもできなかった。どうしても近づけなかった。「解離した自分が怖い」とつぶやいた。

サマー医師が私のつぶやきを耳にし、「幼い分身をなだめられませんか」と尋ねた。

「できません。幼い自分が知っていることが怖いのです」

抱きしめてと哀願する幼い「わたし」もいた。《ハグしてくれないの？　大丈夫って安心したいのに。助けてくれないの？》

それぞれの「わたし」たちが、私の中にいることをいまでは理解してるけれども、私はまだ「わたし」たちに近づくのが怖かった。幼い自分と大人の自分を同時に感じられることが、私の解離症状を示していたが、それを受け入れるか、それともそれが存在しないふりをするか、私は揺れていた。同様に、私は解離性同一性障害の診断を受け入れていたが、たくさんの「わたし」がいて、そのおかげで生きのびられたことは認めたくなかった。

「サマー先生、私にはできません。静かにしてくれません」

サマー医師は私を深い催眠へと導き、「年長の分身たちに、見たことを勇気をもって告げようとしている幼い分身たちを抑えてもらえますか？」と言った。私はもう一人の「わたし」が意識の中で近づくのを感じた。この「わたし」は十六歳だと告げ、幼い「わたし」をなだめられると言った。私は感謝した。

幼い「わたし」たちが静まると、私は疲れはてていた。そして、これが「わたし」に起こったことだと認識した。《神よ、もうおやめください。もうやめてください。死んでしまいたい》

サマー医師は心配そうだったが、安心もしていた。「よく頑張りました。もう終わりにしましょう。今日これからの空き時間を確認しますので、待合室で待っていてくれますか？　この記憶はおしまいにして、苦しい思いが起きないようにしましょう」私は心底やめたいと思ったが、それが、過去の出来事ではなく、現在の経験によっておこった「いま、この場」の感情なのかどうかはわからなかった。

現れたすべての「わたし」たちを集めて、診察はいつものように終わった。私は優しく、五歳と七歳と八歳と十二歳の「わたし」に、すべての記憶、イメージ、感覚や感情を入れた黒いプラスチックのゴミ袋といっしょに、コンテナに入るように促した。私は八歳の自分自身が蓋を閉め、鎖に鍵をかけるのを確認した。

それからサマー医師は私を小部屋に連れていき、椅子にかけさせた。しばらくして、私はディヴィッドと職場に電話をかけた。私は疲れ、死ぬ方法を考えていた。私は観念していた。普通の生活を送りたいという願いはもう完全にあきらめたような気持ちだった。その日、サマー医師は診察のあいまに私のところに来てくれたが、キャンセルがなかったので、私は一日病院にいた。診療時間が終わるころ、サマー医師が来て、「心配です。様子が違います。これ以上このような治療はできないと思っていますか？」

私はうなずいた。「私はとてもたくさんのことを知り、すでにたくさんの『わたし』に会いました。まだ続けて、すべてを思い出さなければならないのでしょうか？　それに耐えられるとは思えません」

「もうすでに耐えて生き抜いていますよ、オルガ。いま過去と現在をつないでいるところです。診察室に来てください」私はゆっくりと立ちあがった。体じゅうが痛かった。レイプされた感覚とともに起こったので、線維筋痛ではなかった。私は座り、ため息をつきながら、サマー医師を見た。痛みが続き、死への願望が強まった。

「痛みがあります、サマー先生。古い痛みのようです。痛みは何か出来事のように感じます」

サマー医師はうなずいた。「その感覚は新しい『あなた』の分身から起こっていますか、それとも今までの『あなた』によるものですか？」

「今日、すでに四人の自分の分身に出会っています。十二歳の『わたし』、五歳の『わたし』、七歳の『わたし』、八歳の『わたし』と。でもこの痛みの感覚をも与えている『わたし』の分身たちとは、違うようなかんじがします」

「どういうことですか？」

「この分身たちは怒っているのです。私はアレックスとポピを憎んでいます。そして同様に、ポピたちの行為をやめさせ、みんなで死のうと神に誓う『わたし』がいるのです」

サマー医師は心配そうに私を見つめた。彼自身も疲れているようだった。「今日は長い一日でした。でも、次の診察まであなたが穏やかに過ごせるように、この症状を何とか落ちつかせてから帰ってほしいのです」

「サマー先生、私にはもうこれ以上続けられません。もうたくさんです。朝起きるのも一苦労です。

デイヴィッドがこれを受け入れてくれないのではと心配するのも、仕事を失う不安にかられるのも、もうたくさんです。もう何もしたくありません」私はすすり泣いた。「治療に専念できるように、私を入院させてください。眠れるように病院に入れてください。もう無理です、サマー先生」

「あなたがそのような気持ちになっていることは、よく理解しています、オルガ。でも、かならずよくなります。あなたが取り組んでいる治療がきついことはよくわかっています。人間にとってもっとも苦しいことです。自分では気づいていなくても、あなたはそれをしているのです。私には入院が効果的とは思えません、オルガ。あなたの仕事の内容、職場で得られる支え、デイヴィッドや友人たちの援助が重要です。いま入院したら、もう仕事に復帰できないと思います。いま手にしている援助もなくなると思います。そして、入院したら、私はあなたの担当にはなれません」

それでもかまわなかった。私は疲れはてていた。ただ眠りたかった。病院なら眠れるのではないかと思った。「もう続けられません」

「わかりました。希望はお聞きしておきます。もう六か月、別の治療方法を試してみませんか。そのあと、それでも入院をご希望でしたら、そうしてさしあげます」

「別の方法とは何ですか？　何を試すのですか？」

「月曜日から金曜日まで、毎日二回分の診察時間を用意します。いまは、週四日、一回分の時間で診察に通っていますが、それでは十分ではないようです。あなたの中の分身たちがいつも存在して、生活の邪魔をしています。週五日、二回分の診察時間の治療で効果を確めてみましょう。そして土曜日に、ここでアート・セラピストに会ってください。とても優秀な人です。予約できるかどうかを調べておきます。もしご希望なら、土曜日に電話をしてください。私もごいっしょします。気持ちを落ちつかせるために、抗うつ薬を処方し、抗不安薬のクロノピンも出しておきます」

私は混乱していた。「なぜ抗不安薬？」

「あなたの分身が現れる場合、分身たちは過去の身体的記憶による感情であなたの精神を覆ってしまいます。精神がぼんやりすると、不安が起こります。さらに記憶や苦痛や感情が加わると、不安がますます高まります。クロノピンはそういう症状を緩和してくれると思います。そして眠りやすくなると思います。パニック症状にも効果があります。しかしこういう症状に早く慣れる必要もあります。そうしないと薬をたくさん飲むことになります。それはあなたの職務能力にも影響を与えてしまいます」

「わかりました、六か月ですね」

「そうです。必要なときはいつでも電話をかけてください。次の診察を待つことはありません」

その夜私は家に帰り、長椅子にくずれこんだ。あまりにも疲れていて、デイヴィッドにも話しかけられなかった。それに、サマー医師と私との取り決めは、デイヴィッドには話しにくかった。

翌朝になって詳細を話すと、デイヴィッドは心配した。入院せずに仕事を続け、家にいることには賛成してくれたが、私たちの保険は年五十回の診察までしか適用されず、とっくにその回数を超えていた。デイヴィッドは、貯蓄の約三分の一が私の診察に使われたことを知っていた。デイヴィッドは定額月払いができるかどうかをサマー医師に聞くように提案した。そうすれば、今後、診察回数が減ったときに、支払い額の帳尻合わせができ、それまでの治療代を補塡できるという考えだった。

デイヴィッドがいざというときのために貯蓄を残しておきたいと思っていることは、私にもよく理解できた。でも、私にとっては、いまこそが、いざというときだった。「もしあなたにとって問題なら、私は自分の退職金の前借りをしてもいいのよ、デイヴィッド。でも、サマー先生に、いま少なく払って、あとで多めに払ってもいいかなんて、頼めない。私たちにはお金はあるのだから、ちゃんと治療代は全額払うべきだと思う。お金のことで、サマー先生と私の関係に影響が出るのはいやなの」

デイヴィッドはためらいつつも、貯蓄からの出費に同意したが、このことに腹を立てていたと思う。その瞬間、デイヴィッドに対する不信感が膨らんだ。デイヴィッドにとって、私よりも、私が必要としていることよりも、お金のほうが大切なのだと不安になった。その不安を振りきれなかった。

翌朝、私はサマー医師の診察室を訪ねた。そして毎日二回分の時間の診察と薬による治療が始まった。

第四部

逃げないことを学ぶ

12

私は緊張をつのらせながら会議が長引いていた上司のロージーを待っていた。勤務スケジュールを再度変更してもらう必要があった。今回はサマー医師の診察に毎日通うためだった。普段ロージーは私をこのように緊張させる上司ではない。司法省に属する機関で、助成金を分配する司法犯罪抑制計画局の司法次官補だった。私はここで働いて四年になり、主席弁護士つまり法務部長の地位にあり、いまは「女性に対する暴力法」の施行に取り組んでいた。これは画期的な法律だった。新しい法律は、性暴力やストーカー行為、家庭内暴力の被害者への社会的支援を強化するものだった。特別条項で、夫からの性的虐待を受けている移民女性の救済を提議した。この仕事に私は、ことばでは表せないほどのやりがいを感じていた。とくにいま、私は虐待の記憶を取りもどそうとしていたからだ。

ロージーと私の職務上の関係は良好だった。ロージーは話しやすい人だった。私が子どものころに性的虐待を受けた被害者であることをはじめて告げたとき、ロージーは私を支え、共感してくれた。週に二回の診察に通うことを認め、この問題の克服に必要なことは何でもするよう励ましてくれた。私は補佐官のピーターに、私が留守か即応できない場合は、ロージーとの連絡を頼んでいたが、それがうまく機能しているという実感があった。しかし、サマー医師の診察に毎日通う取り決めをしたとなると、米国障害法に基づく勤務調整の書類手続きのまえに、あらためてロージーに話しておく必要があった。米国障害法で、私の要求が尊重されるのはわかっていたが、ロージーが私の法務部長の地位を保全する必要はなかった。

私は待ちながら不安になった。毎日治療に通うことになったとロージーに話すことに緊張していた。私は人生でこの地位を手に入れるために、一生懸命に努力してきた。私はそれを失いたくなかった。治療の過程は、予想以上にきつかった。治療の負担は隠しようがなかったにちがいない。いつもの笑顔が消えた。たくさん泣いた。ずいぶん痩せて病人のようになり、顔が青白くなり、目の下には黒いくまができた。職場の友人たちが変化を指摘してくれるまで、私は自分がどのように見えているか気づかなかった。子どものころの虐待の記憶の治療を受けていることを知っている人もいたが、知らずに、ただ私の変化を目にして心配してくれる人もいた。

このとき、ロージーにようやく会えたが、状況はまったく異なっていた。ロージーはいつもの温かさを示すことなく、私に挨拶し、いつもいっしょに座る長椅子のほうには来ようとせず、机の後ろに立ったままだった。ロージーは取り乱しているようだった。私は気持ちをくじかれた。《ロージーは私たちのことで腹を立てている。ロージーはもう私に仕事をさせたくないのだ。私はロージーを信頼できない》悲しみと落胆が私を襲った。突然、ロージーの執務室が大きく感じられた。りっぱな机は異常なほど大きくなり、革張りの椅子はよそよそしく見えた。《何かが起こっている、だめだ》私はパニック症状をなんとか抑えようとした。

サマー医師との治療の中で、不安やストレスを制御するのに有効な方法は、一度に一つだけに集中することだと学んでいた。たとえば、私は自分の予定をやりこなせる分量に分けるようになった。私は出世欲も強く、未来のキャリアの到達点を目指して思惑を練ることがつねであったが、成り行きに任せることにした。その当時の私のように、自殺願望にいつもさいなまれている状況なら、生きのびることこそが重要になる。時間を最小に分割し、それぞれの瞬間に取り組んでいることに集中した。ずっと先のことを考えると気持ちが滅入り、死にたいという強い感情に襲われた。ロージーと話した日に、私は、仕事も結婚も友人も、すべて失ってしまうのではないかという不安を抑え、会話に集中して、ほかのことはすべて忘れようとした。あとでなんとかすればいい、と自分自身に言いきかせた。

ためらいながら、私はスケジュールの変更の必要についてロージーに説明した。心配してくれている様子だった。私自身の個人的なことなのか、それとも役立たずの法務部長といっしょにどう仕事をやっていこうかという彼女の問題を心配しているのか、私には不明だった。そういうことは考えないようにして、私は続けた。「ロージー、障害者法に基づく勤務スケジュールの変更をお願いしたいのです。これから私は毎日、精神科医に通い、九十分の治療を受けることになっています。

いま担当している仕事は、家での作業も増えると思いますが、出勤するコアタイムを決めて、やろうと思っています。でも、決められた時間だけ働くか、さもなければ休職するしかないのです」

「マーティには伝えましたか」マーティは人事部も含む管理部門のトップだった。

「まだです。まずあなたにお話ししたかったのです。すでに私と連絡を取りにくくなっていることもわかっています。今回の変更は問題があるでしょうか？」

「あなたが不在の場合はピーターと連絡することができるので大丈夫です。なんとかなると私は思います。マーティに相談して、必要な手続きをしてください。私はあなたが必要なサポートを受けられることを願っています。もし診察を増やす必要があるのであれば、その融通をつけられるように願っています」私の中の「わたし」が抗議した。《態度とことばが一致していない》疑念が私の中で大きくなった。

「ロージー、正直なところ、私に法務部長のポストを退いてほしいとお考えですか？　もしそうお望みなら、私はそうします。ほかのポストへの異動も可能だと思います。米国障害者法は、かならずしも同じポストで働かせることを規定していません。法が規定するのは、障害によって給与や利益は失わないということだけです」私は平静でいようと努めたが、鼓動が激しくなり、これを口にしたと同時に、思考を制御できなくなった。《ロージーは冷たい。「わたし」たちを恐れている。もう「わたし」たちに用はないのだ。自分を守るのよ》サマー医師との治療で、私が学んだのは、少なくとも一人の「わたし」が他人の言動の不一致を見張る役をしているということだった。疑念がふくれると、不安でその人たちといっしょにいられなかった。そのような人の一人と仕事をいっしょにしなければならなくなると、大きな壁が現れて、その人をペシャンコに押しつぶした。私にわかるのは、自分がその人を信用できないことだけだった。

耳が火照り、鼓動は激しくなった。そしてロージーのことばが聞こえた。「ばかなことを言わないで。マーティと話していらっしゃい」ロージーの様子をつぶさに観察しながら、私はますます疑った。私は頭の中で麻痺が起こるのを感じていた。年長の「わたし」たちが幼い「わたし」たちをなだめるのが聞こえた。《大丈夫よ。この面談をくぐりぬけられればいいの。何とかするから。あの人から離れているほうがいいの。ちゃんとするから、心配しないで、あの人はポピでもマメでもないのよ》

私は差し迫った気持ちでロージーの執務室を出た。まだ思考を制御できず、むしろ状態は悪くなっていた。マーティは自分の執務室にいた。電話中だったが、温かく私を手招きで迎えてくれた。電話が終わると、机のこちら側にきて、私の隣に座った。私は彼の目を探った。優しさと思いやりのある目だった。マーティと私は良好な関係で、いつもいっしょに仕事をしていた。マーティは用件を尋ねた。私は勤務スケジュールの変更について説明した。不在になることの多い私をロージーが気にして、配置換えを考えていることをマーティは教えてくれた。また考えがあふれた。《わかったでしょう。言ったとおりでしょう。あの人は嘘つきよ。信用できないわ。近づいてはだめ》血流が耳をますます火照らせ、ずきずきした。《ここにいるのはマーティ。マーティは本当のこと

を言う。落ちついて。大丈夫、マーティとなら、うまくやれる》

私は大きく息をした。ロージーは悪気があるわけではないとマーティが言うのが聞こえた。「ロージーがきちんと診察にも行けるし、やりがいもあるいいポストを考えてくれる。給料も福利厚生も変わらない」私は落ちつきを取りもどした。《何とかしなければ。ロージーのために働いているのではないもの。あの人は信用できない。どこか別のところに行かないと》

「教えてくださってありがとうございます、マーティ。誠実に対応してくださって感謝いたします。どのようなポストがいいか、私に考えさせていただけますか」マーティは同意し、ロージーに伝えると言ってくれた。私はサマー医師が書いてくれた特別措置のための診断書をマーティに手渡し、彼が読むまえに執務室を出た。自分の新しいポストについて一両日中にメールをするとマーティに約束した。

私は自分が行きたいところを正確に理解していた。犯罪被害者対策室（ＯＶＣ）だった。法務部長としてベロニカのもとで働き、彼女に尊敬の念を抱くようになった。私は自分が耐えた虐待のことを認識するにつれ、世の中の人にもそれが現実のことだと知ってもらいたいと思い、ほかの虐待被害者をできるかぎり援助したいと願うようになった。私に何があったのかを私自身が知るまえに、すでに援助する側にいたことは皮肉なことであった。私の野心は変わろうとしていた。特定の地位まで昇進したいという気持ちは薄れていた。人びとの人生を変える役割を果たすほうが重要だと思うようになっていた。女性に対する暴力禁止法案の実現に取り組めないのであれば、犯罪被害者対策室で働きたいと思った。そうすれば、児童虐待や家庭内暴力、性的虐待問題に、大きく貢献できると考えた。

いまの役職に就くまえに、ベロニカは性的虐待の被害者たちに直接関わる仕事をしていた。私は安心感を抱きながら、彼女の執務室に立ちよった。望まれれば、私は彼女に貢献できる。私は、「ベロニカ、あなたのところで働かせてもらえませんか？　資金提供つきの職位での異動なので、部下のだれかを失うことはありません。私は法務顧問になります」と言った。

ベロニカは強い関心を示したが、なぜロージーが私を法務部長の地位からベロニカのところへ異動させたいのかを知りたがった。「オルガ、どうしてロージーはあなたを異動させたいのですか？」とベロニカが尋ねた。不安が高まり、考えが錯綜した。《話しなさい、だめ、話してはいけない。ベロニカは知るべき。すべてを知らなくてもいい。ベロニカは「わたし」たちを求めるかしら？》

私は深呼吸をし、涙をこらえ、座ってもいいかと尋ねた。ベロニカは「もちろん、どうぞ」と言い、私をじっと見つめた。そしてつぎの約束を遅らせるために、電話をした。しばらくのあいだ私は座ったまま、集中をしようとした。いっしょに仕事をしたいと申し出ているときに、泣いて感情的になりたくなかった。

「ベロニカ、この二年、子どものころに受けた虐待の記憶を取りもどしているのです。私は治療を受けていますが、治療過程は過酷です。いま、週四回の医師の診察を受けるため米国障害者法の措置を受けています。でも、これからは九十分の診察を週五回受けることになります。ロージーが必要とするときに私はそこにいることができません。法務部長は責任の重い職位です。私にはその責任を果たせません。あなたには法務顧問がいません。もし私の限界を認めてくださるなら、私はここへの異動を申し出たいのです」息が詰まった。

ベロニカは机を離れ、私の隣の椅子に座った。「私のところで働いてもらいたいと思います。あなたは知識が豊富です。法律の専門知識だけではなく、犠牲者がどんな経験をするのかも知っています。そのことを私たちが心に留めておく力になると思います。回復とトラウマについての理解の助けになると思います。でも、まず、自分に必要なことを優先してください。私は全面的に支援します。あなたの事務室を私の執務室の近くに用意しましょう。そうすればいつでも必要なときにここに出入りできるし、人の目を気にすることもありません。そして、症状がよくなったら――きっとよくなるわ、オルガ」私は静かに泣きだしていた。「いまはそう思えなくても、きっとよくなるわ」ベロニカは私に手を差しのべた。

ベロニカは少し沈黙し、それから続けた。「よくなったら、プログラムの改善と対応の向上に協力してくれますね。だれのための施策なのか、忘れないようにしてくれますね。すばらしいことです。弁護士のあなたと、被害者のあなたを得たのですから」

しばらくしたあと、私は気持ちを整理し、ベロニカに感謝した。私の事務室は五階下だったが、私は歩いて戻った。泣いているところを見られたくなかったので、エレベータを避けたのだ。事務室に戻ると、驚いたことにマーティが私を待っていた。サマー医師は診断書の中で、このスケジュール変更は私の衰弱によるものと説明していた。私が食欲がなく、睡眠がとれず、強い鬱によって自殺願望が高まっていると述べてあった。これが子どものころに受けた虐待によるものであり、心的外傷後ストレス障害、パニック障害や不安障害、解離性同一性障害を抱えていることも説明してあった。そして診断書には、障害者法の措置を受け、支援のある環境で働きつづけることが望ましく、入院は避けるべきと書いてあった。

マーティは「許してください、ここはあなたが思ったほど配慮のある職場ではなかったかもしれません。できるかぎり私はあなたを援助します」また私は泣いていた。私はドアを閉め、マーティを抱きしめた。

「ありがとうございます。あなたは大切な友人です」私たちは坐った。二人とも涙が頰を伝った。

「マーティ、私はベロニカの法務顧問として犯罪被害者対策室に異動したいと思います。いまベロニカと話してきました。ベロニカも賛成してくれました。そのように手配してくださいますか？」

マーティはうなずいた。少しあいだを置いて、私は何か月も心配していたことを彼に打ち明けた。

「いつか私の診断名が知られ、機密情報の取り扱い資格を失うのではないかと不安でした」話しながら私は自分の無力さを感じていた。

「ベロニカはここに書いてあることを全部知っているのですか？」マーティは診断書を掲げた。

「いいえ、そこまで話していません」

「この診断書はだれの目にも触れないようにしましょう。ロージーには措置を実行するのにいい方法が見つかったとだけ言っておきます」

私はもう泣かないようにしながら、マーティにお礼を言った。私はもう一度彼を抱きしめた。マーティはベロニカとロージーとの必要な調整のために出ていった。机に向かったとき、サマー医師が私に仕事を続けさせようとした理由がわかった。マーティの優しさ、ベロニカの大きな援助、そしてロージーの診療予約への柔軟な対応まで考えた。まだ道半ばだが、たいへん心強いことだった。《マーティは私が解離性同一性障害だとわかっても、狂人のようには扱わなかった》マーティはひたすら温かさと敬意で接してくれた。ベロニカは私が職場にもたらす価値について話してくれた。ロージーもまた、協力的で、犯罪被害者対策室への異動を認めてくれるだろう。温かさに私はつつまれた——しばらく感じたことがない温かさだった。内側にあるすべての暗闇から、少し解放された気がした。

•
•
•

サマー医師の診察を受けて、私は自分の内側が分断され、不安にさいなまれても、自分の生活をコントロールするコツをつかみはじめていた。つまり、もっとたくさんの「わたし」を出現させ、私の過去について「わたし」たちが知っていることを教えてもらい、「わたし」たちの思いを聞き、

「わたし」たちを歓迎し、「わたし」たちを統合していくことだった。ゆっくりとしたはてしない過程の中で、私はしだいに、自分の人生を理解し、パニック症状を伴って過去へ私を連れもどす引き金について、洞察と知識を深めていった。

サマー医師は診察の手引きを作った。私は何をどうすればいいかすぐに理解した。毎日診察室に行くたびに、私は小さめの椅子に座ってお茶をすすった。数分もすると、私の頭に考えがあふれた。以前ほどの苦痛はなかった。私は考えがあふれるままに、それを受け入れ、教えられることを恐れなくなっていた。私は自分の思いに注意深く耳を傾け、そのことをサマー医師に話した。そしてどの思い、どの「わたし」が、その日はもっとも強く承認を求めているかをサマー医師に報告した。サマー医師が耳を傾け、質問をしてくれるおかげで、私も上手く聞きだせるようになった。「今日は怖い」という思いを報告すると、サマー医師は「怖がっているのはだれですか」と聞いてくれた。すると私は、《だれが怖いの》と聞きながら自分の頭の中を探した。思いの主が現れて、「五歳が怖い」と答えるのだった。それからサマー医師は理由を尋ねた。診察が終わるまでに、サマー医師と五歳の「わたし」と私は、何を五歳の「わたし」が感じ、どうしたらいまの私が助けられるかについて、詳しい情報を交換した。そして私たちは五歳の「わたし」を現在に適応させ、大人になった私に順応させた。

もう私は自動的に「わたし」たちと話せるようになっていた。一人の「わたし」がしゃしゃり出てくるときは、その「わたし」が覚えていることを話そうと提案する。複数の「わたし」が急いでいるときは、その診察中にどの「わたし」にも時間を配分するようにした。

私は自分たちの話を管理できるようになったと感じた。「わたし」たちはサマー医師と私を信用しはじめていた。私たちの診察は効果を見せていた。しかし進展の兆候があるのに、私はこの治療過程がいやだった。暴力を思い出すことが苦痛だった。長年私自身に隠してきた考えや虐待の場面や感情から逃げ出せなかった。「わたし」たちとの出会いによって、私はうまく自分の人生を制御できて、回復していったが、その治療過程はつらいものだった。

サマー医師の診察室で座ると、私は昔の家庭に戻って、虐待されている感覚に襲われた。泣きすぎて、息ができなかった。泣いたことと、私が受けた苦痛を抱えている「わたし」のために、激しい頭痛に苦しんだ。絶望的になると、ほかの「わたし」たちが現れて、虐待の苦痛をわかちあった。私は内部にレイプの痛みを感じた。そして打たれる痛み、虐待されているあいだ体をこわばらせ痛みをあちこちに感じた。虐待されているとき、「わたし」たちがつぎつぎと現れて痛みを引きうけてくれたのだ。いまになっても、虐待の経験の記憶は私の抹殺のように感じた。いつも、いっそ殺してほしいと私は望んでいた。

「サマー先生」と私は叫んだ。「ものすごく痛みます。この激痛には耐えられません」痛みの解消を懇願した。

「あなたはすでにこの痛みに耐え抜いたのです、オルガ」とサマー医師は、以前何度も繰り返したように、優しく言った。私は彼のことばに集中し、私が子ども時代に耐えたほど強ければ、いまその記憶にも耐えられると信じようとした。「やめられたらいいと思います。でも、おわかりのように、それができません。この過程を経ることで、解離が記憶、感覚、痛み、感情をあなた自身から遠ざけようとしていることがわかるはずです。でも、解離で無感覚になります。解離は無防備な状態にするのです。あなたは解離した自分をあばこうとしていますが、安全のためで、過去にあなたを支配させないためです」

サマー医師は私のそばで、何度も言いきかせた。「これはいまの出来事ではないのです。そう感じるだけです。過去へと時間を戻すときも、あなたの一部は現在に残しておいてください」私はこの手順をそれぞれに「わたし」に対して実行した。絶望がまず襲った。私は暗い穴に導かれ、闇の中で自分を見失うほど絶望が大きくなった。《私に家族はいない。家族は私を、ものか、どう扱ってもいい動物かのように、もてあそび虐待した。私は娘として、妹として扱われなかった。私に父はいない。兄はいない》そして私は絶望に負け、私の体が私にしていることに抵抗するのをやめた。ポピとマイクとアレックスが私をレイプしたことは耐えがたい苦痛だった。死にたくなるほど、彼らは何度も、ひどく私をレイプした。私は死なせてと祈り、全身全霊で望んだ。そのようにして、「わたし」たちに自殺を図らせた。《私にはだれもいない。狂った家族の中で独りぼっちだった。だれも信用できなかった》絶望の暗い穴に落ちるたびに、私はなんとかそこから生還した。

このように深く感じるのは、はじめてだった。人生のほぼすべてで、私は解離し、感情を全部遠ざけていたからだ。私の感情が情緒的か身体的な苦痛であったとしても、私は何となくサマー医師が正しいことに気づいていた。というのも、楽しさや喜びが感じられるようになっていたからだ。そういう声が聞こえたときは、サマー医師は、つぎのように、私の進歩を励ましてくれた。「いまはすべてが恐ろしいかもしれませんが、やがて人生のよい部分も感じられるようになります。ずっと深い感情に近づければ、スペクトラムの両端、つまり善悪両方を、より深く感じられるようになるのです」

そして毎年バケーションに出かける計画を立ててくれたデイヴィッドのおかげで、私はまもなくスペクトラムの一端を経験することになった。絶望の中で、私たちはディズニー・ワールドに出かけた。とても楽しかった。漫画のキャラクターが生き生きと歩きまわるのが純粋に楽しいことを経験した。私は内側に「わたし」たちを感じた。とくに幼い「わたし」たちが、これまでになく喜んでいるのを感じた。こんな大きな喜びは一週間前の絶望とはまったく違うものだった。一週間前の私は本当に死にたいと思っていた。

しばらくのあいだ私の感情は、このように著しく変化しつづけた。あらゆる感情が私には新しく、強烈だった。私が味わった断続的な喜びや幸福は、人生とはどんなものかを理解させてくれた。私が感じた幸福感はドラッグのようだった。私を駆りたてた。私はもっと幸福感がほしくなり、そのために、「わたし」たちの声に耳を傾け、治療を続けた。苦しかったが、そうするしかなかった。もし私が「わたし」たちを無視すれば、「わたし」たちは、注意を向けるために、もっと苦痛を与えただろう。サマー医師は「わたし」たちの話の目撃者になって、助けてくれた。診察では、「わたし」たちは一堂に会し、記憶のすべてを共有した。そして私の中に統合された。私が自分の中の解離した「わたし」たちを統合するにつれて、苦痛から解放されるような気がした。意識が鮮明になり、負担が減った。治療後、しばらくは、集中力が回復し、鋭い思考を感じた。この感覚が、解離していない人の通常の状態なのかと想像した。統合が進むと、感情と体の苦痛が軽減されたのがわかってきた。個別の「わたし」たちがそれぞれに起こった負担に耐えるのではなく、感情はいま、統合された私の中に拡がっている。経験したことのない穏やかな気持ちになりかけていた。

●

私は強くなってきたが、記憶はますます過酷になった。ゲーム力の向上に合わせて、コンピュータ・ゲームの難易度が増すようなものだ。まだ私の機敏な精神は、記憶に対処できる強さになるまで、記憶を遠ざけて私を守ろうとしていた。サマー医師との六か月の約束が終わりかけた診察のとき、私の中の一人の「わたし」が、二つの目を手にもって歩みでた。私にはだれの目かも、どんな意味かもわからなかった。するともう一人の「わたし」が進みでて、目について教えてくれた。目はマイクとその友人のハロルドが私を風呂場でレイプするのを見ているというのだ。すでにマイクとハロルドが私をレイプしたことを知っているので、腑に落ちなかった。すると、もう一人の「わたし」が、だれの目かを教えてくれた。それは私の母の目だった。するとこの記憶を知っている

「わたし」たちがつぎつぎに現れた。私が十八歳のとき、マイクとその友人が風呂場で私をレイプするところを母は見ていたのだ。母の目は、最初は狼狽し、それから不快を表した。そして、ただどこかに行ってしまった。この詳細は、レイプの最初の記憶を封じ込めた部屋の内部の別の扉の向こうに隠されていた。

急に自殺したくなった。サマー医師と私は、死にたい気持ちの「わたし」を統合しようとした。自殺しようとする「わたし」は内側の部屋、つまり母がレイプを目撃しながら見て見ぬふりをしたことの記憶が入った部屋を守ろうとしているようだった。母の裏切りは致命的だったのだ。私がその診察で知ったことは、そのレイプのあと私が薬箱を開け、そこのあらゆる錠剤を口にしたことだった。私は自分の部屋に行き、ベッドの隅にうずくまって、眠り、真夜中に吐いて目を覚ました。

これらの記憶が、揺れ動きながら私を核心に近づけた。しようと思えば母は兄たちの暴力をやめさせられたのに、なぜか、そうしなかったことを私は思い出していた。このとき、もう一つ思い出したことは、父が私に売春をさせたことだった。父は私を男たちのところに連れていき、父の目の前で私はレイプされ、男たちは父に代金を払った。それから何年も経たずに、母の加担も思い出した。マイクの友人も彼にときどきお金を払っていたことも思い出した。私が思い出しているあらゆることの苦痛は、耐えがたいものだった。《私に家族はなかった》

この六か月は、仕事と、治療のとき以外は、長椅子で眠った。私はパニック症状が怖くて、引き金になるものは避け、圧倒されそうな場所には行かなかった。私の中の「わたし」たちが信用しない人と会うのを避けた。私はマラソン競技と、ジム通いもやめ、食料品店にも行かなくなった。そして友人ともほとんど連絡をとらなくなった。

デイヴィッドはほとんどいっしょにいてくれた。私が思い出しているすべてのことを聞いてくれた。私が絶望と苦痛にさいなまれているとき、じっと見守り、支えてくれた。目の下のくまと重い足取りが、治療の過程がデイヴィッドにとっても過酷なことを物語っていた。デイヴィッドが通うサポートグループの人たちは、休んだほうがいいと言ってくれた。デイヴィッドには、友人に会い、ほかのことを考えることも、ゴルフをする必要があった。しばらく治療から離れる必要があった。私には彼らが正しいことはわかっていたが、怒りはおさまらなかった。

ある夜、サポートグループの集会からデイヴィッドが帰ってきて、私といっしょに長椅子に座った。「愛している、オルガ、でも、疲れたよ。きみが診察で学んだことを聞くのは、とても疲れる。ぼくたちは闇と悪の苦境に囲まれているみたいだ」私はため息をついた。私はまるで自分が問題のように感じた。考えが急回転した。《デイヴィッドは私を捨てようとしている。疲れすぎだ。だれだってこんなひどいことは聞きたくない。彼は私から逃げ出したいんだ》私は不安に襲われた。私は独りになるのが怖かった。

「どうしたいの、デイヴィッド。私と別れたいの?」心が冷えていくのを感じながら、彼に向かった。心臓が凍りそうだった。二人の関係の脈絡と彼への愛情が失せた。私は思考が大混乱したが、以前とは違っているのに気づかなかった。《デイヴィッドは私抜きで楽しみたいのだ。このことすべてを中断したいのだ。でも、私が友だちと出かけたとしても、常にこのことを私は考える。仕事のときも同様だ。これからは逃がれられない。でも彼はできるのだろうか。どううまくできるのだろう》そのときはわからなかったが、このように考えたのは、信用できない人を知らせる役割を担う「わたし」たちが引きおこした反応であった。そのときは、自分が怒り狂っているように感じただけだった。しかしこのような状況になると、私の怒り、冷静さ、独善性の度合いは、つねに状況とはかけはなれたものになる。その夜、私は憤慨していたが、それを認めなかった。私はデイヴィッドには休憩が必要なことに同意し、かわりに、二度と診察の話をしないことで、こらしめた。

私は心の中で、すでにデイヴィッドを失っていた。はっきりとそう思った。私は友人を頼って、週末はまったく留守にした。私は車で友人のボニーの家に行き、彼女の夫もまじえて昼食をとり、居間でテレビを見て、そのまま眠ることがあった。小学校からの友人のスーとキャサリーンとは、よく会い、昼食や夕食をともにした。二人には、父から性的虐待を受けていたことを思い出していることを話し、そのあとで、兄たちも私に性的虐待をしていたことを話した。二人とも驚かなかった。「あなたの家族は、何かおかしいといつも思っていたわ」とキャサリーンが言った。そのことばを聞いて、ほっとした。もし昔からの友人たちが信じてくれなかったら、私もその記憶を受け入れられなかっただろう。

外出する元気のないときは、スーとキャサリーンが食べ物をもってきてくれた。私は彼女たちの温かい思いやりを強く感じた。やがて彼女たちに解離性同一性障害のことを告白したが、私を恐れるそぶりはなかった。彼女たちは、何度も質問し、気づかっているのがわかった。

デイヴィッドと私はこんな状態で二年半を過ごした。彼も疲れ、私も疲れて、私のデイヴィッドに対する態度も変わった。デイヴィッドは私と別れるつもりなのだと思った。私は彼を失うつらさにどう耐えようかと考えた。デイヴィッドが貯金の心配をしたり、自分勝手に友人と出かけてゴルフをすると、捨てられたような気になり、怒りを覚えた。

デイヴィッドに対する不信感はつのった。疑いぶかい「わたし」たちが現れた。私は怒りっぽく、悲観的になった。彼が信用できなくなり、話をしなくなった。二人の距離が広がり、どう話をしていいかわからなった。一九九五年の秋、私にはもう愛情はなく、ただ悲しく、気持ちが冷えたことをデイヴィッドに告げた。心を凍らせる「わたし」がいつも占領していたので、それも私の中の一人の「わたし」の仕業に過ぎないことに気づかなかった。私自身がそうしているのだと純粋に思った。デイヴィッドに気持ちが向かない理由や、状況の変化の理由を説明できなかった。別れようと言った。デイヴィッドに異議はなく、ただ理由を聞いた。私は不幸だと告げた。

デイヴィッドは荷物を少し詰めて、友人宅へ泊りに行った。二匹の猫は、私のところに残った。デイヴィッドはまたやりなおせると信じていた。でも、彼が出ていくと、疑いぶかい「わたし」たちはなりをひそめ、もう現れなかった。「わたし」たちがいなくなり、安心したことだけが、私の正しさの証明のように思えた。気分もよくなった。私は自分自身を考えられた。私は六か月間治療を続け、そのことが私を強くしていた。私には頼れる友人たちがいた。職場も支援をしてくれた。

デイヴィッドは私が考えるような人ではなかった。デイヴィッドは言行不一致だ。

その時点ではデイヴィッドにも、私にも、起こっていることが理解できていなかった。私の信用を得るには、長い時間がかかるが、失うのは一瞬だった。たとえ無意識であったとしても、ほんの一言か、ちょっとしたそぶりで十分だった。私にはデイヴィッドの本当の人物像がわからなくなっていた。ロースクールで出会った友人で、勉強の仕方を教えてくれ、過去からの逃出を助けてくれ、そして私の最初の本当の家族になった人。居間の床で、並んで眠ってくれた夫、泣くと夜通し寝ずに過ごしてくれた夫を見失った。私は最良の友を失った。デイヴィッドとは二年後に離婚した。

さらに二年以上かかったが、やがてデイヴィッドと私はなんとか友人関係を取りもどした。彼はいまでも私の知るすばらしい男たちの一人である。ずっと彼を愛していくだろう。私が親しい人間関係の多くを失ったのも、私の信頼に関する問題のためだ。ずっとあとになるが、幼時に生じた疑いぶかい「わたし」たちを認識し、ついにその「わたし」たちに出会い、なぜそれらも私の一部であるかという理由を受け入れた。そういう「わたし」たちのおかげで、私は無事でいられた。でも、残念だが、そういう「わたし」たちが私を親密な人間関係から遠ざけた。それこそが私が人生で望んだものだったのに。

13

ジャンは犯罪被害者対策室の助成金管理官だった。彼女はそこで数年働いていて、犠牲者の支援と対策室の使命を熱心に果たしていた。助成金給付の方法と、重点を置くべき被害者対策に関して、ジャンは強い信念をもっていた。前任の室長のもとで、ジャンは自由にその力を発揮できた。しかし被害者対策の同部門から局長に昇進したベロニカには彼女なりの対策室のビジョンがあった。ベロニカは前任者ほどジャンの方針に頼らず、それはジャンにとっては苦しい変化だった。仕事への情熱では、ベロニカよりジャンのほうが勝っていたかもしれない。ジャンはたびたび、助成金を出す出さないで、強く、そして声高に主張した、私が同室に異動したころ、ベロニカのある団体への助成を阻止するため、ジャンは総務室に何度も通っていた。同室の法務顧問としての私の任務の一つは、援助が犯罪被害者支援法のねらいどおりかどうかを判断することだった。これはジャンと私の接点が以前より増えるということだった。たびたび私は心地よくない思いをしなければならなかった。

ある日私は、ジャンと出会うたびに意識が不明瞭になることに気づいた。ジャンに話しかけられると、不安になり、頭がぼうっとした。まるで頭に綿が詰まったようだった。鮮明な思考ができなくなった。

私はずっと自分の人生を解離させてきた。しかし、このときはじめて、サマー医師の診察室の外で、自分を認識できた。私はぼんやりしながら冷静でいることに慣れていたので、これを見抜くとは困難だった。こう感じるときは、こう感じる、と言うしかなかった。でも、統合しようとする「わたし」たちがどんどん現れて私を集中させ、思考が鮮明になった。統合されるにつれて、精神も鋭くなった。この鮮明さが私は好きだった。これこそ私の望んだものだった。

次のサマー医師の診察に行ったとき、この同僚といると解離するという単純な発見に対して、勝利感を抱いていた。ジャンがそばにいるときの感情を述べると、それこそが診察で私が話してきた解離の状態だと、サマー医師は確信し、「どうしてジャンといると解離するのだと思いますか」と尋ねた。

「わかりません。でも、解離は好きではありません。私は鋭い感覚と鮮明な思考が好きです」

サマー医師は微笑んだ。「そういうことばを聞くのは嬉しいです。いい気持ちではありませんか。もっと統合が進み、ものごとが見えてくると、もっと気分がよくなります」

サマー医師は私の進歩を喜んでいると思った。しばらく私はその気持ちに浸っていた。まるで親を喜ばせているようだった。「サマー先生、ジャンといるときに思考がぼんやりすると、不安になって、パニック症状の苦痛を感じだすのです」

「わかりました。こうしましょう。ジャンといるとき、解離に注意を向けてください。ぼんやりした感覚になったら、手を止めて、何かが起こるまえに認識してください」

「ただのすれちがいや、会議での同席だけのときもあるのです。私の中の『わたし』たちは、ジャンを恐れています。ジャンは大声を出し、だれかを何かで、いつも責めています」

「わかりました。職場でのジャンの役職は？」

「助成金の管理官です」

「あなたよりも高位ですか？」

「いいえ、私は室長直属です」

「実際にジャンはあなたに危害を加えられるのですか？」

「いえ、現実は違います。でもそんな気がするのです」

「ジャンを怖れているのはだれですか」

「幼い『わたし』たちです。ジャンはよく怒鳴ります」

「あなたは幼い自分に、あなたが守ってやれることを教える必要があります。ぼんやりとした感覚になるまえに、起こっていることが把握できたら、どう変わればいいか、何をやめればいいかがわかると思います」

「わかりました。やってみます」

そのあと、私はジャンとの関わりをさらにじっくり観察した。ある日、ジャンは私の事務室にきて、ベロニカのプロジェクトに対する資金援助案を認めた私の法的見解には反対だと言った。前日に、ベロニカは私の事務室に来て、そのプロジェクトについて質問をした。ジャンが違法と言ったからで、ベロニカは私が同意見かを知りたかったのだ。私はその問題を調査し、ほかの二人の弁護士とも協議し、そのプロジェクトが違法ではないと結論を出した。私はベロニカに資金援助を勧め、希望するなら、私がそのプロジェクトを監督すると申し出た。

ジャンは私の事務室に来て、私と向きあった。とても大きな声で、そのプロジェクトを承認してはいけない、法を犯していると言った。私はパニックになり、すぐに解離が始まった。ジャンは近くで、大きな声を出すので、耳が火照り、何も聞こえなくなった。私は自分の体の外にいた。ポピといるときと同様だった。目が据わって、焦点が合わなくなった。それでも、自分の感じ方に注意を集中した。一言も声を発せなかった。立ちつくしていた。ジャンは大声を出すのをやめ、私を見つめ、私のことを報告すると言って、飛びだしていった。

ぼんやりとしたまま私は立ちつくしていた。《ジャンは私に叫んだ》そしてもっと考えが浮かんだ。《それが、私がこういう感覚になるまえに、ジャンがしたことだ。ジャンは予想がつかない。それが怖い》つぎつぎと浮かぶ考えに対して、五歳の「わたし」が言った。《それにあの人、顔がゆがんでいた》私はゆっくりドアを閉め、机に戻り、座った。しばらく目を見開いて、考えが頭からわきでるのに任せた。《どうすればあの人を止められるのかわからない。あの人は怖い。どうし

よう》

私はしばらく考えた。幼い「わたし」たちはほぼ全員現れたが、どう対処すればいいのか、わからなかった。ゆっくり優しく、年長の「わたし」たちが幼い「わたし」たちを退けて、言った。

《事務室のドアを閉めておけばいいわ》

《でも開けたら?》

《叫ぶなと言えばいい。出ていってと言えばいい》

このような助言は、私の中の幼い「わたし」たちを怖がらせた。それでも私は幼い「わたし」たちに、やらせてみることにした。

翌朝、私は事務室に早く入った。私はポットにコーヒーを入れ、仕事の準備をし、ベロニカが渡したプロジェクトのファイルを取り出した。助成が認可されたことを伝えるために、申請者に電話をかけた。ドアは閉めていた。私はジャンが来るのを待っていた。怖かったが、思考は鋭敏で、はっきりしていた。何を言い、どうすればいいかはわからなかったが、ジャンと向きあうことにしていた。もう一件電話をしようと受話器を手にしたとき、ドアが開いた。私は電話をガチャンと切り、椅子から飛びあがった。

ジャンは怒っていた。私に一枚の紙を振りかざした。大きな声で、私が承認したプロジェクトは違法だと繰り返した。《今度はやる。意識がぼんやりするまえに、この人を止めよう》私はジャンに歩みよった。意図してジャンに迫るように接近した。「ジャン、やめなさい。どんな理由があるうと、私に怒鳴る権利はあなたにはありません。わかりましたか？」ジャンにはショックだったようだ。私はこれまでこんなことはしたことがなかった。ジャンは声を低めたが、法を犯していると言いつづけた。

私は、低い落ちついた声できっぱりと言った。「あなたが、がなりたてるのには、うんざりです。適法か違法かを私に言うまえに、法律の学位をとってください」私は壁に掛かった私の修了証を指さした。「あなたがこれらの資格を取ってから、ここに来て、静かに、あなた自身の法解釈をお話しなさい。それまでは、あなたは法を語れません」ジャンはことばを失い、非常に驚いていた。私は続けた。「もし私たちが助成しようとしているプロジェクトが心配なら、私と面会の予約をして、心配な点を話しあうことはできます。でも、いきなり事務室に入ってこないでください。あなたは私に法律のことは言えないし、大声を出せません。さあ、出ていってください」

ジャンはにらみつけて、立っていた。ジャンの目つきには慣れていた。私の顔もときどきそうなることを思い出した。私はジャンが気の毒になった。私は口調を変え、大丈夫かとジャンに尋ねた。

「はい、大丈夫です」

「心配な点を話しあうために、面会の予約をしましょうか」私はずっと穏やかに尋ねた。

ジャンはにらんだままだったが、少し落ち着きを取りもどしたようだった。そして私が口調を変えたことに安心していた。「はい、お願いします。私は資金が適切に使われないのではないかと心配なのです」

「わかりました」と、悲しみながら言った。《ジャンも傷ついていたのだ。「わたし」たちと同じなのかもしれない。ジャンは怖くはない、怖がっているのだ》私たちはその日の午後の予約をした。ジャンは、自信をなくして去った。私は自分を守れて安心したが、私が恐怖に思っていたこの女性が、傷ついた経験をしたことがあるとわかったのは悲しいことであった。

サマー医師に話すと、ジャンを押しとめ、ジャンの苦悩を見抜いたことをほめてくれた。サマー医師は、私が境界線を設けて自分を守り、それが効果を上げていることを、私に理解させてくれた。「あなたは解離を避け、自分自身を守れるようになっています。違った痛みを覚える人たちへの共感も現れています」私は診察室で、ジャンの中に見たもの、ジャンと私が共有する絶望と苦痛を思って泣いた。

私は解離がいつ起こるのか、観察を続けた。そして原因を理解するようになっていった。私はそういう状況を阻止するか予防するようになった。危ないと思ったら、できるだけ早く解離を止めた。数か月もすると、解離状態よりも、思考が明晰になり、存在を実感できることが多くなった。見知らぬ人に接近されたり、地下鉄で話しかけられたりすると、私は離れるようにした。時間と努力が必要だった。ときには解離が起こることもあった。それでも私は努力しつづけた。

デイヴィッドが出ていってから、住んでいる場所に近い小さな店で食料品を買うようになった。値段は高かったが、私はその店が気に入っていた。静かで、めったに混まないし、歩いて行ける距離だった。テイクアウトを食べたり、日用品をその店で買ったりして数か月過ごしたころ、私はスーパーで、食料品やキャットフードを買い足したくなった。

土曜日の朝、勇気をふりしぼって、地域の大規模スーパーに車で出かけた。駐車場の車列を目にして、私は胸が締めつけられるのを感じた。ぐるぐる回って、ようやく駐車場の外れに空いた場所を見つけた。胸がさらに苦しくなった。買い物客が行き来するのを見ながら息を整えようとした。《どこも人だらけ。こんなに人がたくさんいたら、とても安心なんてしていられない。みんな意地悪そう》私は車から出ると、すぐに腹痛がした。「いいわ、みんなの言い分を聞いてあげる」と私は声に出して自分の中の「わたし」たちに言った。考えがあふれてきた。《あの人たちはあなたを傷つける。あんなにいっぱいいたら、あなたを守れない》駐車場は混沌としているようだった。私はため息をついて、車に戻り、帰り道で、いつもの小さな店に立ち寄った。私は敗北感を覚えた。

次の診察のとき、「サマー先生、私はスーパーに買い物に行けませんでした。週末に試してみたのですが、胸が締めつけられ、車から降りると、苦痛にさいなまれたのです。しばらく車の中で落ちつこうとしましたが、でも、安心できるのは家に帰ることだけでした」と言った。私は落胆していた。私には、もう二度とできないことがたくさんある。「いつこの状態が終わるのでしょう、サマー先生。私はスーパーに買い物に行けるようにならなければなりません」

「どうして落胆しているのでしょう?」

「私は自分のことができるようになりたいし、猫の世話もしたいのです。でもたくさんの人に囲まれているのがつらいのです」

「わかりました。対策を立ててみましょう。でも、まずあなたの大きな進歩を指摘させてください。オルガ、あなたは信じられないくらい順調に治療段階を進んでいます。あなたは自分の内側の声を聞こうとし、いつ解離が起こるのかに気づくようになっています。その上で、現実にとどまり、前向きの対応を選んでいます。完全に打ちのめされるまえに、圧倒されそうなことがわかるようになっています。診察のときも、あなたは自分の中の声に、多く耳を傾けられるようになりました。あなたは内側で信頼を構築しています。私はあなたをとても誇りに思います、オルガ。まだ治療は続きますが、この数年で、あなたは目を見張るほどの進歩を果たしました」

私はしばらくサマー医師の言ったことを考えた。私は深呼吸をして、椅子に座ったまま、姿勢を正した。これが治療で私の求めていたものだった。サマー医師は、つねに私の誤認を正し、これまでに達成した成果のすべてを見せてくれた。サマー医師は診察のあいだずっと私を助けてくれた。理由があってのことだが、一度聞いただけでは不十分だった。だからサマー医師は繰り返して、快方に向かっている治療の方法を説明してくれた。そしてこれを続け、さらに次の段階に進むよう励ましてくれた。

「混沌としているように思える状況を、あなたが制御できるよう援助するため、もっとよい治療方法を開発する必要があります。私の見解では、二つのことがあります。まず、あなた自身の生活支援の対策です。買い物に行ったり、地下鉄に乗ったり、ペットの世話をしたり、解離も苦痛もパニックもなく日常生活を送るための対策です。二つ目は、人込みや刺激の多い環境などの特殊な状況で、幼い分身たちが取り乱すと伺いました。正しい理解でしょうか？」

サマー医師が幼い「わたし」たちのことを口にしたとき、私は自分の中の変化に気がついた。私は椅子の中で身を縮ませて、「はい」と小さな声で答えた。

「新しいだれかが現れているようですか？」

私はうなずいた。

「話しかけても大丈夫ですか？」

私はまたうなずいた。

「スーパーに行くのが嫌いな分身ですか？」

「はい」と同じ小さな声がした。

「スーパーの何が問題ですか？」

「お店ではありません。人混みです。大きな人が『わたし』たちを傷つけるのではないかと不安です。だからオルガを大勢の人のいるところに行かせたくないのです」

私は頭がくらくらした。すると少し強いがまだ幼い別の声がした。「それにあの騒音。『わたし』たちはオルガをうるさいところに行かせたくない」

「新しい分身が現れましたか?」

「はい」

「いっしょに話しても大丈夫ですか?」

「はい」

「どうして騒音がだめなのですか?」

「いつもにぎやか。大声と叫び声。たくさんのことが起こっている」

「もうひとりの『あなた』が抱えているのと同じ問題ですか?」

「はい。だれが次に『わたし』たちを傷つけようとしているのか、オルガは監視できません」

「オルガが『あなた』たちを守れるとは思いませんか?」

「そう思いたいけど、たしかではないもの」

「どうして?」

「だってこれまでオルガは『わたし』たちのことを守ってくれなかったもの」

「今年は何年か知っていますか?」

「一九六八年?」

「そうか、いまは一九九六年です。オルガはもう大きくなったのです。『あなた』たちはオルガの中で生きていて、オルガは『あなた』たちのことをすでに認めています。オルガはいま、人びとがあなたたちを傷つけない方法を学ぼうとしています。オルガは強いし、力もあります。オルガが事務室で女性に、『あなた』たちに向かって叫ぶのをやめさせたのを見ませんでしたか?」

「一九九六年? オルガは大きいの?」私はじっとして、聴いている「わたし」たちすべてにその情報が行きわたるのを待った。「オルガは人びとが『わたし』たちに叫ぶのをやめさせたの?」

「そうです」サマー医師はじっと見つめて、待った。育った家は混沌としていた。私は、ポピ、マイク、アレックス、それに母も、注意して見張っておく必要があった。《でも、私はもうあの人たちとは暮らしていない。私は大人なのだ》私の目は左右にすばやく揺れた。めまいを覚え、額の真ん中を強く押された感じがした。私は自分の中で目の焦点が中央に集まる感じがした。この感覚をはっきり認識することができた。「わたし」たちが集まっていた。「わたし」たちはもう私からも、たがいからも離れている必要もないことを理解したのだ。

私自身の大人の声で、私は静かにサマー医師に知らせた。「いま『わたし』たちが集まっています」

「閉じて」いつものようにサマー医師は催眠を用いて、「わたし」たちの情報共有を助けてくれた。たくさんの幼い「わたし」が統合された。「開けて」私は目を開けた。意識が鮮明で軽くなったと感じた。私の精神はやや明確になった。リラックスしていて、自信も感じた。

すぐに私の考えはスーパーに戻った。《私は食べ物を買わないといけない。自分のことは自分でしないといけない》「サマー先生、どうすればスーパーに行けるでしょうか」

「もう、すぐに行けるはずです。あまり混んでいないときに行ってみてください。慣れてきたら、混んでいるときに行ってみましょう。そして、鬱に苦しんだときと同じ方法で、やれる範囲におさまるように、行動を分けてください。買い物リストを作りましょう。でも一度にすべてを買おうとは思わないでください。買い物リストに集中して、まわりをあまり気にしないようにしましょう。通路や配列がよくわかるスーパーを選びましょう。やってみて、うまくいくことといかないことを、内側の感覚に従って、調整してください」

私はサマー医師の診察を終えた。火曜日の真昼だった。週二回の診察のペースに戻していた。私は職場に電話して、一日の休暇を取ると伝え、まっすぐにスーパーに向かった。土曜日の午前中に行ったスーパーだった。駐車場の車はかなり少なかった。私は車の中で、買い物リストを作った。スーパーの店内に入ると、緊張したが、めまいも痛みも起こらなかった。通路が広いので、私はこのスーパーが気に入った。まわりに注意を向けず、買い物リストの類別に努めた。野菜売り場では一度に片側だけを見るようにした。そしてその売り場で買うものがほかにあるかどうか、リストを見直した。それから反対側に行った。胸の痛みを感じはじめるたびに、買い物リストに集中した。

このように規則通りの通路の行き来は、かなり楽だった。ゆっくり買い物ができた。理由はわからないが、これは重要に思えた。急かされずに、ゆっくり自分を抑制するのは、感動的だった。このときには、強力な抑制感覚が、「わたし」たちから生まれているのがわかっていたので、サマー医師にこのことを報告できるように、私はゆっくりと記憶に刻んだ。

店内を半分進むと、私のカートは食料品でいっぱいになった。精肉売り場に寄れば、買い物リストのすべてがそろう。しかし疲れていた。とても高いところに商品が並んでいた。パッケージは色とりどりだが、刺激が強すぎた。だんだん胸が苦しくなりだした。買い物リストに集中しようとしたが、ある考えが浮かんだ。《帰らなければ》その日にできることは、しつくしていた。

私は向きを変え、カートを押してレジに向かった。食料品を下ろし、会計をして、外に出た。家に帰って、私は頭の中で小さな声が「ありがとう」というのが聞こえた。私は幼い「わたし」たちに、スーパーに行かせてくれたことを感謝した。予定よりも早く帰ることになったが、私は嬉しかった。一年以上もできなかったことができたのだ。精肉をのぞけば、リストに挙げたものはすべて買うことができた。

このようにして、私は徐々に大きな挑戦をするようになった。長い目で見れば、「わたし」たちとの交渉は、諦めていた活動に戻るのには不可欠だった。私が「わたし」たちと争わなくなり、パニック症状や過去のトラウマに似た状況から起こる痛みに対して、内なる戦いをしなくなると、状況は改善した。私はまだ限界はあるものの、「わたし」たちの不安や心配に耳を傾けられるし、これからもそうすると示して「わたし」たちから信頼されるようになったことで、たがいに助けあうことができるという感覚が私と「わたし」たちに芽生えたことに気づいた。

長いあいだ、私はスーパーや大型店に行くのにたいへん苦労した。幼い「わたし」たちに安全だと説得できないときは、私が必要なことをさせてくれるように「わたし」たちと交渉した。《電気店に行ってくれてあれを買えたら、帰りにアイスクリームを買いに寄るから》幼い「わたし」たちは、アイスクリームにつられて、がまんした。

診察では、サマー医師と私は、どの「わたし」の感情か、記憶か、共感の要求なのかに焦点を絞り、統合に努め、全体的な人生を目指した。サマー医師は私に、「わたし」たちが人混みを恐れても、ジョギングとレースの出場をやめないように言った。ジムでの運動も続けるように励ましてくれた。

努力を続け、私はゆっくりだが、内なる不安と向き合い、積極的に対応できるようになった。公私において、人びとの境界線を置くようにした。内なる「わたし」たちと会話し、いまが何年で、安全なことを理解してもらうようにした。

不安を露骨に無視することも、遠くに急速に自分を追いやるだけで、有益な方法ではないこともわかった。友人と私でインディアナポリスの友人の両親を訪ねたとき、私は町のそとに旅行し、あまり知らない人といっしょに過ごしていることが嬉しかった。友人のクレッグも私もアメフトが好きで、彼の両親は私がインディアナポリス・コルツのファンだということも知っていた。クレッグの母親が、その週末の試合の、五十ヤードライン席のチケットを私たちのために取ってくれた。私はその配慮に感謝した。しかし内側で、警告と不安を感じた。「わたし」たちが発信する考えは、たしかに届いた。《そこに行ったことがない。何が起るかわからない。人が多そう。ここにいて、テレビで見たい。インディアナに来る計画にもう同意した。ここまで来たら、あとはクレッグの両親とテレビを見て週末を過ごすはずだった。約束が違う》

私はこのような考えを退けた。私は行きたかった。すばらしい席だったし、慎重に思慮深く決める必要があることを、クレッグの母親にも私自身にも認めさせたくなかった。だから、出かけたのだった。

でも、スタジアムに近づくにつれて、胸が苦しくなり、安全ではないかもしれないと思うと、かすかな痛みを感じた。このような感情に気づき、「わたし」たちに、いまは何年か、だれといっしょかを思い出してもらった。クレッグは私が幼いときに性的虐待を受けていたとわかっているし、最近のパニック症状を知っていて、つねに思いやりをもって助けてくれた。背も高く、強くて、安心できた。彼が私や「わたし」たちを守ってくれる。酒臭い男たちに囲まれるのが怖い「わたし」たち、私の兄たちの仲間に集団でレイプされ、売春をさせられた経験のある「わたし」たちの不安を、私は振り払おうとした。「わたし」たちの不安に注意深く耳を傾けていなかったので、一生懸命に伝えようとしている「わたし」たちの経験を完全には理解していなかった。

さらにスタジアムに近づくと、痛みが強くなった。私はかたくなに、試合を見にいきたいと思った。クレッグも彼の両親も、がっかりさせたくなかった。私は自分の内側から発信される警告を無視しつづけた。食べ物を買い、席を探した。まわりを見ると、ほぼ全員が興奮し、ビールを飲み、大騒ぎをしていた。これが通常の状況であり、まったく安全だとわかっていたが、席に着くと痛みがさらに強くなった。国歌斉唱で起立したとき、パニック症状になった。考えがあふれ、頭が綿でいっぱいになった。目の焦点が合わなくなった。私は自分の肌から抜けだしたいと思った。クレッグは私のパニック症状と痛みに気づいた。クレッグはどうしようかと、私に尋ねた。私はかろうじて、「ここから出して」と言った。腹部と背中の痛みが耐えがたかった。

クレッグは私の手をつかみ、女性用だと確かめて、一番近くのトイレに、私を押しいれた。クレッグは使用中だった女性に謝り、気分が悪くなったのだと説明した。その女性は私を見て、わかったと言った。クレッグは個室のドアを開け、はっきりと、でも優しく、そこに座ってドア閉めるようにと言った。すぐそばで待っていると言って安心させてくれた。個室の中で、私は少し気分がよくなった。クレッグは本当に親切だった。個室のドアの下に、彼の足が見えた。クレッグはそこで私を守っていてくれた。群衆の歓声が聞こえるたびに、痛みが走った。震えと涙が止まらなかった。クレッグが大丈夫かと声をかけた。

「まだ、だめ」と私は答え、ゆっくり深呼吸をした。

私は内側の「わたし」たちに注意を集中した。ここまでしないと私が注意を向けないことに、「わたし」たちは憤慨していた。《安全ではない。男たちは酒臭い。もうオルガを信用できない。「わたし」たちを守ると言ったのに。何も聞いてくれなかった》申し訳なかった。私は何人かの「わたし」の信頼を失ってしまった。

「そうね、わかったわ」と、クレッグに聞こえないように、私は小さな声で言った。「私が大人で、クレッグが頼りになるというのは、どうでもいいことなのね」

《これだけ大勢いたら、だれも「わたし」たちを守れない。帰ろう》

「いま何年？」

《知らない》

「そう、じゃあ、帰りましょう」そう私が言ったとたん、震えが止まり、痛みが消えた。私は息が楽になった。

疲れはてて、個室のドアを開けた。クレッグが心配そうに私を見た。私は心から感謝した。驚かせたのに、一生懸命に助けてくれた。

「帰らなければならないようなの。いいかしら」

「もちろんさ。人が大勢いるから？」

また私は泣きだした。「ごめんなさい、どうにもならなくなって、クレッグ」

「ぜんぜん。家でパパと見るのも楽しいよ」私たちが帰ったとき、ちょうど第四クオーターが始まるところだった。

私は「わたし」たちの声に耳を傾けることを何度も繰り返し学んだ。最初に気づいたときに、不安に注意を向ける余裕があれば、試合を観戦できたかもしれない。「わたし」たちがパニックになるまえに、いまが何年かを教え、売春目的でどこかに連れだすのではないと教えられたかもしれない。クレッグと不安について話して、危険な状況に配慮してもらえたかもしれない。これで、幼い「わたし」たちに安全を確信させることができたかもしれない。

私はこのことからたくさん学ぶだろう。でもこれから何度も、「わたし」たちは私の注意を引くために、苦痛を起こすだろう。そのつど、どの程度抵抗し、どの程度交渉し、どの程度妥協するかについて私は策を講じ、私の中の「わたし」たちのより大きな信頼の構築と、私のものごとの実行能力の拡大とのバランスを図るようになった。できないことばかりだという考えとの戦いも続けた。ほかの人たちにとって何でもないこと、つまり、記憶を取り戻すまで、私自身も難なくできていたことができないと、私は無力感につつまれ、対処能力のなさを感じ、信じられないほどの進歩を遂げたことも忘れることがあった。

でも、私は大きく進歩した。相変わらず人混みは苦手だが、何十万人も集まる州の品評会にも出かけた。私は出かけたかったので、起こりそうな不安は、前もって用心深く考えてみた。新しく見つかった「わたし」たちがもたらした不安もあった。以前パニック症状になったことで、予測できる不安もあった。それでも私は品評会に行きたかった。串刺しのポーク・チョップを食べ、チキンやラムもおいしそうだった。純粋に楽しい時間を過ごした。

14

はじめて私が子ども時代の経験について講演をしたのは一九九六年だった。まだ治療を続けていたが、かなり回復していた。自信を取りもどし、自分がだれで、自分に何が起こったかを把握できるようになっていた。私は時間をかけて、どうして私の家族はあのようなことができたのかを理解しようとした。

私が講演をするようになったのは、犯罪被害者支援室の上司であるベロニカが私の事務室に来て、話をしたのがきっかけだった。しばらくおしゃべりをしてから、ベロニカは「それで、実のところ、具合はどうなの？」と尋ねた。

「うまくいっています。ありがとう」

「オルガ、最初にあなたが、ここで働かせてほしいとの申し出をもって私のところに来たとき、あなたがしようとしていることは、チャンスだと思ったの。あなたは回復を願っていた。十分に回復したら、あなたが耐えた暴力について学んだことをほかの人にも知らせてくれると期待したの。もう十分に強くなったと思う？　サバイバーの視点から、支援提供者たちに、児童虐待について講演することを考えてみてくれないかしら」

「本当ですか」

「もちろん、きっとあなたはすばらしい話ができるわ」

しばらく考えたあと、私は「私もそう思います」と言った。

「セントルイスの会議に出席できるかしら。家庭内暴力も児童虐待もある家庭についての会議なの。そこに出向いて、あなたの経験を話してくれますか」

また私はしばらく考えこんだ。「はい。話せると思います。でも飛行機に乗れるかどうかわかりません。少し怖い気がします」

「大丈夫かどうか、また知らせて。いずれにしても、児童虐待に関係する助成プロジェクトはあなたに監督してもらいたいと思っています」

「わかりました。喜んで引きうけます」。このようなプロジェクトの仕事ができるのは嬉しいことだった。ベロニカは私の能力を信用しているようだった。《私は変化をもたらせるかもしれない》

ベロニカは微笑んで出ていった。

私は座ったまま、ベロニカの言ったことを考えた。《人びとは私の考えに本当に興味をもってくれるかしら。私が話すことに耳を傾けてくれるかしら。私は弁護士で、精神科医ではない。これは絶好のチャンス。でも私は、他人に自分の解離性同一性障害を知らせたいと思っているのだろうか。

虐待のことは話せても、「わたし」たちの存在については話せないかもしれない》私の内側で、虐待の経験について話してもいいとの同意はあったが、「わたし」たちについて話していいという合意は成立していなかった。

翌日、サマー医師の診察室で、お茶を淹れてくれるのを座って待った。私は新しい仕事について話そうと興奮していた。サマー医師がカップを私に渡してくれると、私は切りだした。「私たちが抱えている児童虐待のプロジェクトをすべて私に任せたいとベロニカが言ってくれました。対策室のだれにもできないことを私ならできると思ってくれたのです」私はサマー医師の反応を読もうとした。サマー医師は注意深く自分のお茶をすすった。私がしていることを心配するときは、サマー医師の顔つきが真剣になり、目を少し大きく開けて、額に皺が見えた。わずかな表情の変化だったが、私はそれを見落とさなかった。その日は心配そうではなかった。

「オルガ、すばらしいですね。むしろおもしろいのは、あなた自身が驚いているように見えることです。あなたにはほかの人にない視点があります。こういうことが起こりうることも、どのような作用をするかも、そして何があなたのサバイバルを助けたか、あなたはよく知っています」

私はそこに座り、サマー医師が言ってくれたことを考えた。「ベロニカは私にセントルイスの会議に出席して、スピーチをしてほしいと言っています。またとない機会であり、そうしたいと思っています」

「何かためらっているようですね。出かけることに不安がありますか？」

「児童虐待の影響について弁護士が話すのを聞きたいでしょうか。私の考えに注目してくれるでしょうか。私はあなたではないのです、サマー先生」

サマー医師は、私のあたりまえの発言に微笑んだ。《もちろん、私は彼ではない》

「いいえ、つまり、私は精神科医ではないということです。私には知識がありません」

「そうではありません」とサマー医師が言った。「あなたにはたくさんの知識があります。何年も虐待に耐え、数年間治療も受けました。それがあなたの知識です。あなたは臨床医や研究者よりもたくさんのことを知っています。当事者であることがどのようなことか、あなたは知っています。回復に何が必要かも知っています」

私は沈黙した。「私は怖いのです、サマー先生」

「何が怖いのですか？」

「すべてです。またあの感覚が戻ってくるのが怖いのです。ふたたび口にするのが怖いのです」

「口にすると、現実になると思うのですか？」

「はい」

「オルガ、現実なのですよ、あなたは生き抜き、成長し、統合を続けています。あなたはこれからますます現実を認め、過去の出来事を実際に起こったこととして受けとめるようになるでしょう。全般的な感覚を取りもどせば、人生の出来事に喜びも感じられるようになります」とサマー医師は私を諭した。「同時に、あなたは人生の悲惨さも感じ、もっと苦しむと思います。これが問題です。

あなたはもう以前ほど解離していません。だから悪い記憶がよみがえると、以前よりもあわてるのです。でもそれは、よいことも含めて、感応力を高めるのに役立っていると私は確信しています。何よりあなたは、これを機に、ほかの人を助けられるのです」

新しいことはやめようという、いつもの衝動を感じた。予測不能で、安全と思えないことは避けたい気持ちがあった。でも、「わたし」たちの声に用心深く耳を傾け、「わたし」たちの不安をなだめる工夫をすれば、このような気持ちを抑えられることも理解してきていた。パニック症状に陥らず、恐れていたことができたときは、内側にいる「わたし」たちも大丈夫だと納得し、私への信頼を少し深めてくれた。しだいに私にできる新しいことが増えていった。

「飛行機が怖いのです」少し間を置いて、訂正した。「幼い『わたし』たちが、飛行機を怖がっています」

「何が心配なのでしょう」

「飛行機は小さく、人がたくさんいます。飛行機ではじっと座っていなければなりません。罠にはまったようなものです。捕まえられるのが怖いのです」私は中断し、内側のほかの声を聞いた。サマー医師が返事をしようとしたが、私がさえぎった。「ほかの『わたし』たちは、飛行機で気分が悪くなることを恐れています。『わたし』たちにみんなが暴力をふるうとき、ずっと気分が悪かったのです。気分が悪いのは、ポピが『わたし』たちを殴ったときです。思い出すだけで、パニックになってしまうのです」

「その対策を教えてあげられます。本当にどうしていいかわからなくなったら、、これまで使ってきた催眠療法とイメージ操作が、冷静さを維持し、パニック症状を避ける助けになるはずです。あなたが飛行機に乗るときに聞けるように、テープに録音してあげます。地上の静かな場所にいると想像するのです。それから離陸、飛行、そしてセントルイス到着のアナウンスと同時に、あなたは目を覚ますのです。こうすれば気が楽になりますか？」

「はい、いい考えだと思います」

「わかりました。次の診察のときに、テープの録音をしましょう」

「ありがとうございます、サマー先生。でもテープの効果がなかったらどうなるのでしょう？　催眠状態から『わたし』たちが飛びだしてきたら、どうしたらいいのでしょう？」

「そうしたらクロノピンを服用してください。内側であなたが感じるあらゆる不安を鎮めてくれます」

一九九六年、私はサマー医師のテープの助けを借りて、セントルイスに飛んだ。パニック症状は起こらず、クロノピンは必要なかった。

●
●
●

セントルイスで私は、父が母を殴るのを見たことと、私に性的虐待をしたことを話した。兄たちがどのように私に性的虐待を行ったかということには触れないことにした。そのために、父が死んだあとの出来事も話さなかった。売春をさせられたことも話さなかった。あまりにも複雑で生々しかった。それにまだ私はそこまでのことを大勢の見知らぬ人たちに話し、避けられない質問に答える準備ができていなかった。どこまで話せば心地よいか、内側の「わたし」たちの声に耳を澄ませた。何をいつ話すかを注意深く考えることが、私が「わたし」たちを守り、私への信頼を裏切らないことを示すもう一つの方法だった。その日は聴衆に、一般的に何ができるかを話すだけにした。

「私も、これから二日間で議論を進める子どもたちの一人なのです。私は父が母に恐ろしい暴力をふるうのを見て苦しみました。父が私に繰り返した性的虐待に耐えました。私たちが前進できるように、だれのためになぜ、私たちがここにいるのか、思い出してほしいのです」

これだけ言えたことが、私に自信を与えた。振りかえれば、私は自分の経験について、詳細に述べなかった。多くは語らなかった。でもそのときは、私にはとてもたくさん話をしたように感じられた。そしてそれを達成したことで、自分が強くなったように感じた。

あとになって、聴衆には家庭内暴力や児童虐待の著名な専門家も含まれていたことを知った。もし前もって知っていたら、意気地をなくし、話をすることを引きうけなかっただろう。しかしその会議のあいだじゅう、私の話が言及されることが多かった。参加者たちが自分の考えを述べると、だれかが私のほうを向いて、「それは役に立つと思いますか？」と尋ねた。私は問われたことを考え、私自身の能力の及ぶかぎりの返事をした。このような重要な問題について、自分の意見を求められるのは名誉なことであったが、疲れた。会議はまる一日続き、参加者たちは夕食に出かけた。私は夕食には行かず、部屋に戻った。参加者たちは、子どもたちやその母親への援助について語り、私は自分自身について参加者たちに語った。《これが私の人生。夕食に行っても、休憩はできない》部屋の暗闇の中で、廊下から聞こえるのではないかというほど、激しく泣いた。

サマー医師の診察室にふたたび行くと、あの水準の感情を経験することの重要性を説き、私が全旅程を通して現実にとどまり、解離を起こさなかったことを祝ってくれた。「あなたはさらに現実を受けとめるようになりました」

「はい、別人ではなく、私自身のことを話しているのだという感覚がありました」

「いますぐ実感するのはむずかしいかもしれませんが、それはよい兆候です。オルガ、あなたは築けなかった家族と存在しなかった子ども時代を嘆いていますね。あなたの痛みはよくわかります」

私は泣きだした。「いつ痛みは終わるのでしょう」

「わかりません。言えたらいいのですが。あなたの痛みを取りさってあげられたらいいのですが。でも徐々によくなって、楽になります」

その会議に出席してから、私に講演依頼がたくさんくるようになった。裁判官のグループ、子どもの福祉の行政官たち、家庭内暴力に対する組織などから、会合で私の経験を話してほしいという依頼を受けた。私はほとんどの依頼を引きうけた。そのたびに私は強くなったと感じ、私の洞察力を評価したが、自分のこれまでの人生が、ますます悲しく思えた。

ベロニカが犯罪被害者対策室を辞したあとも、私はそこで、家庭内暴力、性的虐待、児童虐待に関するプロジェクト助成の仕事を続けた。移民労働者コミュニティの女性たちの支援を目的とするプログラムの助成金受給の手助けもした。彼女たちは、移住と経済状況のために、強制労働に追いこまれやすかった。新しい室長は、私が性的虐待の講演を続けるのを認めてくれた。講演の契約は、私にとって、自信を与えてくれる経験だった。しだいに講演のやり方も上達し、私自身の子どものころの写真を見せるようになった。聴衆に私の中の小さな女の子を想像し、つながりを感じてもらうためだった。やがて、私はもっとたくさんの経験を話せるようになった。そして話が上手くなり、聴衆の気持ちを読み、それに合わせた話ができるようになった。空港に行き、飛行機に乗るのも慣れてきた。数か月後にはサマー医師の作ってくれたテープも必要がなくなり、自分で催眠をかけられるようになった。飛行機に乗り、ブリーフケースをしまい、そして座席で深呼吸をして、目を閉じる。ゆっくりと眠りに落ち、飛行中はたいてい眠っている。気分はよかった。

犯罪被害者対策室に七年勤務したあと、独立したコンサルタントになり、児童虐待、家庭内暴力、性的虐待、およびトラウマの問題に、フルタイムで専念するために、私は連邦政府の公務員を辞した。それからまもなく、子どもなりの対処メカニズムとしてどのように私が解離を始めたか、そしてそれを一生引きずって生きてきたか、私はついに勇気を出して語りはじめた。私がどのように、自ら進んで自分を虐待にさらすようになり、それを受け入れさせられてきたかについて、そして対処メカニズムがどのように十代になっても、十代後半になっても、私に引きつがれたかについて語った。解離することは、地域社会においても、学校においても、より暴力の危険にさらされやすくなることを私は聴衆に説明した。性の搾取者たちが私を標的に見定めやすくなるからだ。最後に私は兄たちと集団レイプについて話した。講演のあとに質疑応答の時間を設けるようにした。思慮深く配慮のある質問に私は心を動かされた。私はウェブサイトを作り、トレーニング、講演と、私に提供できる専門的な支援を載せた。

何年も解離の話をしたが、疾患については話さなかった。人びとの質問から、生きのびるために解離性同一性障害が進行したことを理解してもらえているとわかることがあるが、単刀直入に質問されることはない。私が解離性同一性障害については話すようになったのは二〇〇五年のことだ。その年、私はトレーニング用ビデオ『サバイバーの物語』を出し、全国性暴力資料センターのニューズレターに、解離性同一性障害の疾患を抱えて生きてきた私の人生についての記事を載せた。ついに私はカミングアウトした。しかも大々的に。

思った以上の反響があった。メールをたくさんもらい、講演依頼も全国から寄せられた。私には安堵感があった。もう、弁護士が精神医学の話をすることを気にしなくなった。私は自分の経験を話しているのだ。内側から話しているのだ。これが私のライフワークになった。

おわりに

私はアトランタのホテルで横になっている。自分の家が恋しい。《出かけるのは嫌い》起きあがり、一日に備えて準備に集中する。頭の中でイベントの進行をたどる。ソーシャルワーカーのための全州会議に、二百五十人が参加することになっている。個人的な視点からトラウマの影響についての基調講演をし、そして当事者の立場で、ＤＩＤに関する複数のワークショップの司会進行をすることになっている。

私はこの仕事を愛している。家を離れるのは好きではないが、その分、私は自分に、私にしかできない仕事をしているのだ、専門職の人たちの理解を助け、トラウマやＤＩＤの現れ方、トラウマの兆候の見極め方、ＤＩＤの発症者とのより効果的な関わり方を示せるのは私なのだと言いきかせている。たとえば、暴力的なレイプを単調にたんたんと話す人がいても、暴行を受けているときに解離しているなら、それが普通の反応なのだ。警察官と検察官は、自分たちの考えどおりに犠牲者がふるまわなかったとしても、犯罪は起こった可能性があると理解できるようになるだろう。

私の講演は、ここ数年、拡大を続けている。子どものころの私自身の写真を見せて、そして、ワークショップの進行を助け、演壇で私の話をし、私の人生の最愛のケイシーと農場で過ごす、という現在の生活のスライドショーで終えている。

遠くにいるとき、私はケイシーが苦しいほど恋しくてたまらない。彼女はすばらしいパートナーで、賢くて、ウィットがあり、思慮深く、共感的で、愛情豊かだ。数年にわたって、彼女が私によきパートナーとはどのようなものかを教えてくれた。私の中の「わたし」たちが現れても、彼女は恐れることなく、私に変化が起こったことを指摘してくれる。私たちの関係のおかげで、私は「わたし」たちをもっとよく理解できるようになっている。

数年前に私たちははじめていっしょに働いた——面識もない遠距離でのことだった。電話で彼女を知るにつれて、彼女の優しさと配慮の深さに気づいた。その時点ではわからなかったが、私は実際に会うまえから、このすばらしい女性と恋に落ちはじめた。はじめて彼女に会ったときのことを私は忘れないだろう。私はある会議のためにミネソタに出向いた。予定より少し到着が遅れたので、研修はすぐに始まろうとしていた。私は少し苛立った。私のまわりで、人びとが入場していた。講師の人たちは下準備をしていた。ほかの人たちは直前の細目をチェックしていた。すべてのことを一度に了解するのはたいへんだった。そのとき、忙しい準備が進む中から、ケイシーが歩みでて、自己紹介をした。顔を上げて彼女に挨拶をしようとしたとたん、私ははっとした。月並みな表現だが、二人の登場人物のまわりのすべてが止まってしまう映画のようだった。混乱の最中で、彼女は落ちついた雰囲気だった。

私はドニャ・グラシエラの瞳とその優しさと愛に満ちた穏やかな魂を思い出した。それはそれまで私が経験したどんなものとも異なるものだった。それから私は多くの人の目に優しさを見てきたが、あの日、ケイシーの目を見たとき、私は生まれてからずっと彼女を探していたように感じた。《とうとう私は彼女を見つけた》十年ほどまえに結婚が破綻し、それから女性とのデートに興味をもつようになっても、私はまったく驚かなかった。私は人生ではじめて一人で暮らしていた。そしてその状況で、私は女性に惹かれ、それが十二歳のときからだと理解した。でも私の家族や私の文化では、レズビアンであることは許されなかった。

ミネソタでの会議の期間中、あまりあからさまにしないように配慮しながら、私はできるだけケイシーと話して過ごした。自宅に帰って、私は人生の何かが失われているのを感じ、まもなくミネソタに引っ越すことを決めた。ハイウェイが渋滞し、生活費が法外に高いワシントンDCを離れたいと何年も思っていた。これほどのタイミングはなかった。これは完璧な好機だった。それに私は、親切な人びとがいて、もっとゆったりとした生き方のある中西部にずっとあこがれていた。

私はセント・ポールが好きで、ときどきケイシーに会えるくらい近くにいるのが好きだった。なかなか自分の気持ちを彼女に打ち明けられなかった。怖がらせて彼女が遠ざかってしまうのではないか、私たちの関係を失うのではないかと不安だった。人生から彼女がいなくなるより、友だちでいるほうがましだった。ついに私たちはお互いの気持ちをわかちあい、それからまもなく小さな農場を購入し、修復した。この数年かけて、有機栽培のベリーの畑とすばらしい野菜とハーブの畑を作った。石鹸を作り、ミツバチを育て、卵のために数羽の鶏を飼っている。小さな農場ビジネスの「ミラソルファーム」では、オーガニックの石鹸やローションを販売している。三匹の犬と二匹の猫を飼っている。美しく平和な生活、それまで私が想像することもできないような生活だ。

●
●
●

ミネソタに引っ越してからまもなく、母が電話をかけてきた。母は私がいなくて寂しいと言った。一九九四年、治療中に、私は母と兄たちに手紙を書き、私の回復過程を説明し、協力を求めた。最善を尽くして説明し、DIDをよく理解してもらうために数人のセラピストを紹介し、本のリストも送った。母と兄たちの協力がなければ、私は家族との関係をもてないことを説明した。だれからも返事はなかった。

母が電話をかけてきたとき、あれからほぼ十二年が過ぎていたが、母は手紙のことは言わなかったし、私のその後も聞かなかった。それでも母が連絡をしてくれたことを嬉しく思い、大人の関係で母と愛情のある関係をもてるかもしれないと、ためらいつつも心が躍った。およそ六か月、いい関係が続いた。私は母を訪ね、何回か電話で話した。会話で私は力づけられた。母は私の成長過程で起こったことを申し訳なく思うと言った。そして私は誇りをもって、私の経歴、私の成功、私のしている仕事、そして意味があると思えるものの中に、母を加えた。気がつかないうちに、私は母に新しいカメラを買い、私が定期的に入金する母の銀行口座を開設していた。私はこういうことを考えもせず、計画もなく実行していた。そうしなければという気持ちは、抑えがたかった。

最後に話をしたとき、母は私の四十六歳の誕生日のメッセージをくれた。母が私の誕生日を覚えていることに感動して、これまでにないほど激しく泣いた。電話に戻ると、母はコンピュータが壊れて、新しいものを買う余裕がないと言った。私の心は落胆した。これまで何度もしてきたように、私は母を救った。まだ電話中に、私はインターネットで母に新しい最上位機種のラップトップのパソコンを購入した。母が電話をしてきた本当の理由はそれだった。母は私に礼を言い、電話を切った。泣きながら私はケイシーのところに行った。まもなく銀行口座を解約し、母にもう贈り物やお金の無心はやめてくれと言った。いま母との関係は限られている。それでも私には苦痛である。母はあいかわらず、ときどき自分で支払えない請求書を送ってくる。母を愛しているが、請求書の支払いはできないとの返事をした。兄のマイクが母の資産を管理しているので、兄のところに行くよう伝えた。

●
●
●

私は、他人を信用できない私のメカニズム、デイヴィッドと私のあいだに生まれたメカニズムをまだ完全に克服できていない。ときにはケイシーや、友だちや、サマー医師まで、信用できないことがある。一生、この苦しみは続くと思っている。

サマー医師の治療は、中西部に引っ越す二年前にやめた。私たちが新しい「わたし」たちを発見してからしばらく経ち、パニック症状の痛みを経験してからは長い時間が経っていた。そして私は完全に全体に——私の中のすべての「わたし」が歓迎され、私という存在に統合されていると思った。でもケイシーとの最初のクリスマスはつらく、そううまくいってはいないように思えた。ケイシーの長い知り合いで、私も親しい友人になりかけている二組の家族とクリスマスを過ごした。私はその日の成り行きを予想していなかった。何を期待していたかも、たしかではない。私たちがそこに到着したとき、八人の大人と三人の子どもが親しく大騒ぎしているのに私は圧倒された。私の中の何かが変化し、予想不能な状況で見張りをする「わたし」が目覚めた。私は兆候に気づかなかった。私の感情はきわめて正常のようだった。

私の思考は愛情と思いやりから否定と怒りに変わった。子どもたちに感じていた喜びと私を彼らの生活に温かく招いてくれたことに対する感謝は消えた。ここにいる人たちが私と私の安全に対する脅威のようだった。私は柔軟性を失った。私は甲羅の中に閉じこもっているように感じた。もしだれかが予期せぬ音を立てたり、不意に動けば、私を守っている甲羅が壊れそうだった。私は無口になり、内面で不機嫌になり、苛立った。プレゼント交換の笑い声や歓喜が私を悩ませた。時間が経つにつれて、いっしょにいるのががまんできなくなった。しだいに自分が怒りっぽくなるのを感じた。でも不愉快な人だと思われるのも、みんなの感情を害するのも怖くて、先に帰りたいとは思わなかった。ケイシーにはそろそろ帰ろうという気配はなかった。《彼女のせいで、私はこんな騒ぎに巻きこまれている。ケイシーは私のことをよく知っているのだから、これがどれほど私にとってつらいか、わかってくれてもよさそうなものだ。こんなことになりそうだと言っておいてくれてもよかったのに》ようやく家に着いたとき、私はすべての考えをケイシーに打ち明けた。けっして思いやりのある言い方ではなかった。私を連れていき、みじめな思いをさせたことを責めた。

その瞬間、ケイシーは私にとって二次元になった。私は自分が彼女にとってまったく重要ではないと思い、傷つき、落胆した。それから彼女の私にとっての存在を疑いはじめた。私は彼女が人生の最愛の人で、たくさんのペットのいる美しい農場でこの人生を築くのを手伝ってくれた人であることを忘れた。家族や親しい人を私に紹介してくれた寛容な人であることを忘れた。不確かさの中を泳ぎ、突然また世界で独りぼっちになって、私の硬い甲羅が現れた。《私を大切にするより、彼女は自分の友だちを気にかけている。これまでだれにとっても大切な存在ではなかったように、私は彼女にとって一番大切な存在ではない》私は自分が彼女にとって一番だと思っていた。私はこの矛盾を必死に晴らそうとした。私はいろいろ質問した。ケイシーははっきりと説明しようとしたが、私の怒った調子と、思いやりのなさと、疑い深い質問と、一貫性のない話し方に、ケイシーも傷つき、用心深くなった。

時間はかかった。実際に、数日が必要だった。ようやく私は、私も知らない疑い深い「わたし」

が現れたのだとわかった。ケイシーは私の変化を察知し、何が起こっているかを私に理解させようとしていた。私は自分が思うほど完全に統合されていないことを理解した。そのあとすぐにサマー医師に電話して、電話で治療を続けることにした。

この新しい安心と安定——深く親しい関係を築き、私を歓迎し愛してくれる人びとのコミュニティを見つけて、ひどく痛めつけられていたところから遠く離れた——のおかげで、私は以前よりもさらにていねいな治療が受けられた。安全な場所で強い気持ちでいることが、存在を知らなかった「わたし」たちが記憶とともに現れるきっかけとなった。皮肉なことに、それらの記憶はたどるのが最もつらかった。これらの「わたし」たちが抱く不信感は深く刻まれ、私に気づかれないように保管されていた。でも私が強くなればなるほど、私の精神は私にも難問に対処する力があるとわかるようになる。

あの最初のクリスマスから私は大きく進展したが、いまでも習慣となった不信感と戦っている。ケイシーはしばしば私の変化——顔の表情や声の調子、ことばの選択に現れる何か違うもの——を私が気づくまえに察知して、どうしたの、と優しく尋ねてくれる。ときには、彼女がだれなのかを思い出させてもらう必要があったりする。思い出させてもらっても効果がなく、疑いを制御できないこともある。私が質問を繰り返すので、その答えが一貫性を失うこともある。それでも、いま、私は自分に信頼をめぐる問題があると完全に気づいている。ケイシーも気づいている。サマー医師もよくわかっている。ときには否定的で疑い深い考えにとらわれることがあり、ケイシーに私の不信感が活動を始めたと伝えさせられる。疑いにとらわれても、たいてい私はそれを制御できる。でも予測や抑制ができないときは、言い争いになり、ケイシーは私の防衛的な甲羅に入れないことがよくある。私にも彼女にも、とてもつらいことだ。それでも、たくさん議論したり、歩み寄ったりするか、単純に時間の経過によって、しだいに私の甲羅は溶け、困難なときを乗りこえている。

● ● ●

ここアトランタで、演壇に立つと、日曜日にこの会場に来ることを選んだ何百人もの人――あらゆる年齢、人種、職業の男女がいて、私は心を動かされる。子どもたちのために、高齢者のために、貧困を抱える家族のために、発達障害のある大人のために、暴力の犠牲者のために働く人びとである。彼らは学校、病院、公共機関、NPOなどで働いている。さらによい仕事をするための学びを求めて、ここにいる。

突然、一週間ずっと感じていたよりも強い緊張を覚える。じつにさまざまな聴衆である。どのように私の経験を話し、彼らの仕事に役立てられるだろうか。聴衆の心を開いたら、どのような役に立つメッセージを私は送れるだろうか。わからない。でも始めなければ。以前なら、この状態で無意識に解離していたはずだ。でもいまは、緊張を感じ、現実にとどまり、どうにか、まるで魔法か、神聖な力の介入であるかのように、たいていうまくいく。

「今日、私をお招きくださってありがとうございます。週末にもかかわらず会議に参加し、熱心に職務に当たっていらっしゃる方たちに、このようにたくさんお集まりいただき、光栄に思います。私は生き残りの一人として、私の経験をお話しするために来ました。父が母に暴力を振るい、私を性的に虐待する家庭で私は育ちました。今日ここに私がいられるのも、私が適応したからですが、それは私が十代のころや若いころ、性的暴行に対して私を無防備にもしたのです……」

それから一時間、私は自分の虐待と生き残りの経験を聴衆に話す。ドニャ・グラシエラについて、彼女の抱擁、愛情について語る。彼ら自身が、支援している子どもや大人の人生を変える人になれることを思い起こしてもらう。褒めることば、小さな愛情のしぐさ、単純な尊重、心のこもったつながり、というような簡単で日常的な行為が、しばしば、人生を変える。講演が終わると、聴衆は私のメッセージを受けとったと私に話してくれる。私は彼らと一日中話す。公式の研究集会でも、非公式に廊下でも、昼食のときも、そしてトイレでも話す。彼らの経験や、苦しみを軽減しようという献身的な働きを聞き、私はとても誇りに思う。

会議が終わると、ソーシャルワーカーの一人が私を空港に送ってくれる。セキュリティを通り、ゲートに行く。そこで飛行機が乗客を乗せ、飛びたつのを辛抱強く待つ。私はまだサマー医師が教えてくれた催眠を使っている。だから飛行中はほとんど眠っている。空港から出ると、ケイシーが待っているのが見える。私の心は愛で満たされる。私は彼女が恋しくてたまらなかったのだ。私は手を振り、にやにやしながら車に乗りこむ。後部座席には私たちの犬のグリフィンがもぞもぞしている。私をなめ、独特の鳴き声で私に話しかける。私は身を寄せ、ケイシーにキスをする。そして彼女が家まで運転しているあいだ、自分の席でゆったりする。これが私のずっとほしかったもの。愛されて、お返しに愛する。私は生涯をかけてこれを求めた。そして、ついに、見つけた。

ただいま、我が家。

解説　女性への暴力被害の理解と支援のために

村本　邦子

女性への暴力をめぐる日本の状況

本著を読みながら、自分が生きてきた時代と重ね合わせ、これまで出会ってきた女性たちの顔を思い浮かべた。私は、民間の精神科クリニックに臨床心理士として勤めた後、一九九〇年、大阪に「女性ライフサイクル研究所」を設立し、女性と子どものための支援を始めた。スタートするや否や直面したのが虐待で、なかでも子ども時代の性虐待は大きなテーマとなった。当時、夜な夜な父親からレイプされるのが嫌で、家出して警察に保護を求めた女子高校生は、保護者を呼ばれ、家に戻された。父親が娘をレイプしても、人に売っても、裁かれることなく、「我が子を煮て食おうが焼いて食おうが親の勝手」という言葉がまかり通っていた時代だった。一九九五年まで、大手新聞のコラムには、著名心理学者が「日本には児童虐待はない」と書き、電車の中で痴漢被害に遭って気分が悪くなったという女子高生に、教育者が「男は子どものようなものだから、電車の痴漢ぐらい鷹揚《おうよう》に受け流そう」と書いていたことを思い出す。

その一方で、草の根的な女性たちの運動は、ずっと前から息長く続けられていた。一九七〇年代前後から湧き起こった「リブ」と呼ばれる運動は、優生保護法「改悪」に抗議し、日本人男性によるアジアの国々での買春ツアーに反対キャンペーンをはった。一九八三年、東京に日本初のレイプ・クライシス・センターが開設され、一九八九年、大阪に「性暴力と闘う女の会」が結成された。初のセクシャルハラスメント裁判が提訴され、「セクハラ」は流行語大賞に選ばれた。一九九〇年、東京に日本初の性虐待サバイバーの自助グループ「SCSA」が立ち上がり、サバイバーたちはあちこちの集会で声を上げ、複数の手記が出版された。DVへの本格的な取り組みも始まった。一九九三年、国連総会で「女性への暴力撤廃宣言」が採択され、一九九五年、北京で開催された第四回世界女性会議では、「女性に対する暴力」が重点課題として掲げられるなど、国際的な意識が高まるなか、各地にシェルターが立ち上がっていった。一九九八年、DV被害者の支援に関わる民間団体のネットワークがスタートし、毎年、「全国シェルターシンポジウム」を開催している。

一九九五年の阪神淡路大震災をきっかけに、「心のケア」やPTSDという言葉が急速に広がり、被害者支援運動と合流する形で、二〇〇〇年児童虐待防止法、二〇〇一年DV防止法、二〇〇四年犯罪被害者等基本法など法整備もなされた。二〇一〇年「性暴力救援センター・大阪SACHICO」を皮切りに、「性犯罪・性暴力被害者のためのワン・ストップセンター」が全国に開設されつつある。二〇一七年には性犯罪に関する大幅な刑法改正が行われ、「強姦罪」が「強制性交等罪」に名称変更されて、男性も被害対象に含められるようになり、罰則が「三年以上」から「五年以上」に引き上げられ、「監護者わいせつ罪」「監護者性交等罪」の新設、「親告罪」の廃止などが成し遂げられた。

このように考えれば、ここ三十年ほどで、日本における女性への暴力に対する社会の認識と対応は大きな前進を見たと言えるだろう。しかし、それでは、それに伴って女性たちは暴力とその影響から解放されつつあるのだろうかと考えるならば、今なお多くの女性たちが暴力に晒され、その影響に苦しみ続けており、決して現状を楽観できないこともまた事実である。

被害者を支えるのは身近な人々である

虐待やDVは重要な問題であるという社会の認識が高まったことは喜ばしいことであるが、難しい問題は専門家に任すべきである、任せておけばいいという風潮が強まったことに対して危惧を感じてきた。センセーショナルな虐待死の事件報道は後を絶たず、虐待専用電話が設置されたが、虐待は一向に減らず、児童相談所はパンクしかけている。専門家は万能ではないし、人々が人生において出会うトラウマの総計は専門家の総数をはるかに上回る。これまで、私が臨床経験と研究から学んできたことは、専門家の存在以上に、身近な人々のあり方がどれほど被害者に大きな影響を与えるかということだった。

被害体験を身近な人に打ち明け、理解と共感を得て、被害の継続を食い止めるための対処やサポートをしてもらうと、被害による否定的影響は小さくなる。打ち明けたことによって、被害者が責められるなどの二次被害を受けると、否定的影響は大きくなり、誰にも話さない場合より状況は悪化する。養育者との関係が良いことは当然ながら被害経験を乗り越える力となるが、養育者自身が加害者であり、助けを期待できない場合でも、親戚や近隣の人、教師や友人など他者からの支えがあることで補われるものがあった。たとえ被害経験について直接話すことができなかったとしても、親身になってくれる他者の存在は希望を持ち続けることに寄与し、回復への手掛かりとなる。

オルガにとって、隣人であったドニャ・グラシエラの存在は決定的に重要だった。彼女は見て見ぬふりをすることなく、オルガに関心を払い、そのことを繰り返しオルガに伝え、生き延びるための方略を共に練り、時には体を張ってオルガを助けようとした。ドニャ・グラシエラはオルガに起こっていることを止められたわけではなかったが、彼女の「愛の力」はオルガを支えた。虐待にせよDVにせよ、それを即刻終わりにできたらどんなにか良いだろう。しかし、なかなかそうはいかない。児童相談所に通報して子どもが措置されても、被害女性がシェルターに入っても、残念ながらそれで一件落着となるわけではなく、その後も数々の困難が待っている。現実には、当面、暴力のあるなかで生き続けなければならない人々が大半なのである。それでも、なおできることはあるのだ。

私が学校現場で暴力のある生活を送っている子どもや母親と一緒にやることは、さまざまな困難がどこに由来するのか、彼女たちに何が起こり、それによってどんな影響を受けているのか、どうすれば少しでもそれを避けられるのかを考えることだ。そして、彼女たちがサバイバルのために工夫してきた力を特定し、長期的には否定的に働くかもしれない対処法をベターな方法に置き換えることを話し合う。それは、たとえ限定された範囲の中であるとしても、自分の人生を主体的にコントロールすることにつながる。

そういう意味で、ドニャ・グラシエラの対応がどれほど適切であるかには驚かされる。彼女自身が築き上げてきた知恵なのだろうか。移民コミュニティの女性たちのなかで受け継がれてきた知恵なのだろうか。オルガの子ども時代を取り巻く環境には、移民コミュニティが抱える問題とともに、苦境を生き抜く力が活きているようにも感じられる。ドニャ・グラシエラは、オルガは少しも悪くないし、愛されるべき存在であることを伝えた。隠れる場所を探して暴力に巻き込まれることを避けること、触れることのできる具体的な物としてロザリオを与え、それを握って祈ること、決して一人ではないことを忘れないようオルガに教えた。家から外に出ていくことを励ますことで他者との結びつきを支え、人生を変えられることを示した。

オルガのまわりには、他にもオルガを支えた人々がいた。コミュニティセンターのネルソンさんは、オルガの誕生日を祝った。一見当たり前のように思える誕生日のお祝いは、「あなたが生まれてきたこと、こうして生きてきたことは世界にとって喜ばしいことだ」という大きなメッセージとなる。自分の存在を善きものと感じることが難しい虐待被害者にとって、誕生日は、しばしば、おぞましいものであり、それを祝ってもらうことは重要な意味を持つ。二年生の担任のメアリ・ジョセフ先生は、名目を作って母と面談し、なるべく家の外で過ごせるよう提案をした。プールのライフガードで大学生のリズは、オルガに泳ぎを教え、子どもらしく楽しいひと時を与えた。秩序立てて体のコントロールを学び、訓練を積むことで、できなかったことができるようになるという経験は、泳げるようになるということ以上の意味をもたらす。これからやるべき楽しみのリストを作ることも、大きな励ましとなったことだろう。新聞部での活動や学業を励まし、進学への道を開いたソリンスキー先生がやったことも同様である。彼女たちは、家で起きていることを気にかけながらも、オルガのペースを無視して早急にそれを明らかにしようとすることより、親身になってオルガに心を寄せて理解しようとし、彼女が自分の人生を切り拓いていくための道のりを支援した。

パートナーとの関係も重要な意味を持つ。残念なことであるが、しばしば、虐待的な経験は、虐待的なパートナー選択に結びつく。父が亡くなった時のオルガの混乱が示すように、加害者がいなくなったり、加害者から離れることができたにしても、虐待的な環境に対するそれまでの適応スタイルを捨て、急に異なるスタイルを構築することは困難である。自分なりの秩序の中心に置いてきた加害者を別の加害者に置き換え、それまでと同じように秩序を維持する方が馴染みやすく、予測可能で安心を得られるために、そのようなことが起きる。

しかし、オルガのように、大きなサポート源となるパートナー選択をし、温かい共感と粘り強い支援を得て、大きく回復の道を進む場合もある。ＤＩＤを発見するのが、本人より先にパートナーであるということもある。信頼と安心を深めれば深めるほど、関係の中に登場する部分が増えていくからだろう。そこまで献身的にパートナーを支えることのできる人々が存在することに、そして、そんなパートナーをうまく見つけ出すサバイバーの力には感嘆させられる。パートナー選択の運命を分かつ重要な要因のひとつは、それまで信頼できる身近な存在があったかどうか、虐待的でない関係を経験したことがあるかどうかではないかと思う。

デイヴィッドは、ロースクールでの勉学を助けただけでなく、オルガが言うところの「ちゃんと愛される」感じ、つまり、相手が何を考え、何を好み、何が好きではないか気にかけ、共有することを喜ぶことを教えることで、オルガの育ち直しを助けた。一緒に暮らすなかで、生活を楽しむこと、貯蓄をはじめ、よりよい未来のために計画を立てて実行することをも教えた。被害者にとって、運命は加害者の気分に翻弄されるものであり、自分の意志や努力によって未来を計画することは難しいのである。

それでも、解離は親密な関係を妨げた。回復が進めば進むほど、二人の関係は大きく変化していくので、相手がどんなに献身的であっても、その変化についていけないこともあるだろう。レズビアンとしてのオルガも、その変化のひとつだったかもしれない。回復を進めたオルガは、ケイシーと出会い、恋に落ちる。ケイシーもまた、ありのままのオルガを受け入れることに心の準備のできた柔軟で寛大なパートナーであると同時に、オルガを必要としていたのだろう。

もちろんサマー医師の存在も欠かせない。サマー医師は、オルガの「不安と悲しみの証人」として黙って話に耳を傾け、彼女に起こっていることを理解できるよう説明し、必要に応じて助言や技法を与え、辛抱強く優しく回復を励ました。しかし、ここで指摘しておきたいことは、専門家であるサマー医師だけでは何もできなかったということである。適切にもサマー医師はなるべく平常の生活を続けることを促し、オルガの身近にいるパートナーや友人、職場の同僚や上司の援助を受けられるよう促した。回復のプロセスを支えるうえで、友人、同僚、上司として支援できることはたくさんある。それは、オルガが指摘しているように、「褒めることば、小さな愛情のしぐさ、単純な尊重、心のこもったつながり、というような簡単で日常的な行為」（三二六頁）だけでも十分に役立つものである。被害者への理解をほんの少し深めることができれば、さらに支援は強力になるだろう。

サバイバルのための解離とそれがもたらすリスクを理解する

実験心理学者セリグマンの研究に、「学習性無力感」というものがある。犬を檻に入れ電気ショックを与え続けると、最初はそれを免れようと、犬はあらゆる努力をするが、何をしても避けられないことを学習すると、一切の反応をやめ、受身で服従的になり、その後、檻の扉を開けて逃げられることを教えても、まったく動こうとしなくなるというものだ。レノア・ウォーカー（一九八〇）は、DV加害者の元から逃げようとしない被害者の理解を促すためにこの理論を援用したが、後に「サバイバーは無力ではない」という批判を浴びることにもなった。私自身は、これをサバイバル方略としての「被害への適応」と捉えてきた。逃れがたい苦境において、無駄なエネルギーを使って余分な怪我をするよりは、なるべく外部刺激から自分を守って外界との接触を避け、生き延びるために力を温存するという積極的対処法だと考えるのである。

暴力被害の影響を考えるうえで鍵となるのは、解離についての理解であろう。オルガは、そこで何が起きているのか、サバイバルのために解離がどんなふうに力を発揮するのかについて詳細に記述している。逃れがたい状況で暴力被害が繰り返されるとき、危機がもたらされる空気の変化を敏感に察知し、いつでも対処できるようアンテナを張ることが重要になる。その一方で、感覚を麻痺させて苦痛を感じないようにし、自分に起こっていることを深刻に考えないようにする、あるいは別なことを考えたり、「それは別な人に起こっているのだ」と自分に信じ込ませたりすることによって、危機状況をやり過ごす。それができたからこそ、心身共に破綻を免れ、生き延びることが可能になった。

三歳の夏、父親にレイプされたオルガは二人に分裂し、一人は天井まで上昇し、もう一人に起こっている暴行を観察することで平静と安心を得た。一種の幽体離脱だが、このような経験は臨床場面でもしばしば報告される。暴行が終わると、オルガはすべてきれいに元通りにし、何も起こらなかったかのように振る舞うことで制御感覚を回復した。このような役割分担と切り替えが解離である。こういったことが繰り返されることで、複数に分裂した部分は時間と歴史を重ね、少しずつ人格的なまとまりをもった存在として成長していく。解離は習慣となり、次第により積極的に解離が採用され、必ずしもトラウマティックな状況にない場合でも一般化され、洗練されていく。解離とは細分化された役割分担であり、本来、機能的なものであるから、各種の能力が先鋭化され、大きな力が発揮される。優れた芸術的才能や運動能力、特殊な専門領域に秀でた力が発揮されることもある。

その一方で、解離は意識されない矛盾を生み、全体としてどこに向かうかを検討することを不可能にする。解離は目の前の危機を乗り越えることに貢献するが、哀しいかな、その場しのぎで、結果的に、本来逃れられるはずの危機をも受け入れ、適応してしまうことにつながるかもしれない。解離の重要性を理解すると同時に、その否定的影響とリスクについても知る必要がある。

たとえば、父親にレイプされるという予測のもと、オルガの中の一人が「虐待を誘った」ように振る舞ったことは、制御感を維持することに貢献する一方で、本人を混乱させ、共犯意識を持たせただろう。オルガは、兄たちや街で出会った匿名の男性たちによる被害に対し、適応的であるがゆえに、「暴力をふるうのに都合のいい相手」として無防備な存在だった。このように事情を抱える女性が被害に遭った場合、「振る舞いが誘惑的だった本人にも責任がある」「本人に人格的な問題がある」と被害者は批判されがちである。さらに、解離によって被害を覚えておらず、助けを求めることもできないので、被害は長期化しやすい。オルガの母が娘を助けることができなかったばかりでなく、父が娘を売る共犯者にさえなってしまったのも、母が逃れられないと認識した環境に対する適応という解離の結果である（かと言って、加害の責任が免除されるわけではない）。

加えて、解離は他者との親密な関係を妨害する。子どもだったオルガは、大好きなネルソンさんが自分が楽しそうにしているのを好きだと考え、いつも幸せに見えるよう完璧な笑顔を身につけた。

人は、シンプルに自分が大切に思う人が幸せであることを願うが、現実に反して幸せに見えるよう努力することを求めはしない。むしろ、苦悩を抱えているのなら、それを分かち合いたいと願うものである。しかし、オルガが繰り返し悩んできたように、自分の抱える闇の部分を知られたら、大切な関係が壊れてしまうのではないかと恐れ、それを隠さざるを得ない。自分自身にさえ隠しているものだから、他者と分かち合う術もないということもできる。

これは、援助を提供するはずの支援者たちとの関係においても起こることである。解離とはその場への適応であることから、本人の自覚の有無を問わず、支援者が喜ぶだろうと思う反応をしていくことで（実際にはそれが誤解であったとしても）、人格の一部だけが関係の前面に出て、他の部分は背後に隠れてしまう。支援がうまくいっていると喜んでいると、ある日、突然、どんでん返しが起きる。そんな時、支援者は「裏切られた」と思いがちだが、自分が背後に隠れているものを見ていなかったためだと考えるのが妥当である。深刻な暴力被害が繰り返されるほど解離は重篤になり、目の前に見える様子からはまったくうかがい知れない別の側面が共存していることは見逃されてしまう。支援者は、いつも、今ここで関わっているその人の背後に、目に見えないたくさんの異なる部分があることを意識し、それらがたとえ望ましいものに思えなくても出会いを歓迎する姿勢を持ちたい。

親密な関係は全人的なコミットメントを求めるが、完全に誰かを信頼することは、いつか裏切られ傷つけられるかもしれないという危険に自分を晒すことを意味する。信頼しない余地を残しておくのは、サバイバルのための対処である。支援者は、全面的に信頼されないことを個人的に受けとめない方がよいことも付け加えておこう。

DID（解離性同一性障害）について若干の補足

ここまで解離一般について書いてきたが、オルガはDIDを特定して、当時者と支援者たちがその理解を深めることを希望しているため、DIDについて補足をしておきたい。本書ではDSM-Ⅳ（『精神障害の診断と統計の手引き』第四版）が紹介されているが、アメリカ精神医学会によるこの手引きは現在、第五版まで出ている。これに伴う変更点として①二つ以上に区別される人格状態について、「文化によっては憑依体験と記述されうる」②「これらの徴候や症状は他の人により観察される場合もあれば、本人から報告される場合もある」③忘却や記憶喪失について、重要な個人的情報に加え、日々の出来事や心的外傷的な出来事の想起についても記述が加えられた。もちろん、障害である以上、その症状が苦痛や社会的・職業的な問題を引き起こしていることが前提である。これらの変更は、本著の理解を妨げないが、押さえておくべきことは、DIDについての理解の揺らぎである。その前の版であるDSM-Ⅲでは、DIDはMPD（多重人格障害）と命名されていた。

歴史を遡れば、古代から、解離は、憑依現象やヒステリーとして表れていた。ヒステリーとは、神経学的な問題に由来しない体の麻痺、感覚の喪失、けいれん、健忘などの症状を指す。十九世紀末の二十年間、ヒステリーは華々しい注目を浴び、男性たちの研究対象となった。シャルコーは、催眠によってヒステリー症状は人工的に作ったり消したりすることができることを示し、大勢の聴衆の前でヒステリー患者に催眠をかけた。フロイトは、ヒステリーは忘却された幼児期の性的トラウマが原因であるとする「誘惑理論」を提唱したが、後にこれを撤回し、性的虐待は子どもの願望に基づく空想であるという「エディプス・コンプレックス」を提唱し、そこから精神分析が生まれた。その後、解離への関心は急激に減少し、一九八〇年代になって関心が再燃した。それは、「多重人格もの」のブームやDIDの責任能力を争う事件の発生にもよるが、女性や子どもへの暴力についての関心の高まりとも一致している。

DIDは、子ども時代の深刻な虐待経験と関連しており、とくに残虐な身体的虐待や性的虐待を経験しているとされる。つまり、人類の長い歴史において、子ども（その多くが女の子）への残虐な暴力はずっと起きていて、その症状がさまざまな形で表れていたと考えることができる。ある意味で、それは、暴力でもって女性を支配しようと試みる男性に対する無意識的な異議申し立てである。女性たちが意識的に抗議をする力を獲得するにつれ、ヒステリーは徐々に姿を消し、ついにその診断名はDSM-Ⅲから削除された。そして登場したのがMPDだった。

このような背景を考えれば、DIDにまつわる理解の混乱やスティグマを理解しやすくなるだろう。DIDについて考えることは、権力者による横暴な支配と暴行に立ち向かうことである。したがって、これを奇異なものとして病理化しようとする圧力や誘惑は大きく、断固として抵抗しなければならない。それは、むしろ私たちの世界の日常のなかにある。

多様性を尊重しつながり合う社会を作る

最後に、性や性暴力、被害と被害者に対する社会の理解が、被害者自身の被害の捉え方や回復に影響を与えることについても触れておきたい。たとえば、女性への抑圧や性に対する否定的価値観が強い保守的な地域で育ち、被害者にも「落ち度」があるなど誤った思考を取り込んで、自分を責め苦しんでいた女性が、大学や女性センターの講座で人権や暴力被害についての知識を得るなかで、自分自身への理解を修正し、回復に向かって歩みを進める例がある。時代や社会の空気が与える影響は、想像を超えて大きいのである。社会変革が必要な所以である。オルガは、自分に起こったことに気づくより先に援助する側にいたと語っているが、法律の世界に入って被害者の権利擁護に関わったことは、彼女自身の価値観を変え、回復を促したと考えられる。

本著を読むと、オルガの成長とともに、アメリカ社会の変化をも感じることができるかもしれない。アメリカにおいても、性暴力やDVへの理解が広がったのは一九七〇年代後半になってからであり、オルガの育った六〇年代はそうではなかった。女性たちの草の根的な運動によって女性への暴力が概念化され、ホットラインやシェルターが急速に全米に広がったのは八〇年代である。一九九四年、クリントン政権下で「女性への暴力防止法」が制定されたが、オルガが司法省に属する機関でこの問題に取り組んでいたのは、ちょうどこの頃だったのだろう。二〇〇〇年には、これを大幅に強化する「女性への暴力法２０００」が成立し、莫大な予算が投じられ、さまざまな制度が整備されていったが、オルガの上司ベロニカが期待したように、法律家かつサバイバーとしてオルガが十二分に活躍する時代背景があったと考えられる。

それ以降のアメリカであるが、ある指摘によれば（Goodman & Epstein, 2008）、今は、「法もシステムも変わって、もう十分なんじゃないの？」というのが多くの裁判官、判事、警官、メンタルヘルスの専門家や民間の支援者にさえ見られる本音であり、DVに関する理解も支援も洗練され、高度に専門化されたことで、ヒエラルキーと専門主義が強化され、支援が画一的にサービス提供者側によって規定されるという傾向が見られるという。かつては草の根的な運動の中にあったシェルターのスタッフたちも、今では専門家であり、提供されるサービスが父権的なものとなっていると知り、これを後追いしているように見える日本の現状について、私は憂えていた。

しかし、本著を読み、法律家やメンタルヘルスの専門家たちが、当事者を中心に周囲に身近な支援者を増やしながら支援を組み立てている様子に、新しい可能性を感じた。専門家主義と極度な役割分担は、ある意味で社会の解離を表している。専門家が自分の目の前にあることしか見ず、機能として存在するだけならば、社会全体がどんな方向に向かおうとし、自分がどのような役割を担っているのかに無頓着になるだろう。全体主義において、個人は単なる部分でしかなくなる。解離した社会は、被害者的存在へ、あるいは加害者的存在へと暴走していくかもしれない。

重要なことは、緩やかな役割分担を担いつつも、それぞれの部分が、他の部分に関心を向け、壁を薄くして対話し合うこと、異なる多様な声をありのままに受け入れ互いに尊重すること、そんな社会を作っていくことである。解離した人格の部分部分はひとつの体を共有し、一見相反する利害関係にあるように思えても、最終的には互いに尊重し合わなければ生き延びていけないのと同じように、私たちはひとつの地球を共有し、互いに尊重し協力していかなければ生き延びていけない。解離の問題は、私たち全体の問題なのである。貴重な経験を共有してくれたオルガに感謝し、連帯と愛の文化を創っていけることを願いながら筆を置きたい。

文献

Goodman, L. A. and Epstein, D.（2008）*Listening to Battered Women : A Survivor-Centered Approach to Advocacy, Mental Health, and Justice.* Washington DC: American Psychological Association.

Walker, L. E.（1980）*Battered Woman.* New York: Harper Collins.（『バタード・ウーマン～虐待される妻たち』斎藤学訳、金剛出版、一九九七）

村本邦子《むらもとくにこ》　臨床心理士、学術博士

思春期外来の精神科クリニックで心理臨床に携わった後、一九九〇年、女性ライフサイクル研究所を設立、二〇一四年三月まで所長を務める。現在は顧問。二〇〇一年より立命館大学大学院応用人間科学研究科教授。二〇〇二年、特定非営利活動法人FLC安心とつながりのコミュニティづくりネットワークを設立、代表理事。主な著書として、『しあわせ家族という嘘』（創元社、一九九七）、『暴力被害と女性‐理解、脱出、回復』（昭和堂、二〇〇一）、『DVはいま～協働による個人と環境への支援』（高畑克子編著分担執筆、ミネルヴァ書房、二〇一三）、『離婚紛争の合意による解決と子の意思の尊重』（二宮周平・渡辺惺之編分担執筆、日本加除出版、二〇一四）他。

訳者あとがき

『私の中のわたしたち』の原題をそのまま訳せば「私を構成する部分の総計」、いくつものパーツで成り立つもの、ということになる。断片的な記憶、分断された自己が統合されて、それを自分自身であると受けとめる過程が本書で明らかにされる。「これが私の人生だ。サマー医師に語ってきた考えは、私の身に起きたことだ。記憶はすべて私の一部だ」という認識は啓示のようにもたらされ、そこから始まる自己の再構築の葛藤が、ことばによって表現される。

ことばで自己を表現することのむずかしさは、だれもが経験する。だからこそ、本書はだれにとっても示唆に富む。サマー医師は弁護士である著者に、精神医学の専門用語を使わずに精神状態を把握させる。否定的な表現を排除して、解離は強靱な生命力の証しであり、創造性の現れであると説明する。それが著者を励まし、やがて肯定的に自己をとらえることを可能にする。

本書全体が精神のメタファーであるともいえるだろう。精神は家にたとえられ、中央にある部屋にいくつものドアが接続し、そのドアに続く部屋には、さらにクローゼットや食器棚やコンテナがある。精神の視覚的な具象化に、「おしいれおばけ」や「ゲド戦記」の物語性がそえられ、著者の人生そのものが物語となり、読者の共感を誘う。

精神をことばで表現すること自体が一つの挑戦であるといえるが、それを別の言語に訳すのは、さらにもう一つの挑戦であると感じながら翻訳を進めた。自己を構成する部分要素は一つの人格になり、それぞれが記憶と思考をもち、潜在意識のペルソナとなるのだが、「部分」「部屋」「思考」「記憶」の等式関係を訳しだすことに苦心した。

翻訳をしながら、歯がゆさもあった。本書はなぜ著者がこのような暴力にさらされなければならなかったかという原因を追究しようとはしない。移民に対するアメリカ社会の排他性や家父長的な性差認識に対する声高な糾弾があるわけでもない。著者の父親も母親も、ある意味では犠牲者であると著者が認めていることは本書からも窺える。「私には家族はいなかった」と著者は言うが、親近の情を完全に捨てさっているわけでもないように思われる。不当で理不尽な暴力に対するこの歯がゆさを共有することが、社会を変える力になるのだと思う。

父親や母親の呼び名は原文に合わせた。とくに父親には「ポピ」という幼少期のスペイン語の呼称が最後まで続く。翻訳するにあたって、文脈上の混乱が起こらないように配慮しながら、「父」と「ポピ」、「母」と「マメ」を並置している。

この本を訳すきっかけは、NPO法人全国女性シェルターネット共同代表を務める北仲千里先生からいただいた。第二十回全国シェルターシンポジウムの基調講演に招待するオルガ・トゥルヒーヨさんの著書を翻訳しようという企画があると知り、原本を取りよせた。専門的な精神医学の知識がなくても読めるように書かれた内容に、私も惹かれ、翻訳者の一人に名乗りでた。当初は共訳を予定していたが、事情で単独の翻訳となり、北仲先生にも、また実行委員会委員長の戒能民江先生にもたくさんの助言と励ましをいただいた。このような機会をいただき、力づけていただいたことに、戒能先生にも北仲先生にも心から感謝を申し上げたい。翻訳原稿が遅れがちになり、たいへんな迷惑をおかけしたにもかかわらず、本書に明解な解説を書いてくださり、翻訳への助言もくださった村本邦子先生にもお詫びとともに感謝申し上げたい。また、翻訳のそもそもの発端を作ってくださったシンポジウム事務局長の草野由貴さんにも心から感謝したい。

翻訳を仕上げていくなかで、勤務する大学の仕事も重なり、音を上げそうにもなったが、巧みに励ましつづけてくださったのは国書刊行会の編集担当の中川原徹さんである。中川原さんの緩急ある叱咤激励がなければ、著者の来日に合わせて刊行するという計画は叶わなかったにちがいない。中川原さんに、心からの感謝を申し上げたい。また本書の刊行の意義を認め、出版に同意くださった国書刊行会の佐藤今朝夫社長に、深く感謝したい。

家族が密着した空間でたがいを傷つけることは、程度の問題があるにしても、避けがたいことかもしれない。私の父も昔は厳しい人で、いまでも父と話すと、少し緊張する自分がいる。本書を訳して、私にも「わたし」がいて、「気をつけて、この人、急に怒るよ」と私にささやくのかもしれないと思うと、解放感がある。亡くなった母にも、子どもの私には理解しがたいこだわりがあった。

小学生のころ、作文が選ばれてコンクールに出されることになり、学校でもらった清書用の原稿用紙を私が書き損じると、母は夜道を通って数キロさきの文具店に行き、夜を徹して私に書き直しをさせた。あのときの母の「鬼気迫る」ように見えた形相が、なぜか忘れられない。今回の翻訳でも、うかうかしていると、ときどき母が出現した。必死に作文を書いている「わたし」に私は同化していたような気もする。そういう厳格さや奇妙な頑固さにもかかわらず、愛情をもって幼少期を思い出すことができるのも、心のメカニズムの不思議さかもしれない。父と母に、そして私の都合に合わせて、少々の不便があっても許してくれている私の家族に、愛しています、と照れながら素直に伝えたい。

そして最後に、何より大きな感謝を、オルガ・トゥルヒーヨさんに捧げたい。過去を恐れず、素直な気持ちで自分を肯定する勇気をもらったと感じている。本書の翻訳者になれたことを心から嬉しく思う。

二〇一七年八月吉日

伊藤淑子

訳者紹介

伊藤淑子（いとう・よしこ）

大正大学文学部教授

著書：『家族の幻影』（大正大学出版会、2004）、『史料で読むアメリカ文化史』（共著、東大出版会、2005）、『「アンクル・トムの小屋」を読む』（共著、彩流社、2007）、『アメリカ文学にみる女性改革者たち』（共著、彩流社、2010）、『ファンタジー、空想の比較文化』（新水社、2014）

訳書：マーガレット・フラー『19世紀の女性』（新水社、2013）、ジミー・カーター『アクションを起こそう』（共訳、国書刊行会、2016）

私《わたし》の中《なか》のわたしたち
――解《かい》離《り》性《せい》同《どう》一《いつ》性《せい》障害《しょうがい》を生《い》きのびて

2017年 9 月25日　初版第 1 刷発行

著　者　オルガ・R・トゥルヒーヨ
訳　者　伊藤淑子
装　幀　真志田桐子
発行者　佐藤今朝夫
発行所　株式会社 国書刊行会
〒174-0056 東京都板橋区志村 1 -13-15
TEL 03 (5970) 7421　FAX 03 (5970) 7427
http://www.kokusho.co.jp
印刷・製本　三松堂株式会社

定価はカバーに表示されています。落丁本・乱丁本はお取り替えいたします。
本書の無断転写（コピー）は著作権法上の例外を除き、禁じられています。

ISBN 978-4-336-06193-5